Ronso Kaigai
MYSTERY
222

四つの福音書の物語

F. W. Crofts
The Four Gospels in One Story

F・W・クロフツ
熊木信太郎［訳］

論創社

The Four Gospels in One Story
1949
by Freeman Wills Crofts

目次

著者からの提案

福音書を読んだことのない読者、ないし内容を漠然としか憶えていない読者はまず第五章から読み始め、読了後に第一章から読み直すようお勧めする。

まえがき

本書は福音書の物語を現代的な表現で提示し、神学に通じていない人でも簡単に読めることを目的とした。つまり四つの福音書を統合して一つの連続した物語とし、全体を口語で書き換え現代の伝記と同じ形にするというものだ。

福音書には数多くの不統一や矛盾があるため、その大半は現実の出来事の記録として認められないとされているが、本書はそうした批判に応えるべく生み出されたものである。

だがそのような批判は、著者が成長するなかで信じるに至ったことと真っ向から反しているため、自らの目で確かめようと決意した。そこでまず、福音書の各著者が記したいくつかの出来事を選び、一つにつなぎ合せようと試みたのだが、不統一や矛盾が見つかるどころか、それぞれの内容を結びつけている正確性の高さに驚いたものである。

だがその一方で、大勢の人が気づいていながら、著者自身が認識していなかった別の問題に突き当ることもあった。記述の大半につきまとう曖昧さがそれである。

当然の流れとして、著者は注解書に目を向けた。それによって多くの問題が解決したものの、広く認められた解釈の存在しない文章もいくつか見つかった。

　やがて、たとえ記述が曖昧であっても、原典の文章そのものでなく、注釈者の大半が支持している意味を物語に挿入すれば、神学に詳しくない読者にとってより明解になるのではという考えが浮かぶ。書き換えを行なったことを注記し、原典の文章もきちんと併記するならば、そうした方法も認められるだろう。本書では各章末に註を設けることで、それを行なうこととした。

　取り扱う出来事の数が増えるにつれて、福音書の物語全体を、伝記の形をとった単一のストーリーにするという考えが徐々に形をなしてきた。その詳細な方法についてはのちに記す。

　当然ながら、著者に特別な知識や、本作の作業に必要十分な能力があると主張するつもりはない。聖書の解釈は英語の翻訳と注解書だけが頼りである。したがって、本書の内容はいかなる意味においても権威のあるものではなく、既存の素材を現代的な形に再構成する、一素人の試みに過ぎない。最初は純粋な趣味として作業に取りかかったのであって、著者自身の知識を大きく拡げたこの体験が、他の人々にとっても有益ではないかと考えるようになったのは、完成が間近に迫ったときのことである。本作が刊行に至ったのは、それが理由に他ならない。

　キリストとの出会いは人間の本質を変え、普遍的に求められる高潔さ、勇気、そして無私の心に人々を目覚めさせた。著者は作業を進めるなかでそのことを痛感したが、各福音書を単純な物語として提示することで、原典に心惹かれなかった人にもそうした出会いをもたらしたいと願うものである。付け加えるなら、各章の註は本作に必要不可欠な構成要素であり、決して省略されるべきものではない。それによって、学生、教師、日曜学校の講師、勉強会のリーダー、そして容易に入手可能な初歩的知識を求める人々の役に立つことを望む。

・作業を進めるにあたって

本書の作業を進めるにあたっては、次の三点を必要とした。

1、四つの福音書の内容を一つのストーリーにまとめる。
2、抽象的または難解な文章を単純化する。
3、記述全体を現代の言葉および文体で提示する。

次にこれら各段階を詳しく説明する。

1、四つの福音書を一つのストーリーにまとめる

各福音書を一つにまとめる試みはこれまでにも数多くなされているが、著者の知る限り、本書のように大衆向けに構成されたものは一つもない。

またディアテッサロン（シリア生まれのキリスト教護教家タティアノスが各福音書を統合して物語にした書籍）をはじめとする福音書の統合の試みは、いくつかの点で有益だとされている。出来事や教えの多くは、各福音書の記述で補強することにより一層充実したものとなるからだ。その顕著な例が最後の晩餐の記述であり、共観福音書（四福音書のうちマタイ、マルコ、ルカが著者のもの）がキリストの教えと祈りを省いている一方、ヨハネによる福音書は聖餐の制定を省略している。また裁判、復活、そして偉大なる四十日間の各記録も、四つの福音書を併せて検討することで新たな意味を持ち、より鮮明なものとなる。さらに、きわめて些細な出来事であっても、そうすることで物語はより優れたものとなる。たとえばキリストが水のうえを歩いた一件をとってみても、ルカがそれをまったく記録していない一方、キリストが大衆から姿を隠そうとした理由を説明しているのはヨハネだ

けであり、弟子たちが小舟を漕ぐのに疲れた様子を記述しているのはマルコだけ、そしてペテロが水のうえを歩こうとしたことを記しているのはマタイだけなのである。

当然ながら、各福音書の記述を疑問の余地なく正確に統合するのは、詳細について互いに矛盾があるなどの理由で不可能である。しかしそれは、異なる記録者がそれぞれ誠実に記録を行なった結果だと考えるべきだろう。その実例として、ペテロの否定に関する第十六章註8を参照されたい。またキリストによる教えの内容も、各福音書で厳密に同じなわけではない。さらに、一連の出来事が起きた順序についても、各福音書で異なっているものが数多く存在する。同様に、複数の福音書に記された、似た内容ではあるが同一でない出来事について、それらが二つの異なる出来事なのか、あるいは同じ一つの出来事をそれぞれ異なる情報源を基に記したものなのかも、いまとなっては正確にはわからないのである。

このような、類似してはいるが同一かどうか疑わしいエピソードについては、別個に検討したうえで、著者の目にもっともふさわしく映る結論を採用した。もちろん、それらの結論が正しいと断言するつもりはなく、またそうすることもできない。十分に合理的である、というのが関の山である。そうした事例については章末の註に特記し、様々な異なる見解を提示するとともに、本書でその結論を採用した理由も述べている。

2、第二の段階は、抽象的ないし難解な記述を、現代的なよりわかりやすい表現に書き直すことであり、少なくとも著者の見る限り、これが本書の作業でもっとも重要な部分である。その目標とするところは、単に福音書を現代の言語に書き換えることではなく、その文章を広く認められた意味を基に表現し直すことである。

こうした試みを行なうなかで、間違いの生じる余地が二つある。その一つは、表現の直し方が不十分で意味が不明瞭になるというものであり、これが生じると作業の目的そのものが失われてしまう。また他方では原典の意味から大きく逸脱するという危険性があり、その結果生まれた作品は福音書の解釈ではなくなってしまう。さらに、福音書の記述の正しい意味が突き止められないケースも数多く存在する。こうした理由と、加えて著者自身の限界もあって、新たな解釈が原典の意味を正しく伝えていると断言するのは不可能であり、またそう主張するつもりもない。この場合も、十分合理的である、ということで満足しなければならない。原典の書き換えを行なった箇所については、各章末の註にその旨を記した。

本書で用いた方法を紹介すべく、例を二つ挙げる。最初の例は、八つの幸福に関する単文の書き換えである。

マタイによる福音書5－5
・欽定訳聖書
「従順な人々は幸いである。その人たちは地を受け継ぐからである」
・改訳聖書
「従順な人々は幸いである。その人たちは地を受け継ぐからである」
・モファット新訳
「柔和な人々は幸いである！　その人たちは地を受け継ぐ」

・ウェイマス新訳
「従順な人々は幸いである。その人たちは地を受け継ぐ」
・グッドスピードおよびスミス新訳（アメリカ訳聖書）
「謙虚な心の持ち主は幸いである。地はその人たちのものである！」
・本書
「多くを求めず、自らの権威に寄りかかったり権利を主張したりしない者は幸せである。彼らはこの世においても勝利を収める」
・当該箇所に関する本書の註
「原典では『従順な人は幸せである。地を受け継ぐのはその人たちである』
通常この一節はマタイによる福音書5－3の変種と理解されており、『従順な（meek）』は『信心深い（pious）』を意味する。しかし本書では、この世で正しき人が悪人に勝利を収めるという賛美歌37－11の内容を基にした」

現代の読者にとって「従順な」という単語は、弱さや意気地のなさを意味するものであり、キリスト教について真実に反する捉え方をされてしまいかねない。さらに、そうした人にとっては、「地を受け継ぐ」という表現もまったく意味を持たない。

現代の各新訳は、キリストの言葉の意味を現代的精神に合致するよう表現したものである。また偶然ながら、ここで用いられているいずれの語も、一つないし複数の注釈書で提案されたものである。

二つ目の例は、四人の福音書著者のうち三人によって記された文章であり、書き換えに加え統合の実例を示すべく、ここに紹介する。

・欽定訳聖書
マタイによる福音書13－12「持っている人は与えられ、さらに豊かになる。しかし持っていない人は、持っているものまで取りあげられる」

マルコによる福音書4－24、25「これから聞くことを心に留めなさい……持っている人は与えられ、持っていない人は、持っているものまで取りあげられる」

ルカによる福音書8－18「だから、どう聞くかに注意しなさい。持っている人は与えられ、持っていない人は、持っていると思うものまで取りあげられる」

ルカによる福音書19－26「言っておくが、誰であっても、持っている人は与えられ、持っていない人は、持っているものまで取りあげられる」

・改訳聖書
マタイによる福音書13－12「持っている人は与えられ、豊かになる。しかし持っていない人は、持っているものまで取りあげられる」

マルコによる福音書4－24、25「これから聞くことを心に留めなさい……持っている人は与えられ、持っていない人は、持っているものまで取りあげられる」

ルカによる福音書8－18「どう聞くかに注意しなさい。持っている人は与えられ、持っていない人は、持っていると考えるものまで取りあげられる」

ルカによる福音書19－26「言っておくが、誰であっても、持っている人は与えられるが、持っていない人は、持っているものまで取りあげられる」

・モファット新訳
マタイによる福音書13－12「持っている人はさらに与えられ、しかもより豊かに与えられる。しかし持っていない人は、持っているものまで取りあげられる」

マルコによる福音書4－24、25「これから聞くことに注意しなさい……持っている人はさらに与えられるが、持っていない人は、持っているものまで取りあげられる」

ルカによる福音書8－18「だから、どう聞くかに注意しなさい。持っている人はさらに与えられるが、持っていない人は、持っていると考えるものまで取りあげられる」

ルカによる福音書19－26「言っておくが、誰であっても、持っている人はさらに与えられるが、何も持っていない人は、持っているものまで取りあげられる」

・ウェイマス新訳
マタイによる福音書13－12「持っている人はさらに与えられ、豊かになる。しかし持っていない人は、持っているものまで取りあげられる」

マルコによる福音書4－24、25「これから聞くことに注意しなさい……持っている人はさらに与えられ、持っていない人は、持っているものまで取りあげられる」

ルカによる福音書８－18「だから、どう聞くかに注意しなさい。持っている人はさらに与えられ、持っていない人は、持っていると考えるものまで取りあげられる」
ルカによる福音書19－26「言っておくが、誰であっても、持っている人はさらに与えられ、何も持っていない人は、持っているものまで取りあげられる」

・グッドスピードおよびスミス新訳（アメリカ訳聖書）
マタイによる福音書13－12「持っている人たちは、さらに多くのものが豊富に与えられる。何も持っていない人たちは、持っているものまで取りあげられる」
マルコによる福音書４－24、25「これから聞くことに注意しなさい……持っている人たちは、さらに多くのものが与えられ、何も持っていない人たちは、持っているものまで取りあげられる」
ルカによる福音書８－18（当訳書では省略）
ルカによる福音書19－26（当訳書では省略）

・本書
第十二章註34の箇所
「イエスはそこで言葉を切ってから、こう続けられた。
『さて、何に気をつけるべきか、しばらく考えてみなさい。言っておくが、自分の才能を見事に活用した者はそれをさらに高め、より有能で立派な人間になるだろう。しかし好機を見逃す者は、自分が持っている力まで失ってしまう』」

・当該箇所に関する本書の註

「原典では『だから、どう（あるいは何を）聞くべきかに気をつけなさい。言っておくが、持っている人はさらに与えられて豊かになるが、持っていない人は持っているものまで取りあげられる』

一読してわかるように難解な文章である。恐らくは精神の領域で、自然の力を使ったことによる成長、およびそれを無視したことによる退化を指すものと解釈するのが一般的である。本書でもその解釈を採用し、意味を強調するために修正を加えた」

この文章は、現代の読者にとって理解が難しいだけでなく、なかには不快に感じる人もいるだろう。「どう聞くかに注意しなさい」とはどういう意味か。金持ちがさらに与えられ、貧者のものを残らず得るというのは、たとえ倫理に反していなくとも、不公平ではないか。また何も持っていないのなら、いったい何を取りあげられるというのか。

本書の解釈はこうした問題を避けるための試みであり、大半の識者もそのように論じている。当然ながら、これがキリストの本意だと断言することはできないが、この一節を謎のままにして読む気をなくさせるよりも、大半の識者がキリストの本意だと考えていることを明らかにするほうが望ましいはずであり、事実そのように論じられている。

3、記述全体を現代の言語および形態で提示する。

難解な記述の書き換えが認められたならば、統一性を保つために記述全体の書き換えが必要となる。

著者は欽定訳聖書の壮麗な英語を軽んじるものではないが、本書で現代の口語的な英語を採用したのにはいくつか理由がある。まず第一に、現代的な翻訳は「欽定訳聖書という音楽」に比べ、「市井の人々」の関心をはるかに強く惹きつけると、多くの宗教関係者が指摘していることが挙げられる。第二に、キリスト教を受け入れるにあたって問題を感じている人々に対し、宗教関係者は口語訳聖書を読むよう勧めている事実が挙げられる。そして最後に、どうしても馴染めないという理由で聖書への関心を失ってしまった人々に対し、再び興味をかき立てる物語を作りたいと思ったことが挙げられる。またそれとのつながりで、原典の記述があらゆる点で適切だとしても、言葉を変えたほうが望ましい箇所があったことはここに記しておくべきだろう。

本書の作業にあたっては、数多くの書籍や注釈書を参考にした。ここに感謝を述べるとともに、とりわけ有意義だったものを以下に記す。

The Four Gospels in Parallel, Sir W. J. Herschel. S.P.C.K

The Synoptic Gospels, Arranged in Parallel Columns J. M. Thompson. Oxford University Press.

The Four Gospels, B. H. Streeter. Macmillan & Co. Ltd.

A People's Life of Christ, J. Paterson Smyth. Hodder & Stoughton Ltd.

The Life of Jesus, C. J. Cadoux. Penguin Books Ltd.

Helps to the Study of the Bible, Oxford University Press.

The Clarendon Bible, Oxford University Press.

The Century Bible, Thomas Nelson & Sons Ltd.

The Cambridge Bible, Cambridge University Press.

The Moffatt New Testament Commentary, Hodder & Stoughton Ltd.

A New Translation of the Bible, Moffatt. Hodder & Stoughton Ltd.

The New Testament in Modern Speech, Weymouth. James Clarke & Co. Ltd.

The Short Bible, Goodspeed and Smith. Cambridge University Press.

聖ルカによるまえがき

わたしたちの信仰を打ち立てる土台となった数々の事実については、これまで多くの人たちが記録を試みました。彼らはそうした事実を、それらの出来事を直接目のあたりにした兄弟たちから聞かされたのです[1]。わたしの主であるテオピロさま、わたしも最初からこれらの出来事を丹念に調べておりますので、あなたのためにその記録を順序立てて記すべきだと感じております。それは、あなたのお知りになった真理について、疑問を残らず打ち払うためであります。

註

1、福音書の成立。キリストの死後、その生涯と教えの記録は集められたあとまず口頭で伝えられ、その後、ルカがまえがきで記しているように、様々な人たちの手で文章として記録されたと考えるのが合理的である。現存するキリスト教関係の最初の文書は使徒の書簡であり、また最初の福音書は聖マルコによるものである。その完成はキリストの死から三十ないし四十年が経過した紀元六十七年ごろと考えられている。その一方で、現在では失われたQ文書の存在があり、その一部が復元されている。それから十ないし二十年後、つまりキリストの死から五十ないし六十年が経過したころ、マタイおよびルカによる福音書が成立したものと思われる。その大部分はマルコによる福音書とQ文書を土台としているが、最初の三章はキリストの「出生」物語となっており、また別の箇所——ルカによる福音書ではとりわけそれが長い——も、異なる未知の記録を基にしたものである。ヨハネによる福音書が記されたのはさらに遅く、最近の発見によると一世紀が終わる直前だったことが示唆されている。

当時は他の福音書も存在していたが、ごく初期の段階から、マタイ、マルコ、ルカ、そしてヨハネによる福音書だけが教会に受け入れられていた。

ごく大ざっぱに言えば――ゆえに不正確にならざるを得ないが――、マルコによる福音書は異邦人向けに書かれ、主としてキリストの行ないを簡潔に記したものとされている。マタイによる福音書はユダヤ人向けのもので、とりわけ旧約聖書のメシアに関する預言を、キリストがどのように実現したかを述べている。またルカはきわめて優れた作者であり、キリストの生涯を他の誰よりも完全に記録している。その福音書は世界でもっとも美しい書物、と呼ばれているほどだ。そしてヨハネはキリストの霊的・神秘的な教えを記述しており、史実として理解されることを意図してなかったと考える者もいる。とは言え、本書のように各福音書を一つに統合しようと試みるならば、どの福音書も歴史的事実と教えの記録として、等しく扱わねばならないのは明らかである。

十九世紀の幕が降りようとするころ、その他の古代文書を検証すべく用いられていた文書批判の方法が、聖書についても適用されるようになった。それによってまず、逐語霊感説という旧来の考え方が否定された――ペテロの否認に関する各福音書の記録がその一例。第十六章註8を参照のこと――のを皮切りに、次から次へと聖書の記述に疑問が呈され、ついには全体の信用性が強く疑われるに至った。また数十年の長きにわたり、聖書のストーリーは科学的知識によって反証されると信じられていた。だが現在では、それと逆の意見が主流を占めている。つまり、聖書に敵対的な文書批判は最近の発見によって大部分が覆され、また聖書の記述内容と目的をより明確に知ることで、科学的見地からの反証もおおよそ解決されるに至ったのである。かくして、一言一句間違っていないという盲目的信仰の段階、そして内容全体に対する疑念の段階を経て、聖書批評は現在、そこに内在する真実性と信用性を再び受容する方向に進んだと言われている。

四つの福音書の物語

第一章　キリストの生誕と幼少期

ヘロデ大王がユダヤの王だった紀元前六年、ザカリヤという聖職者がこの地域に住んでいた[1]。アビヤ組の祭司であり、妻エリザベツはアロン家の娘である。二人は立派な夫婦で、神をあがめ非の打ち所がない生活を送っていたものの、子どもがおらず、年齢を考えれば今後もうけられるとも思われなかった。

ある日のこと、その日当番だったザカリヤはエルサレムの寺院で祭司の務めを行なっていたが、そこで一つの幻を見た。司祭のしきたりにしたがって籤を引き、至聖の内陣で香を焚くあいだ、外では人々が祈りを捧げていた。そのとき、天使がザカリヤの前に現われ、香壇の右側に立ったのである。ザカリヤは恐れおののいたが、天使はこう言って安心させた[2]。

「恐れることはありません、ザカリヤよ。あなたの祈りは聞き入れられ、エリザベツは男の子をもうけるでしょう。その子をヨハネと名づけなさい。彼の誕生はあなたたちだけでなく多くの人々に喜びをもたらします。神が認めるところの偉大な人となるのですから。ワインや強い酒を飲ませてはいけません。その子は誕生の日から聖霊に満たされ、イスラエルの多くの人々を神の御許に立ち帰らせるのです。彼はエリヤの霊と力をもってメシアに先立つ者となり[3]、親と子の心を一つにしたうえ、悪人をして知恵と正義の道へと向かわせるでしょう。こうして人々に、来たるべき神を迎え入れさせるのです[4]」

ザカリヤは尋ねた。

「そうなることがどうして信じられましょう。わたしは老人ですし、妻も歳をとっています」

天使は答えた。

「わたしはガブリエル、神より遣わされし者。このよき知らせを伝えるため、あなたのもとに遣わされたのです。しかし、あなたはわたしの言葉を信じなかった。ゆえに、わたしの言ったことが現実のものとなるまで、あなたは何も聞こえず、何も言えなくなるでしょう」

そのあいだ、人々はザカリヤを待ち続け、なぜ内陣から出てこないのかといぶかしんだ。ようやくザカリヤは姿を見せたが、いつもの祝福を与えることができず、それで人々は内陣で幻を見たのだと気づいた。ザカリヤは人々に身振りで伝えたものの、一言も口にできなかった。それでも務めの期間が終わるまで仕事を続け、それから家に戻った。

やがて妻エリザベツが子を身ごもり、五ヵ月のあいだ姿を消した。そのとき彼女はこう言った。

「主は慈悲深くも、人々のあいだからわたしの恥を取り去ってくださいました！」

その五ヵ月が終わろうとするころ、神はガリラヤの町ナザレに天使ガブリエルを遣わし、マリアという名の若き乙女のもとに赴かせた。マリアはダビデ家のヨセフという男の許嫁だった。そして天使はマリアの家に現われた。

「おめでとう、選ばれしお方よ。神はあなたとともにおられます」

マリアは予期せざるこの挨拶に戸惑い、なんのことかかと首をひねった。

天使は続けた。

「心配いりません、マリア。あなたは神に深く愛されたのです。これから男の子を身ごもることになりますが、その子をイエスと名づけなさい。彼は偉大な人となり、至高の方の息子と呼ばれるでしょう。そして神である主はその子を人々の救世主となされます。[5] 彼はヤコブの家を永遠に治め、その王国は終わることがないのです」

「どうしてそのようなことがあり得ましょう？　わたしはまだ生娘ですのに」

「聖霊があなたのもとに降り、至高の方のお力があなたを覆うでしょう。ゆえに、あなたの子は神に捧げられ、神の子と呼ばれることになるのです。[6] いとこのエリザベツをごらんなさい。歳をとっているにもかかわらず、あなたと同じく子をもうけようとしています。実際、彼女はもう六ヵ月目です。神のおっしゃったことは必ずや現実のものとなるのですよ」

マリアは言った。

「わたしは神の婢女(はしため)。あなたのお言葉どおりになりますように」

天使が去ったあと、マリアは急いでエリザベツのもとへ向かった。ザカリヤが住む山里へと歩き、家に入っていとこに挨拶する。エリザベツがそれを聞いた瞬間、胎内の子がおどり、彼女は聖霊で満たされた。

「ああ、あなたは選ばれし女なのね！」エリザベツは声をあげた。「あなたの子も選ばれしお方なんだわ！　わたしの救い主のお母さまがわざわざ会いに来てくださるなんて、いったいどういうわけでしょう？[7] あなたのお声を聞いたとき、わたしの子は喜びのあまり胎内でおどったのです。それに、神のお約束が必ず実現すると信じるあなたは、なんと幸せなお人なんでしょう！」

するとマリアは次のように暗唱した。

「わたしの魂は主をあがめ、わたしの霊は救い主である神への喜びで満ちています。賤しい身分のこの婢女にも目を留めてくださるからです。これから先、全能のお方がわたしになされたことを知って、どの人もわたしのことを幸せな女と言うでしょう。

その御名は尊く、そのお慈悲は代々にわたって限りなく、主をあがめる者へと及ぶでしょう。全能なる主の腕はその力をふるい、思いあがった高慢なる者どもを圧倒し、支配する者どもをその座から引きずり下ろし、賤しく従順なる者たちを高みにあげ、飢えたる者の腹を満たし、富める者を空腹のまま追い返すのです。

主はわたしたちの祖先に約束なさったとおり、しもべイスラエルを支えられ、アブラハムとその子孫たちにとこしえなるお慈悲を示されるのです」

マリアは三ヵ月ほどエリザベツのところにいたあと、家に戻った。

妻となるマリアが身ごもっていることを知った夫のヨセフは、ひどく悩んだ。彼は正しい人であり、マリアのことが表沙汰になるのを望まなかったので、密かに縁を切ろうと決心した。(8) だがそう考えていたところ、神から遣わされた天使が夢のなかに現われた。

「ダビデの子ヨセフよ、恐れずマリアを妻に迎え入れなさい。マリアの子は聖霊によって彼女に宿ったのですから。マリアは男の子を産む。その子をイエスと名づけなさい。その子こそ、自分の民を罪から救うのです」

これらのことはすべて、神が預言者イザヤを通じて言われたことを実現するために起きた。「見よ、乙女が身ごもり男の子を産む。その子はインマヌエルと呼ばれるであろう」インマヌエルとは「神は我々とともにおられる」の意味である。[9]

目を覚ましたヨセフは主の天使に言われたとおり、妻を家に迎え入れたものの、彼女の子が生まれるまで夫として暮らすことはしなかった。

やがてエリザベツは男の子を産んだ。近所の人々や親類は、彼女が神から大いに慈しまれたと知って喜びあった。

それから八日後、赤子に割礼を施そうと何名かの人がやって来た。その子は父にちなんでザカリヤと名づけられることになっていたが、エリザベツがそれに反対してこう言い切った。

「この子の名はヨハネでなければなりません」

「あなたの親類に、そのような名前の者は一人もいない」人々はそう反論し、父親の希望を身振りで尋ねた。

ザカリヤは文字を書く板を所望し、人々が驚くなか、こう記した。「息子の名はヨハネである」すると、ザカリヤはたちまちものが言えるようになり、神への賛美を口にしだした。隣人たちは恐れおののき、この話はユダヤの山里じゅうで語り草となった。「この子はどんな人になるだろう?」話を聞いた者はみな、そう不思議に思った。神が特別な目でこの子を見守っておられることを、誰もが知っていたからである。
やがてザカリヤは聖霊で満たされ、次のように暗唱した。
「讃えよ、イスラエルの神である主を。主は自らの民を忘れることなく、救いをお与えになった。
聖なる預言者の唇を通じて語られた、はるか昔の約束を実現されるにあたり、主はしもベダビデの
子孫から全能の救い主をお造りになった。
この救い主は我らを敵から救い、また我らを憎む者の手からお救いになる。
我らが祖先に慈悲をお示しになった主は、我らが父アブラハムに立てられた誓い、その聖なる契約
を覚えていてくださる。
それによって恐怖から救われ、敵の手から解放された我らは、清く正しく生涯主に仕えることがで
きるだろう。
我が子よ、お前は至高の方の預言者と呼ばれる。お前はメシアに先立つ者として、その道を整える
のだから[10]。
慈悲深き主が救いと赦しをお与えになったことを、お前は主の民に知らせることとなる。
これは我らのみならず、暗闇と死の影のなかで暮らしてきた者たちを照らす新しい夜明けである。
それによって我らは、平和の道へと導かれる」
年月が流れ、子ヨハネは心身ともにたくましく成長し、ときが満ちイスラエルへ赴くよう神の啓示
を受けるまで、砂漠で暮らした。

ヨハネの誕生から六ヵ月ほどあとのこと、人口調査と財産登録の勅令が皇帝アウグストゥスから全土に発せられた。これはキリニウスがシリア総督だったときに行なわれた最初の調査であり、人々はみな登録を済ませるため自分の町へと旅立った。ヨセフはダビデの子孫だったので、ナザレの町を離れ、妻マリアとともにダビデの町、ユダヤのベツレヘムに赴いた。

ところが、夫妻がその町にいるとき、月満ちたマリアは子を産んだ。混み合う宿屋に部屋はなく、二人は家畜小屋に泊まることを余儀なくされた。マリアはそこで男の子を産み、赤子を布でくるんでから、飼い葉桶に寝かせた。

その夜、近くの丘で夜通し羊の群れの番をしていた羊飼いたちは、一つの姿を見た。天使が姿を現わし、主の聖なる光が羊飼いたちを明々と照らす。彼らは恐れおののいたが、天使がこう言って安心させた。

「恐れる必要はありません。わたしはあなたたちによき知らせを伝えにきたのです。このうえない祝福がすべての人に与えられようとしています。たったいま、ダビデの町で救い主、主のメシアがお生まれになりました[11]。あなたたちは、その赤子が布にくるまれ飼い葉桶で眠っているのを見つけるでしょう」

すると、天使の横に天上界の主たちが現われ、このように神を讃えた。

「至高の天にましますに神に栄光あれ。地に平和あれ。神の御心に適う人々に平和あれ[12]」

天使たちの姿が消えたあと、羊飼いたちはいまのことを話し合った。

「ベツレヘムに行き、主がお示しになったことをこの目で確かめよう」

かくして彼らはベツレヘムへと急ぎ、マリアとヨセフ、そして飼い葉桶で眠る赤子を見つけた。そしてそのことを人々に話し、聞いた者を驚かせた。それから羊飼いたちは、天使の言葉が現実のものとなったので、神をあがめ讃えながら家に戻ったのである。しかし、マリアは羊飼いたちの話を心の奥にしまい込み、深く思いを巡らせた。

ところで、キリストの家系ないし出自には、二通りの説明が存在する。一つは霊的ないし形而上学的な説明であり、もう一つは自然的ないし血統的な説明である。霊的な出自については、聖ヨハネが次のように記している。

「初めに意識があり、意識は神とともにあった。そして意識は神であった⑬。意識はすべての始まりから神とともにあった。万物は意識によって成り、意識によらず成ったものは一つとしてない。意識は生命の源であり、その命は人間を照らす光であった。この光は精神と霊の暗闇のなかで輝き、闇がそれを消し去ることはなかった⑭」

もう一方の血統的な説明は聖マタイと聖ルカによってなされている⑮。

キリストと呼ばれたイエスはマリアの夫ヨセフの息子であり、またそう信じられていた。
ヨセフはヘリの子であり……
(中略)
ソロモンはダビデの子であり、ダビデはエッサイの子であり……
(中略)

イサクはアブラハムの子であり、アブラハムはテラの子であり……
（中略）
セトはアダムの子であり、アダムは神の子である。

アブラハムからダビデまで十四代、ダビデからバビロンへの移住まで同じく十四代、そしてバビロン移住からキリストまでさらに十四代である。

誕生から八日後、割礼の日を迎えたマリアの子はイエスと名づけられた。これは、天使が母親に命じたとおりである。

モーゼの律法に定められたマリアの清めの期間(16)が終わったとき、両親はイエスを神にお目見えさせるためエルサレムへ連れていった。最初の男子を神に捧げるのが主の定めだからである。また、これも主の定めどおり、両親はキジバトのつがいか、家鳩の雛二羽を生贄として捧げるつもりだった。

そのころ、エルサレムにシメオンという人がいた。彼は正しい人で信仰が篤く、その人生は聖霊によって命じられ、イスラエルが救われるのを待ち望んでいた。さらに、神のメシアをその目で見るまで死んではならないと聖霊に告げられていた。その導きで神殿に赴いたところ、生贄を捧げるべく両親がイエスを連れてきた。シメオンは赤子を腕に抱き、神を讃えてこう言った。

「主よ、いまこそこのしもべを安らかに旅立たせてください。あなたが約束されたとおり、あなたより遣わされた救い主をこの目で見たからです。

それは万民に遣わされた救い主、異邦人を照らす光、そしてあなたの民イスラエルにとって特別の誉れなのです」

言い終わったシメオンはイエスの母と父にも祝福を与えてから、マリアに言った[17]。

「よろしいか、この子はイスラエルの多くの人を倒したり立ちあがらせたりすることを運命づけられているのです。彼は激しい反対を巻き起こし、数多くの心に秘められた秘密の考えをあらわにさせるでしょう。それに、あなた自身の心も剣で刺し貫かれるのです」

そのとき、一人の女預言者が立ちあがった。アシェル族のファヌエルの娘で、名をアンナといった。ごく年老いた彼女は嫁いで七年間夫と暮らし、その後死に別れていま八十四歳だった。神殿で暮らし、断食したり祈ったりして神をあがめていたが、彼女もまたその子の出生に感謝を捧げ、メシアの到来を待ち望む人々にそのことを話したのである。

これらの言葉に、ヨセフとマリアは心から驚いた。

同じころ、マギと呼ばれる占星術の学者たちが東方よりエルサレムに至り、生まれたばかりのユダヤの王はどこにおられるかと訊いた。その語るところによると、彼らはその方の星が輝くのを目にし、敬意を表するためここを訪れたのだという。それを聞いたヘロデ王は不安になったが、エルサレムの人々もまた同じだった。王は祭司長と律法学者たちを集め、メシアはどこで生まれることになっているのかと尋ねた。

その質問に彼らはこう答えた。

「ユダヤの地ベツレヘムです。このような預言がございます。『ユダヤの地ベツレヘムよ。汝はユダヤを統べる者のなかで一番小さき者ではない。汝らのなかから指導者が現われ、我が民イスラエルの羊飼いとなる』」

そこでヘロデ王は、かのマギたちを密かに御前へ呼び、その星が現われた時間を細かく尋ねてから、こう言った。

「ベツレヘムに行ってその子を探し、見つけたら知らせていただきたい。わたしも出向いて拝むことにしよう」

学者たちはすぐに旅立ったが、喜ばしいことに、以前に見た星がこのときも彼らを導き、その子がいる家屋を教えたのである。なかに入った学者たちは、母マリアとともにいるイエスを見つけた。伏し拝んでから宝箱をあけ、黄金、乳香、そして没薬の贈り物を捧げる。しかし夢のなかで、ヘロデ王のもとへ戻るなという神のお告げを聞いたことから、別の道を辿って自分の国へ帰っていった。

学者たちが去ってすぐ、ヨセフは夢を見た。神より遣わされた天使がヨセフにこう告げる。

「すぐに起き、子どもとその母親を連れてエジプトへ急ぎなさい。そしてわたしが告げるまで、そこにとどまるのです。ヘロデ王がその子を探し出し、殺そうとしています」

ヨセフは立ちあがり、母子を連れて夜のうちにその場を抜け出した。そしてエジプトに至り、ヘロデ王が死ぬまでそこにいた。それは預言者を通じて伝えられた、「わたしはエジプトからわたしの子を呼び出した」という主の言葉を実現させることとなった。

一方、欺かれたことを知って怒り狂ったヘロデ王は人を送り、マギに確かめた日付から計算して、ベツレヘムとその周囲に暮らす二歳以下の子どもたちを皆殺しにさせた。この行為によって、エレミヤの預言が現実のものとなった。「ラマで声が聞こえた。嘆き悲しむ激しい泣き声。ラケルは子どもたちのために涙を流し、慰めを得ようともしない。子どもたちはもういないから」

ヘロデ王が死ぬと、ヨセフは別の夢を見た。主の遣わされた天使が再び夢に現われ、殺そうとする者はもう死んだので、子と母を連れてパレスチナへ戻ってもよいと告げたのである。ヨセフはそのとおりにした。しかしパレスチナに至り、アルケラオスがユダヤ王の座を継いだと知って、そこで暮らすことを恐れた。そこで神の導きにより、ガリラヤのナザレに戻った[18]。このようにして、さらに別の預言が実現されたのである。「彼はナザレ人と呼ばれる[19]」

その後幼子は心身ともに成長し、引き続き神から特別の好意をお受けになった。

過越祭の時期、ヨセフとマリアは毎年エルサレムを訪れることにしており、イエスが十二歳となられた年も、息子を伴いエルサレムへ赴いた。その年齢になった若者はそれを祝うしきたりだったからである。祭りの時期が終わり、一家は例年と同じく家路についたが、両親の知らぬ間にイエスはエルサレムにとどまられていた。イエスが旅の道連れのなかにいると思い込んでいた両親は、その後一日旅を続け、それから知り合いのあいだを探し回った。だがそれでも見つからなかったので、ヨセフとマリアはエルサレムへ引き返し、そこで探すことにした。二人は二日のあいだイエスの姿を探したが、三日目になりようやく、イエスが神殿の境内に学者たちと座り、質問をぶつけたり、その答えを聞いたり、あるいは自らの知識と智慧でもって一座を仰天させているのを見つけた[20]。

これを見た両親は驚き、母親がこう言ってイエスを叱った。

「なぜあんなことをしてくれたのです。あなたを探しているあいだ、お父さんもわたしもどれだけ心配したことか[21]」

イエスはそれに答えて言われた。

「なぜわたしを探したのですか。自分の父の家にいるのは当然でしょう」

二人ともその言葉の意味を図りかねたが、ともかくマリアはこの奇妙な出来事を心の奥底にしまい込んだ。

それからイエスは両親とともにナザレへ戻り、おとなしくしたがわれた。その後ときが経つにつれ、イエスはますます成長し、力と智慧を増すだけでなく、神に愛され友人からも親しまれた。

第一章　註

1、紀元前六年という年代は聖書に記されていないものの、福音書に書かれた内容、すなわちそこで言及されている人物に関係する日付のうち、既知のものから導き出されたものである。その正確性が確認されたわけではないものの、誤差は一ないし二年の範囲に過ぎない。一例を挙げると、ヘロデ王は紀元前四年に死んだとされているので、まずそれ以降ではあり得ない。一般の人間にとっては「ヘロデ王の時代」とするよりも理解しやすいため、この年代を記すのが望ましいと感じた次第である。

2、ここだけでなく他の多くの文章において、天使の存在と助力は明確に存在するものとされている。マタイとルカの「生誕物語」は、未知の異なる情報源に依拠していることが明らかな後の各章ほどの確実性を持たないが、天使はその後も頻繁に言及されており、復活と昇天の際にもその姿が見られたと主張されている。これと同じく、悪霊と悪魔の存在も当然のものとされている（第三章註17を参照のこと）。
これらの出来事や、キリストの変容における天使の出現、および復活と昇天のあいだにおけるキリスト自身の出現と、現在の唯心論者が信じている出現とを比較するのも面白い。
3、メシアは救済者であり、その出現は旧約聖書で予言されている。またキリストが降臨した際も、人々は救済者を探し求めていたが、それはダビデの子にしてユダヤの王とされていた。多くの人間はそれを、パレスチナに政治的独立をもたらす俗世の君主を意味するものと考えていたが、預言書にそうした記述はない。キリストは確かにそれらの預言を現実のものとしたが、それは唯神論的方法によるものであり、つまり人々を罪から救済し、地上に神の王国を打ち立てたということである。
4、この段落には難解な文章が多数含まれている。「メシアに先立つ者」とは文字通り解釈すれば「彼の前を行く者」であり、「親と子の心を一つにする」は「親の心を子に向けさせる」あるいは「反抗的ないまの世代を、先祖の賢き道へと向かわせる」となるかもしれない。また「人々に、来たるべき神を迎え入れさせる」は「主を待ち望む人々に、その出現の用意をさせる」ということになるだろう。
5、原典では「主である神は、父ダビデの王座を彼に授ける」
6、処女降誕。これには二つの解釈が存在するものの、その論争はあまりに幅広く、ここにすべてを記すのは不可能である。

1、処女降誕が文字通り発生したと信じる者は次のように主張する。
（a）マタイによる福音書1－18～25、およびルカによる福音書1－34～35において、その事実が明白であるかのように記されている。
（b）他の多数の文章も、それと同じ意味を有するものと解釈できる。

2、処女降誕が文字通りに起きたのではないと信じる者は、それがキリストの時代にたびたびなされていた主張だと論じたうえで、次の各点を強調する。
（a）新約聖書の他の箇所に、それを明確な形で述べた文章は存在しない。我らが主は処女降誕があったと述べておられず、聖マルコと聖ヨハネもそれに触れておらず、聖パウロに至ってはまったく知らないものと思われる。
（b）先の主張1（b）で言及されている文章は、処女降誕が実際の出来事でなかったとしても、等しく満足な解釈が可能である。
（c）マタイとルカによるキリストの年代記はどちらも、彼がダビデの息子であると記述しており、ヨセフはキリストの父親であるとしている。
（d）マリアとヨセフはキリストの「両親」（ルカによる福音書2－27、41、43）、ないし「彼の父と母」（ルカによる福音書2－33、48）と呼称されている。
（e）旧約聖書の記述に「見よ、処女が身ごもり男の子を産むであろう」とあり、懐疑論者はこれを土台に、処女降誕の教義が生まれたのだと述べているが、「処女（virgin）」という語は実は誤訳であり、ヘブライ語の原典では単に「若い女性」と記されている。
ここに掲げた論点は論争の全体像を示すものではなく、興味ある読者は関連書籍を参照されたい。
7、原典では「こちらの方はどこからいらっしゃったのでしょう。わたしの主のお母さまは、どちらからここへいらっしゃったのでしょう」
8、註6を参照のこと。

9、註6を参照のこと。

10、原典では「汝は主の前を進み、その道を整える者なれば」

11、原典では「今日、ダビデの町において、汝は救い主を、主であるキリストを身ごもる」

12、原典では「至高の場所におられる神を讃えよ、そして地上に平和を、神が満足しておられる人々に平和を」

「至高の場所」は普通、もっとも高い領域ないし天を意味するものとされている。またヘブライ語における「平和」という単語は、争いがない状態を指すだけではなく、真の繁栄をも意味しており、「豊富な」という語を加えることによってそれをさらに強調する試みがなされている。

13、原典では「はじめに言葉あり、言葉は神とともにあり、言葉は神なり」

難解な文章である。「言葉」という語はギリシャ語の「ロゴス」が持つ意味の一部しか含んでおらず、それは口から発せられた言葉だけでなく、その背後にある思想をも包含している。またロゴスという語は、神の力と全能の働きによって示されるところの神の知恵、および神がそれによって実体的な事物を支配するところの手段、言い換えれば神の意志（御心）をも指していると思われる。よって難しいところであるが、「意識（Energising Mind）」という語をもってこれを表現した。なおリットン伯爵は代わって「愛」という単語を提唱している。

14、原典では「そして暗闇のなかで光が輝いた。闇がそれを包み込むことはなかった」

ヨハネの福音書においては多くの場合、「光」は知的・倫理的な真理だけでなく、絶対的な善をも意味している。また「暗闇」はこれと反対に、精神的・倫理的な悪へと導くものである。さらに、「包み込むことはない」は、「いまだ浸透しないままである」という意味であろう。もしくは「打ちのめすことはない」を意味しているかもしれず、ここではこの意味を採用しており、それをさらに強調するため詳述している。

15、イエス・キリストの系図。マタイ（1－2～16）とルカ（3－23～38）はいずれもキリストの系図を記している。マタイはアブラハムより始まり、キリストへと下る書き方をしている。一方のルカはキリストより始まりアブラハムへ、そして「神の子」アダムへと遡る形で記述している。

これら二つの系図にはかなりの相違があり、完全に正しい説明は不可能であるものの、ルカは実際の系図を、マタイは法に基づく相続関係を示したというのが一般的な推測である。また、系図に記されていない名前をあえて加える必要はないと思われる。

16、正しくは「両親の清めの期間」。ルカによる福音書2－27、ならびに註6を参照のこと。

17、ルカによる福音書2－33、および註6を参照のこと。註6も参照のこと。

18、ルカによる福音書2－39では、ヨセフとマリア、そしてその子はエルサレムからナザレへ直行したことが示唆されている。しかしエジプトへの旅は、エルサレム訪問とナザレへの帰還のあいだ以外ではあり得ないと思われるので、本書もそれにしたがって修正した。

19、難解な記述である。専門家の大半は「ナザレ人（Nazarene）」という語に「ナザレの住民」という意味はなく、むしろ「救世主たる者」を意味していたと思われる「Nazorean」をあてるべきだとしている。また、「Nazarene」はガリラヤなどナザレ周辺の地域を指す語だとする者もいる。

20、この間の両親の行動は次のようなものだったと思われる。一日目の昼、エルサレムを旅立つ。一日目の夕方、道連れのなかからイエスを探す。一日目の夜、エルサレムへ戻る。二日目の昼、エルサレムでイエスを探すものの無駄骨に終わる。三日目の朝、イエスを見つける。
21、註6を参照のこと。

第二章　キリストの宣教が始まるまで

神殿におけるキリストと教師たちの議論からおよそ二十年後、神は荒れ野でザカリヤの子ヨハネに呼びかけ、宣教を始めさせた。この年はローマ皇帝ティベリウスによる治世の十五年目であり、ポンティオ・ピラトがユダヤの総督、ヘロデ・アンティパスがガリラヤの属領主、その兄弟フィリポがイトラヤ・トラコン両地方の属領主、リサニアがアビレネの属領主、そしてアンナスとカイアファが大祭司だった。(1) ヨハネの伝道は、すべての人が信仰を持つよう光の証(あかし)をすることだった。彼自身が光なのではなく、証をするべく来たに過ぎない。

かくしてヨハネはユダヤの荒れ野を通ってヨルダン川沿いの渓谷へと赴いた。歳は三十を少し過ぎたところ、駱駝の毛衣をまとい、腰に革の帯を締め、イナゴと野の蜜を糧とする日々。そしていたるところで、罪の赦しを得るには悔い改め、洗礼を受けなければならないと宣べ伝えた。

「心を改めよ。神の国が近づいている」

マラキによる次の預言は、ヨハネとその宣教を指している。

「見よ、わたしは汝の前に使者を遣わし、汝の道を整えさせよう」

預言者イザヤの書にもこう記されている。

「叫ぶ声が聞こえる。『荒れ野に主の道を整え、その道筋を平らかにせよ……すべての谷は埋まり、山も丘も平らになる。曲がった道は真っ直ぐになり、荒れた道も平たくなる。そしてすべての人間は神の救いを見る』」

エルサレムとユダヤ全土から、またヨルダン川沿いの地域一帯から、ヨハネの教えを聞こうと人々が押し寄せた。彼らは罪を告白し、ヨルダン川でヨハネから洗礼を受けた。そのなかにはファリサイ派やサドカイ派の人々も大勢いたのだが、それに気づいたヨハネはこう非難した。

「蝮の子らよ、来たるべき裁きから逃れよとお前たちに言ったのは誰か。アブラハムの子孫だから大丈夫だなどと夢にも思うな。よいか、神はこれらの石ころからでもアブラハムの子孫をお作りになれる。[2] 悔い改めたことを示す生き方をせよ。斧はもう木の根元に置かれている。よき実を結ばぬ木は切り倒され、火にくべられるのだ」

「では、わたしたちはどうすればよいのですか?」群衆が尋ねた。

「他の人と分かち合いなさい。外套を二着持つ者は、持たぬ者に分けてやるように。食べ物を持つ者も同じように分け与えなさい」

徴税人も洗礼を受けるために大勢やって来て、「先生、我々はどうすればよいでしょう」と訊いた。

ヨハネは答えた。

「法に適った額以上の税を取り立ててはならない」

幾人かの兵士も同じ質問をした。

ヨハネはそれに答えて言った。

「誰に対しても不正なことをしてはならない。偽りの非難をすることなく、いまの俸給を満足して受け入れるように」彼ら兵士に対しては、さらに多くの忠告を与えた。

こうしたことはすべて、ヨハネこそがメシアなのではないかと、人々に思わせることとなった。そこでエルサレムの指導者たちは、ヨハネが洗礼を授けていたヨルダン川の向こう側にあるベタニアへ祭司とレビ人の一団を遣わし、そのことを問い詰めさせた。

ヨハネはきっぱり言い切った。

「わたしはメシアではない」

司祭たちはさらに尋ねた。

「ならば、あなたはエリヤですか」

「いや、違う」

「それでは、出現が預言されていたあの預言者なのですか[3]」

「違う」

「では、あなたはいったい何者なのか。わたしたちを遣わした人々が返事を求めているのです。あなたは自分をどういう人だとおっしゃるのか」

「わたしは声である」ヨハネは答えた。「預言者イザヤが言ったように、『荒れ野に主の道を整えよ』と叫ぶ声である」

司祭たちはさらに訊いた。

「メシアでもエリヤでもなく、出現を預言されていた預言者でもないならば、なぜ洗礼を授けているのですか」

「確かに、わたしは悔い改めを望む者に水で洗礼を授けている」ヨハネは認めた。「だが、わたしよりはるかに優れた方が、わたしのあとから来られる。その方はあなたたちのなかにおられるが、あなたたちはそれに気づいていない。わたしのあとから来られるのに、わたしよりも優れておられる。わたしは身を屈めてその方の履き物の紐を解く価値さえない。その方は聖霊と火であなたたちに洗礼を授ける。手にうちわを持ち、脱穀場の床に落ちたもみ殻から麦を選り分けるのだ。そして麦を集めて蔵に入れ、消えることのない火でもみ殻をお焼きになる」

ヨハネが伝道を続けるあいだ、同じく三十代にさしかかっておられたイエスはガリラヤの地ナザレを離れ、ヨハネが洗礼を授けていたヨルダン川の向こう側、ベタニアへと赴かれた。ヨハネはイエスを見て高らかに言った。(4)

「わたしのあとから来られるのに、わたしよりも優れておられると言ったのは、まさにこの方のことである。なぜなら、わたしより先におられたからだ。わたしたちはみな、この方の尽きることなき神性に祝福され、恵みのうえに恵みを与えられる。律法はモーゼを通じて与えられたが、神の恵みと完全さはイエス・キリストを通じてわたしたちのものとなる。いまだかつて神を見た人間はいないが、父の懐にいるただ一人の御子が神をお示しになったのである。

キリストはこの世に生を受けた者を残らず照らすまことの光。大地はキリストを通じて作られたが、人々は彼を認めなかった。キリストは自ら作り給いし大地を訪れたが、人々は彼を受け入れなかった。しかし、ご自分を受け入れた人々、すなわちその神性を信じる人々には、神の子となる資格と力をお与えになった。これらの人々は自然によってではなく、すなわち人の欲によってではなく、神から生まれるのである。精神は人間の形をとりつつ、わたしたちのなかに宿っている。そしてわたしたちはその栄光を見ることになる――それは父親が独り子に授ける栄光であって、慈愛と洞察に満ちているのだ[5]」

するとき、イエスは自分に洗礼を授けてほしいとお求めになった。しかし、ヨハネはそれを思いとどまらせようと、こう言った。

「わたしこそ、あなたから洗礼を授けられるべきなのに、どうしてわたしのもとへ来られたのですか」

イエスはお答えになった。

「わたしの言うとおりにしなさい。それがわたしたちの聖なる務めなのだ」

ヨハネは言われたとおりに洗礼を授けた。真剣に祈りを捧げておられたイエスが水からおあがりになると、天がひらき、鳩の姿をした聖霊がご自分のうえに降り来るのをご覧になった。それと同時に、「汝はわが子、選ばれ愛されしわが子。汝のなかにわが喜びはあり」という声をお聞きになった。

洗礼を受けられたあとも、イエスは聖霊で満ちておられた。すると聖霊はイエスをヨルダンへ導き、悪魔の誘惑を受けさせるべく荒れ野へと向かわせた[6]。

野獣と一緒におられたイエスは四十日のあいだ、昼も夜も食を断たれた。

何も召しあがらず空腹を覚えられていると、サタンが来てこう言った。

「神の子なら、この石ころを食べ物に変えたらどうだ」

イエスはお答えになった。

「『人はパンのみにて生きるにあらず、神の口より出でし言葉の一つ一つによって生きるものなり』と聖典に書かれている」

すると悪魔はイエスをエルサレムに連れて行き、神殿の塔のうえに立たせて言った。

「神の子なら飛び降りてみろ。聖典にもこうあるじゃないか、『あなたの足が石で傷つかないように、神は天使たちに命じてあなたを守らせ、天使たちはその手であなたを支える』と」

イエスはお答えになった。

「聖典にはこうも記されている。『あなたの神である主を試すことなかれ』」

次に悪魔は高い山の頂にイエスを連れ出し、世の国々の繁栄ぶりを見せて言った。

「わたしはあれらの輝きと力をお前に与えることができる。すべては自分に託されており、好きな人間に授けることができるのだ。ひざまずいてわたしにひれ伏すなら、あれらはみなお前のものだ」

「立ち去れ、サタン！」イエスは言われた。「聖典にはこうある。『あなたの神である主をあがめ、ただ主にのみ仕えよ』と」

すると悪魔は誘惑をやめ、その場を退いた。そして天使が来て、イエスに手を貸した。

その翌日、イエスはヨルダン川のほとりに戻られた。イエスが来られるのを見て、ヨハネは言った。

「見よ、人々から罪の重荷を取り除く神の子羊[7]がおいでになった。『わたしのあとから来られるのに、わたしよりも優れておられる。わたしより先におられたからだ』とわたしが言ったのは、あの方のことだ。わたしもあの方を知らなかった。しかし、水で洗礼を授ける務めを行なっているのは、あの方をイスラエルに知らしめるためだ。そしてわたしは、聖霊が鳩の姿となって天から降り来たり、あの方のうえにとどまるのを見たと、ここに証する。いま言ったように、わたしもあの方を知らなかったが、わたしをこの務めに遣わしたのと同じ神の力がこう告げたのだ。『聖霊が降り来たこの人もまた、聖霊によって洗礼を授ける』と。

わたしはそれを見た。ゆえに、あの方こそ神の子であると証するのだ」

次の日、ヨハネが二人の弟子と一緒にいたところ、イエスがその前を通り過ぎた。

ヨハネはまたもこう言った。

「見よ、神の子羊だ」

それを聞いた二人の弟子は、イエスのあとを追った。イエスは振り返り、何を求めているのかとお訊きになった。すると『ラビ――『先生』の意――どこに泊まっておられるのですか』と質問されたので、イエスは「来なさい、そうすればわかる」とお答えになった。

そこで二人はイエスのあとにしたがい、泊まっておられる場所を見た。ときは午後四時ごろ、二人はその日の残りをイエスと一緒に過ごした。

弟子の一人は名をアンデレといった。彼はイエスのもとを去ると、兄弟であるシモンと会った。

そして「わたしたちはメシアを見つけた」とキリストのことに触れ、シモンをイエスのところへ連れて行った。

「あなたはシモン」イエスは相手をじっと見つめて言われた。「やがて、岩を意味するペテロと呼ばれるようになる」

翌日、イエスはガリラヤへ戻ろうとされたが、そこでフィリポという人に出会った[8]。フィリポはアンデレとペテロが住むベトサイダの出身だった。

「わたしについて来なさい」イエスはそう言われた。

フィリポはすぐに友人のナタナエルを訪れ、イエスのことを話した。

「モーゼが律法に記し、預言者も書き残した人物に会った。その方はナザレの人、ヨセフの子イエスだ」

「ナザレから何かよいものが現われるのか」ナタナエルは冷やかすように言った。

フィリポは頼まんばかりの口調で答えた。

「来て、その目で見てほしい」

やがて、ナタナエルが来るのを見たイエスはこう言われた。

「見よ、まことのイスラエルの子だ。この人には偽りも裏切りもない[9]」

「どうしてわたしのことをご存知なのですか?」ナタナエルは訊いた。

「フィリポに声をかけられる前、イチジクの木の下にいるあなたを見た」

「先生、あなたこそメシア、イスラエルの王です」

「イチジクの木の下にいるのを見たとわたしが言うので、あなたは信じるのか? あなたははるかに偉大なものを見ることになる。よいか、天がひらけ、神の使いが人の子のうえに昇り、またそこから降りるのを、あなたは見ることになる」

ガリラヤに到着してから二日後、イエスと弟子たちはカナの町で催される婚礼に招かれた。そこにはイエスの母マリアも招かれていたのだが、婚礼のさなか、ぶどう酒が足りなくなった。

「ぶどう酒がなくなりました」マリアはイエスに言った。「どうしましょう?」

「それはわたしと関わりのないことです」イエスはお答えになった。「それに、わたしの務めのときはまだ来ていません[10]」

こうした返事にもかかわらず、マリアは付き添いの者たちに、イエスの言うとおりにするよう告げた。

さて、その場所には、ユダヤの清めの儀式で使われる石の水がめが六つ置かれていて、いずれも二十ガロンないしそれ以上の水を入れることができた。イエスが水がめを満たすよう命じられると、付き添いの者たちはそれにしたがった。

イエスはさらに言われた。

「それを汲んで祭礼の世話役のところへ持って行きなさい」

世話役がその液体を口に含んでみると、なんとぶどう酒だった。付き添いの者たちは先ほどのいきさつを知っていたが、それを知らない世話役は花婿にこう冗談を言った。

「ほとんどの人は最初によいぶどう酒を出し、みなが酔ったところで悪いぶどう酒を出すものです。しかし、あなたはよいぶどう酒を最後まで残しておいたようだ」

ガリラヤのカナにおけるこの奇蹟は、イエスがお見せになった最初のものである。それによってイエスは栄光をお示しになり、弟子たちはイエスを信じた。(11)


カファルナウムで家族や弟子たちと数日お過ごしになったあと、イエスは過越祭のためエルサレムへ赴かれた。その間、多くの人々がイエスのなされた奇蹟を見て、この方こそメシアに違いないと言い合った。(12) しかし、イエスは人間の性質をよく知っておられたので、悔い改めることなく、ただ頭で受け入れるだけの人々を信用されなかった。(13)

ある夜のこと、ファリサイ派に属するニコデモという議員がイエスのもとを訪れた。

「先生」ニコデモは言った。「わたしたちはみな、あなたが神より遣わされた教師であることを知っております。神がともにおられない限り、あなたのなされた奇蹟は誰にも行なえないからです」

「よろしいか」イエスがお答えになる。「人は生まれ変わらない限り、神の王国を見ることができない」

「老いたる者がどうして生まれることができましょう」ニコデモは反論した。「その肉体をもう一度誕生させることができるとおっしゃるのですか」

「はっきり言っておく」イエスは言われた。「人間は水と聖霊によって生まれるのでなければ、神の王国に入ることはできない。肉体の誕生は身体を生み出すが、聖霊による誕生は魂を生み出す。風は思いのままに吹く。その音を聞いたところで、どこからどこへ吹くかを知ることはできない。だから聖霊の呼吸も、生まれ変わった者に残らず吹くのだ[14]」

ニコデモは声をあげた。

「どうしてそんなことがあり得ましょう?」

「あなたはユダヤの考えを代表する者でありながら、それでもまだわからないのか。よいか、わたしたちはいま、自分たちが知っていることを話し、自分たちが目にしたことを述べている。なのにあなたたちは、わたしたちの証を受け入れない。わたしがこの地上で起きたことについて話しても、あなたたちがそれを信じないのなら、天上で起きたことを伝えたところで信じはしまい。そう、天へ昇ったことがあるのは人の子だけである。人の子は天から地上へ降ったが、天上こそが真の住みかなのだ[15]」

第二章　註

1、歴史上どの時点においても、複数の大祭司が在職していたことはない。キリストの裁判に関して重大な意味を持つこの文章については、第十六章註6を参照のこと。

2、原典では「ならば悔い改めにふさわしい実を結び、『我らの父はアブラハムだ』などという考えを起こすな。神はこんな石ころからでも、アブラハムの子をお作りになれるのだ」

3、原典では「あなたがかの預言者なのですか？」この文章は普通、中命記で預言されている預言者を指すものと解釈されている。なお意味を明確にするため、「出現が預言されていた」という一節を付け加えた。

4、ヨハネによる福音書1－9～18の文章は、多くの点で難解である。筆者ヨハネによるプロローグの一部として理解するのが最善と思われ、また福音書が記された当時の状況を示す一種の要約とも考えられる。ゆえに時系列的な描写と容易に合致しない。著者はこの困難を解消すべく、以下のことを行なった。

（a）洗礼者ヨハネの口から語らせた。

（b）時制を過去形から現在形に修正した。

（c）ヨハネによる福音書1－15に記された洗礼者ヨハネの証は、原典では挿入語句の形で記されているが、これを「ヨハネはイエスを見て高らかに言った。」という文章の後に置いた。原典の文章は以下の通り（ヨハネによる福音書1－15より。カッコ内は同章節番号）。

ヨハネはこの方の証をし、声を張りあげて言った。この方こそ、わたしのあとから来られながらわたしよりも優れておられる、なぜならわたしよりも先におられたからだ、と話したお人である。（16）わたしたちはみな、この方の満ち溢れる豊かさから、恵みのうえに恵みを与えられた。（17）律法はモーゼによって与えられたが、恵みと真理はイエス・キリストによって現われる。（18）いまだかつて、神を見た者はいない。父の懐に抱かれしただ一人の子が、神を示されたのである。(9)それは真の光であり、この世に生まれ出でた者をあまねく照らす。(10)言葉は世にあり、世は言葉によって成ったが、世は言葉を知らなかった。(11)言葉は自分の民のところに来たが、民は言葉を受け入れなかった。(12)しかし言葉は、自分を受け入れた人、その名を信じた人に、神の子となる力を与えた。(13)これらの人々は、血によってでなく、肉欲によってでなく、神によって生まれたのである。(14)そして言葉は肉となり、我らのあいだに宿られた。そして我らはその栄光を見た。恵みと真理に満ちた、父の独り子としての栄光を。

5、註4を参照のこと。

6、誘惑を受けるキリスト。誘惑の挿話を文字通り解釈しようと象徴的に解釈しようと、意味は同じである。つまり、キリストは最高のものに劣る規範を受け入れるよう誘惑されたのである。洗礼を受けたキリストは伝道への熱意と欲求に満ち溢れ、その意味を考え、また最善の方法を追求すべく独り旅立った。ゆえに誘惑とは、安易な方法を採用すること、および永続的な倫理的善をなすのに必要であると歴史が教えるところの犠牲ならびに苦難を避けることと言えよう。最初の誘惑は自分自身と父なる神を疑い、信心によってでなく奇蹟によって証をなすことである。第二の誘惑は自らの使命を他人に証するにあたり、聖なる生き方でなく奇蹟のしるしによってそれをなそうとすることである。そして第三の誘惑は、自らの規範を緩めることによって支持を集め、世俗の指導者たらんとすることである。

7、原典では「世の罪を消し去る」

8、原典では「翌日、キリストはガリラヤに行くことにしたが、フィリポに出会い、わたしについて来なさいと言われた」
　この文章は次の解釈が考えられる。
（a）翌日、キリストはガリラヤへ戻ることにした。
（b）イエスは翌日にガリラヤへ戻ることにしていたキリストは、翌日、フィリポという名の人物に出会った。
（c）ガリラヤへ戻ることにした。
　本書では（a）の解釈を採用した。
　9、原典では「見よ、真のイスラエル人だ。この人には企みがない」
　10、原典では「イエスは彼女に言った。女よ、それがわたしになんの関係があるというのか。わたしのときはまだ来ていない」
　難解な文章である。「女」は「ご婦人」と同じく親愛さと敬意のこもった呼びかけの言葉だが、ふさわしい表現が見当たらないため本書では省略した。文章の残りの部分も他にいくつか解釈が可能である。
　11、キリストの奇蹟。奇蹟の信憑性に関する問題は本書で扱うには大きすぎるテーマであり、以下に述べる論点も、現在までになされた議論の方向性を示すに過ぎない。
　奇蹟を信じる者は次のように主張する。

　1、奇蹟とは、自然の法則が破綻したことの実例ではなく、より高次の法則が介入していることの実例である。一例を挙げると、鉄の塊は重力の法則にしたがって地面へ落下する。磁石の力で落下を防ぐことは可能だが、それでも自然の法則が破綻したわけではない。しかし、磁力の法則を知らない人間にとっては奇蹟の一つと思えるはずだ。ゆえにキリストは、我々の知らない法則を使ったものと思われる。つまり、精神的な力の法則を用いたことは間違いない。キリストによる病の癒やしが患者の信仰に左右されるというのがその証である。

2、程度の差こそあれ、現代においても同様の治療がなされている。医者が匙を投げた患者であっても、意思ないし信仰の力によって快復しているではないか。

3、この現代においても、さらに直接的な奇蹟が起きている。ルルドで患者が治癒したことは疑い得ない。クリスチャンサイエンスの信者および唯神論者による主張を参照せよ。

4、灼熱の灰のうえを裸足で歩くという「奇蹟」はすでに立証済みであり、東洋では奇蹟と称するに十分なほど不思議なことが行なわれている。インドで空中浮揚を見たというのがその一例だ。

一方、奇蹟が起き得ることを信じない側は、福音書に記録された諸現象を、とりわけ鮮やかに語られた寓話、ないし霊的現象を描写する象徴的挿話とみなし、それらを「合理化」しようと試みている。すなわち、キリストの癒やしによって盲人の目が見えるようになったのは、彼らの説にしたがえば、霊的洞察を贈られたことの象徴である。同様に、死者の身体が持ちあがったのは、精神的な死を迎えた者に霊的生命が宿ったということであり、嵐を静めたのは心の平和をもたらしたという意味である。

こうした合理化の試みは、ミセス・アグネス・スライ・ターンブルが著書『司教の外套』のなかで記した一つの示唆――五千人の空腹を満たした際に一体何が起こり得たかに関する示唆――によって説明できるだろう。ここでミセス・ターンブルの好意により、それを紹介する。その示唆によると、キリストは腹を空かせた群衆を見て、彼らの空腹を満たすという問題に直面する。キリストは弟子たちにどんな食べ物を持っているかと訊いた。すると一人の若者がそれを聞き、無私の心に感動して持てる食べ物を残らず提供した。キリストはその好意を無にしまいとささやかな贈り物を受け取り、人々のあいだに回した。しかしこの挿話とともに、キリストの存在と個性が他の人々にも影響を与え、割り当てられた食料を持つ者はみな同じ無私の欲求を感じ、自分の食料を差し出したのである。かくして分配された食料は、みなの腹を満たすのに十分だった。この種の「奇蹟」は現代においても見られるものであり、キリストと接触した者は自分の心を改め、得るよりも与えるほうを欲したのである。第九章註8および第三章註16も参照のこと。

12、ヨハネによる福音書2－14～22の記述は第八章へ移動した。第十三章註5も参照のこと。

13、原典では「イエスがなされた奇蹟を見たとき、多くの者がその名を信じた。しかしイエスはその人々を信用なさらなかった。すべての人間を知っておられ、人について誰からも証をしてもらう必要がなかったからである」難解な文章であり、本書の記述は解釈の一つである。

14、原典では「肉から生まれたものは肉であり、霊から生まれたものは霊である。『新たに生まれ変わらなければならない』とわたしが言っても、驚いてはいけない。風は思いのままに吹く。その音を聞いたところで、風がどこからやって来てどこへ行くのかを知ることはできない。霊から生まれた者もみなそうである」

15、原典では「わたしたちは自分の知ることを語り、見たことを証する。しかしあなたたちは、わたしたちの証を受け入れない。わたしが地上のことを話しても信じないのならば、天上のことを話したところでどうして信じよう？　天から降りし者、すなわち天にいる人の子を除いて、天へ昇った者はいない」

ヨハネによる福音書3－14～21の記述は第十三章へ移動した。第十三章註16も参照のこと。

第三章　伝道を始める

ニコデモとの問答のあと、イエスは弟子たちとともにエルサレムを離れ、しばらくのあいだ周辺のユダヤの地にとどまられた。そこでは弟子たちによって、加わった者に洗礼が授けられた。

このときヨハネはサリムにほど近いアイノンにいたが、そこは水が豊富だった。人々は群れをなしてヨハネのもとを訪れ、洗礼を受けた。これはヨハネが投獄される以前のことである。

やがて、イエスの弟子たちのほうがヨハネよりも多くの人々に洗礼を授けていることが明らかになった。こうした洗礼とのつながりで、ヨハネの弟子たちとイエスの弟子の一人とのあいだで、清めの儀式に関する論争が起きた。[1] 彼らはこの件をヨハネのもとに持ち込んだ。

「先生」弟子たちは言った。「ヨルダン川の向こうで先生と一緒にいた人、先生がわたしたちに話しておられた人が、ここで洗礼を授けています。そのうえ、誰もがその人のところへ行っているのです！」

これについて彼らは正しくなかった。洗礼を授けているのはイエスの弟子たちであり、イエスその人ではなかったからである。

ヨハネは答えた。

「人間は天から力を授けられない限り、霊的な仕事を成し遂げることができない。[2] みなに話したことだが、わたしはキリストではなく、彼の前を行く者に過ぎない。花嫁と結婚するのは花婿だが、婚礼をととのえた花婿の友人も二人の結婚に心を喜ばせる。婚礼における花婿の声であっても、彼には喜びなのだ。だからこそ、キリストが信者と結びつくことは、それを受け入れようとしているわたしにとって大きな喜びなのだよ[3]。

いま言ったように、わたしはキリストではない。わたしが忘却の彼方へ去りゆくあいだも、キリストはさらに偉大な存在となり、よりよく名を知られるに違いない[4]。天から降りてこられたこの方は、天と地で限りない力を持っておられる。平凡な人々は地に属することを行ない、それについて語る。しかしこの方は、世のあらゆる力のはるかうえにおられる。天で見聞きしたことの証をするが、人々はそれを受け入れない。それを受け入れた者は、神の真理にすべてを捧げたのだ[5]。神のもとよりこの世へ遣わされたお方は、神から限りない聖霊を授けられる。それゆえ、神の真理に劣るものを話されることはない。まこと、父なる神は御子を愛し、すべての力を授け給うた。その御子を信じる者は永遠の命を授けられるが、したがわぬ者は生命を得ることなく、神の怒りに晒され続けるのだ」

洗礼を巡る論争の結果として、またヨハネの敵と見られることを避けるため、イエスは弟子たちとともにユダヤの地を離れ、北のガリラヤへ赴くことにされた[6]。ところで、ガリラヤへ直接向かう道筋はサマリアを通っている。一行がナーブラスの近く、シカルという小さな町に近づいたとき、弟子たちは食べ物を買いに行った。一人残されたイエスは、数世紀前、ヤコブが息子ヨセフに与えた土地で立ち止まられた。いまだ日は高く、長旅に疲れたイエスはヤコブの井戸のそばに腰を下ろされた。すると、この地に住む女が水を汲みにやって来た。イエスが水をお望みになったところ、女はじっと見つめながら答えた。

「ユダヤ人であるあなたがサマリア人のわたしに頼みごとをするなんて、いったいどういうことでしょう」

女がそう言ったのも故なきことではなかった。ユダヤ人とサマリア人は言葉を交わすことを禁じられており、また別の国の人間と交際してはならないというユダヤの法にも反していたからである。

イエスはお答えになった。

「あなたが神の贈り物を知っていて、またその頼みごとをしたのが誰かを知っていたら、違う言葉を返したはずだ。あなたはわたしに生きた水を頼み、わたしはそれを与えていたに違いない」

「でも、あなたは桶も縄もお持ちじゃない」女は言った。「それに井戸は深いのです。生きた水をどうやって汲むとおっしゃるの。あなたはご自分のことを、この井戸を掘ってご自分と家族のために使われた、わたしたちの父ヤコブより偉いとお考えなのですか」

イエスはその言葉に直接答えず、こう言われた。

「あなたが汲んだ水を飲む者はみな、すぐに喉が乾く。しかし、わたしの与える生きた水を飲んだなら、もう喉が乾くことはない。生きた水はその人のうちに湧き出る泉であり、永遠の命を与えるからだ」

女は声をあげた。

「ああ、その水をください。喉が乾くことも、水を汲みにここまで来る必要もないのですから」

イエスは再び遠回しにお答えになった。

「あなたの夫を連れてきなさい」

「わたくしに夫はおりません」女は言った。

「そうだろうとも」イエスは頷かれた。「あなたには五人の夫がいたが、いま一緒に暮らしている男は夫ではない。さよう、あなたは本当のことを言った」

「あなたは聖なる方とお見受けしました。わたくしどもの先祖はこの山のうえで父なる神を拝みましたが、あなたたちユダヤ人はエルサレムこそが神を拝む場所だと言っております」

イエスはお答えになった。

「はっきり言っておこう。この山でもエルサレムでもないところで、父を拝むときが来る。あなたたちは知らない力を拝んでいるが、我らユダヤ人は自ら拝む神を知っている。人間の救いはユダヤ人を通じて明らかにされるからだ。すべての者が霊と偽りなき心でもって父を拝むときが来つつある――いや、すでに来ている。これらこそ、父が求める拝む者である。神は霊であり、ゆえに神を拝む者は霊と偽りなき心をもって拝まなければならない(7)」

女は言った。

「キリストと呼ばれるメシアが来られることは、わたくしも知っています。その方がここにいらしたとき、わたくしたちに説明してくださいます」

イエスは言われた。

「あなたと話しているこのわたしこそ、それである」

ちょうどそのとき、食べ物を持った弟子たちが戻ってきた。イエスが女と話しているのにみな驚いたが、何かを言ったり、説明を求めたりする者はいなかった。弟子たちが戻ってきたことで会話が途切れたため、女は桶を井戸に忘れたまま、町のほうへ急いで去っていった。女の姿が見えなくなると、弟子たちはイエスに向かって言った。

「先生、食べ物をお持ちしました。お食事をどうぞ」

するとと、イエスはこうお答えになった。

「わたしには、お前たちの知らない食べ物がある」

弟子たちはまたも驚き、誰かが食べ物を持ってきたのだろうかと言い合った。

イエスは弟子たちが首をひねるのを見て言われた。

「わたしの食べ物とは、わたしを遣わされた神の御心を行ない、神より授けられた業を成し遂げることである。『刈り入れが間近である——幸福なる時代もまた然り』という言葉があるではないか。[8] 畑を見るがいい。穀物が色づき刈り入れを待っている。人の世で刈り入れを行なう者は生まれ変わりという報酬を受け取り、種を蒔いた者と喜びを分かち合う。[9] そうして、一人が種を蒔き別の者が刈り入れるという古いことわざどおりになる。お前たちが種を蒔かなかったものを刈り入れさせるために、わたしはお前たちを遣わした。種を蒔いたのは他の人々であり、お前たちはその分け前にあずかっている」

そのころ、町に戻った先ほどの女は知り合いを呼び集め、興奮気味にこう語った。

「井戸に行ってごらんなさい。あの方はわたしの過去をすべて言い当てたのよ！　あの方こそがキリストなのかしら」

そこで人々は群れをなしてイエスの話を聞きに行き、この地にとどまるよう頼み込んだ。イエスの教えをもっと知りたいと願ったからである。[10] かくしてイエスは二日のあいだ町にとどまり、人々に教えを広められた。

その結果、多くのサマリア人がイエスの教えを信じた。なかには女の話を信じる者もいたが、それを疑う多くの者はイエス自身の話を聞いて神を信じた。

「わたしたちがイエスを信じるのはあなたの話を聞いたからではなく、イエス自身の話を聞いたからだ。この方こそが人類の救い主であられることを、わたしたちはもはや疑うことができない」


二日後、イエスと弟子たちはナーブラス地方を離れ、ガリラヤへの旅を再開した。[11] エルサレムの過越祭でイエスがなされた奇蹟を見ていたガリラヤ人はイエスを大いに歓迎した。

やがて一行はカナに辿り着いた。以前に水をワインに変える奇蹟を行なった場所である。そこでイエスは、彼がユダヤの地から戻ったことを耳にした、さる有力な役人の出迎えを受けた。

この役人が言うには、カファルナウムの町で息子が重い病に伏しており、そこに行って治療を施していただきたいとのことだった。

イエスはお答えになった。

「あなたたちは、わたしの奇蹟を見るまでわたしを信じない」

「ああ、先生」役人はなおも頼み込む。「すぐにいらしてください。息子が死んでしまいます」

「あなた自身が行きなさい」イエスは言われた。「息子の病は治る」

役人はイエスの言葉を信じ、家へと戻った。

その途中、召使いが知らせを持ってやって来た。

「お子さまが回復されました！」

「それはいつのことだ？」役人は訊いた。

「昨日の午前一時のことです」

すぐさま父親は、イエスから「息子の病は治る」と言われたのが午前一時だったことを思い出した。そして、彼も家族もこぞってイエスを信じた。

かくして二度目に訪れたガリラヤの地カナで、イエスは再び奇蹟を行なわれたのである。

聖霊の力に満ちたイエスはその導きにしたがい、神の福音を広められた。

イエスは言われた。

「地上に神の国を建てるときが来た。悔い改め、態度を正すことで、このよき知らせを信じていることを示しなさい[12]」

イエスは各地の会堂で教えを授け、広く尊敬を集められた。そしてイエスによる伝道の知らせは、一帯に広まっていった。

ナザレのあとイエスはカファルナウムに赴かれ、そこにしばらく滞在なされた。この町はガリラヤ湖の北岸にほど近く、千五百年ほど前のヨシュアの時代、イスラエル人がこの地を征服したあと、ゼブルン人に与えられた地域とナフタリ人に与えられた地域のあいだに位置していた。それゆえこの地方におけるイエスの伝道は、イザヤを通じた預言を実現させるものとなった[13]。

「ゼブルンの地とナフタリの地
湖に面した地、ヨルダン川のかなたの地
異邦人のガリラヤ
暗闇に暮らす民は

偉大なる光を見
死の影の地に暮らす民に
その光が差し込んだ」

伝道の旅の途中、ガリラヤ湖のほとりに辿り着いたイエスのもとに大勢の人が押しかけ、神より託された言葉を聞こうと彼にしたがった。

すると、岸辺に二艘の小舟があって、漁師たちが網を直したり湖水で洗ったりしていた。[14] そのなかにヨナの二人の息子、シモンとアンデレの兄弟がいた。イエスはすでに二人と会われたことがあった。シモンをイエスに引き合わせ、この方こそがメシアだと言ったのはアンデレであり、イエスはシモンにペテロという名を与えた。[15] 漁師ゼベダイとその息子、ヤコブとヨハネもそこにいて、彼ら五人が小舟を所有し、人を雇って漁をしていたのである。

群衆に押し出されそうになったイエスは、ペテロことシモンが所有する小舟にお乗りになり、岸から少し漕ぎ出すよう言われた。そうすることで、この小舟を説教壇になされたのである。そしてイエスは小舟に腰をおろし、岸辺の人々に説教を始められた。

説教を終えられたあと、イエスはシモンに向かって言われた。

「沖へ漕ぎ出し、網を沈めて漁をしなさい」

シモンは答えた。

「わたしたちは夜通し漁をしましたが、何もとれませんでした。ですが先生がおっしゃるのなら、もう一度やってみましょう」

漁師たちが網を沈めたところ、今度は大量の魚がかかり、その数たるや網を破りそうになるほどだった。

そこで漁師たちはゼベダイと息子たちに合図を送り、もう一艘の小舟を差し向けるよう伝えた。急いでやって来た彼らの手を借り漁を続けたところ、二艘の小舟は魚で一杯になり、いまにも沈みそうになった。

これを見たペテロことシモンは、心の底から驚いた。それはゼベダイの息子ヤコブとヨハネ、そして他の漁師たちも同じだった。ペテロはイエスの足元にひざまずいて言った。

「主よ、どうかわたしからお離れください。わたしは邪な人間なのです[16]」

イエスはお答えになった。

「恐れることはない、シモンよ。わたしとともに来なさい。人間をとる漁師にしてあげよう」

小舟が岸に着くやシモンとアンデレは陸にあがり、すべてを捨ててイエスにしたがった。

それからイエスは、あとから来たもう一艘の舟の漁師をお呼びになった。ヤコブとヨハネも父と小舟を残し、イエスにしたがった。

その後一同はカファルナウムに戻り、安息日に会堂の一つへ行った。そこでイエスは説教をなさり、律法学者たちとは違う霊感と威厳に満ちた話し方でみなを驚かせた。

そのとき、邪悪な悪魔に取り憑かれた男が現われ、イエスを見るや大声でわめいた[17]。

「ナザレのイエスよ、お前はなぜわたしの邪魔をするのだ。我らを滅ぼしに来たのか。お前の正体は知っている。神のメシアだ！[18]」

「黙れ！」イエスはお命じになった。「この人から出て行け！」

たちまち男は倒れ、身体を痙攣させたかと思うと、何やら大声で叫んだ。やがてその声も静まり、男は無事だった。この一件は会堂にいた全員をすっかり驚かせた。

「この言葉にどんな意味があるのだろう」人々は言い合った。「この新しい教えは、いったいどういうものなのか。邪悪な悪魔に命令なされたうえ、ご自分にしたがわせるとは！」

こうした奇蹟の結果、イエスの名はあたり一帯に広まっていった。

会堂を出られたイエスはヤコブとヨハネを伴い、ペテロとアンデレが住む家へ向かわれた。そこでペテロの姑が高熱で苦しんでいると聞かされ、救いの手を差し伸べるよう頼まれたので、イエスは彼女の部屋に入られ、枕元に立って一言二言お話しになった。それから彼女の手をとると、床から起きあがらせた。すると瞬く間に熱が引き、彼女は立てるようになっただけでなく、家事を手伝えるまでになった。

日の暮れるころ[19]には、悪魔に取り憑かれた者や病人を抱えた人々がイエスのもとを次々と訪れ、しまいには町の者全員が家のまわりを取り囲んだ。イエスは病人一人一人に手を置いてその病を癒やされ、また取り憑かれている者から悪魔を追い払った。[20]イエスを知るこれらの悪魔はわめいた。

「お前は神の子だ！」

しかし、イエスは悪魔を叱りつけ、それ以上わめくのをお許しにならなかった。これらのことによって、イザヤを通じた預言は実現された。「彼はわたしたちの患いを背負い、わたしたちの病を担われた」

翌朝まだ日が昇る前のこと、イエスは独りで祈りを捧げようと人里離れた荒野に出かけられた。ペテロと友人たちがそのあとを追い、イエスを見つけた。

「みなが先生を探しています」彼らは言った。

むべなるかな、やがて大勢の人々がやって来た。イエスが旅を続けておられるのを知った彼らは、この地にとどまってくださるよう熱心に頼んだが、イエスはそれをお断わりになった。

「わたしは他の町にも神の国の福音を伝えなければならない。そのために遣わされたのだ」

かくしてイエスはガリラヤ中をまわり、神の国が地上に現われつつある福音[21]を各地の会堂で伝えられた。また、至るところで病人を癒やし、取り憑かれた者から悪魔を追い払われた。


旅の途中、イエスはお育ちになったナザレの町へ戻られ、いつものとおり安息日に会堂へと赴かれた。そこでイエスは、聖書を朗読したいといって立ちあがられた。そして手渡された預言者イザヤの書をひらき、次の文章を読みあげられた。

「主の霊がわたしのうえにおられる。
貧しき者に福音を宣べ伝えるために、わたしを聖油で清められたからである。
主がわたしを遣わされたのは、
囚われし者に解放を、
目が見えない者に視力の回復を告げ、
圧迫されし者を自由にし、
主の恵みの年を告げるためである」

そして書を閉じ、係の者に返してから腰を下ろされた。

期待に満ちた一同の視線がイエスに注がれる。やがてイエスは話しだされた。

「今日、この預言は実現する――いま、この場所で」

そして自分こそが、この預言の人物であると言われた[22]。みな最初は、その言葉の恵み深き優しさに驚いていたが、やがて口々にこう言った。

「この方は大工のヨセフとマリアの子ではないか。我々も知っている、ヤコブとヨセフとユダとシモンの兄弟ではないか。姉妹もこの町に住んでいるのではなかったか。ならば、このような知識と智慧をどこで身につけ、奇蹟を行なう力をどこで手に入れたんだ」こうして一同は徐々に腹を立てた。

イエスは続けて言われた。

「あなたたちはきっとこう言うだろう。『医者なら自分を治せ！　カファルナウムで何があったかは知っている。ならば自分の故郷でも奇蹟を起こしてみろ！』と。だが言っておく。預言者は自分の家や町では歓迎されないものだ。預言者エリヤの時代、イスラエルは四十二ヵ月にわたる干魃と飢饉に襲われ、多数の未亡人が生まれた。しかしエリヤが遣わされたただ一人の未亡人は、シドンの近くサレプタに住む異邦人だった。また預言者エリシャの時代には、らい病に苦しむ者が大勢いたが、エリシャはイスラエル人を一人も癒やすことができなかった。彼によって癒やされたのはシリアのナアマン、これもまた外国人である」

この言葉に一同は怒り狂い、会堂は大混乱に陥った。怒れるユダヤ人はイエスを捕まえると会堂から引きずり出し、ナザレの町が建つ丘の縁に連れて行った。そこで絶壁から突き落とそうというのである。しかしイエスはなんとか群衆のなかに紛れ、その場をお逃げになった。この地の人々はイエスを信じなかったので、病人に手をお乗せになって病を癒やされたこと以外、大した奇蹟は起こせなかった。イエスはこの地方の不信心に驚かれた。

第三章註

1、原典（ヨハネによる福音書3－25）では「やがてヨハネの弟子たちとあるユダヤ人とのあいだで、清めに関する論争が持ちあがった」またヨハネによる福音書4－1では「さて、イエスがヨハネよりも多くの弟子を作り、洗礼を授けておられることが、ファリサイ派の人々の耳に入った。これをお知りになったイエスは……ユダヤの地を離れられ……」

いずれも難解な文章である。と言うのも、ヨハネによる福音書3－25では清めの問題だけが言及されているのに対し、同3－26はイエスとヨハネがそれぞれ洗礼を授けた回数に触れていると思われるからである。しかし回数の多寡は、弟子たちからヨハネへの言葉のなかで直接触れられているわけではなく、イエスがユダヤの地を立ち去ったこととの関連で言及されているのみである。

よって本書では、ヨハネによる福音書4－1同様、両方の記述をストーリーのこの時点に組み込んだ。

2、原典では「天から与えられるのでなければ、人は何も受け取ることができない」本書の記述は、この文章の解釈の一つである。

3、原典では「花嫁を迎えるのは花婿だが、花婿の友人はそのそばに立って耳を傾け、花婿の声を聞いて大いに喜ぶ。ゆえに、わたしの喜びは満たされている」

この文章は様々に解釈できるが、少なくともその一つをより明確なものとするため、本書の記述はいくぶん意味を強めてある。

4、原典では「あの方は栄え、わたしは衰えなければならない」

花婿に関する記述から物語の本筋に戻るのを容易にするため、本書では「わたしはキリストではない」というフレーズを繰り返し用いた。

5（a）、原典では「この方は見たことと聞いたことの証をされる」本書ではもともと明瞭な意味をよりはっきりさせるため、「天で」を挿入した。

5（b）、原典では「その証を受け入れる者は、神が真実であることを認めたのである」

6、原典では「さて、イエスがヨハネよりも多くの弟子を作り、洗礼を施しておられることが、ファリサイ派の人々の耳に入った。これをお知りになったイエスは……ユダヤの地を離れられ……」この記述は註1の箇所に挿入した。また、このときイエスの脳裏にあったのは、ヨハネとの敵対関係を避けることだったという説明がなされている。その一方で、弟子たちの洗礼がファリサイ派の人々に反感を抱かせたものの、この時点ではまだ、イエス自身は彼らとの論争を望んでいなかった、ということも考えられる。註1を参照のこと。

7、原典では「……霊と真理をもって……崇拝する……」本書の記述は、この文章の解釈の一つである。

8、原典では「あなたたちはこう言ったではないか、『刈り入れまでまだ四ヵ月ある』と」この記述は、「かくかくしかじかの日が近づいている——クリスマスもあともう少し！」のように（ただしクリスマスは当時まだ存在しないので、この言い回しは使えない）、ずっと先のことを表現する言い回しもしくはことわざ、ないし実際の日付に言及したものと思われるが、いずれの解釈も満足に足るものではない。

9、原典では「刈り取る者は報酬を受け、永遠の命をもたらす実を集める。かくして種を蒔く者も刈り取る者もともに喜ぶであろう」

10、原典では「彼らは自分たちのもとにとどまるようイエスに頼んだ」本書では意味をよりはっきりさせるため、「イエスの教えをもっと知りたいと願ったからである」という一節を挿入した。

11、ガリラヤ人はイエスを「歓迎した」とあり、ヨハネによる福音書4－44「イエスは自ら、『預言者は自分の故郷では敬われないものだ』と言われた」という記述は明らかにここでは不適切なため、本章後半に移動した。

12、原典では「時は満ち、神の国は目の前にある。悔い改めて福音を信じよ」

13、原典では「ナザレを離れられたイエスは、ゼブルンとナフタリに接する湖畔の町、カファルナウムに来てお住まいになった。預言者イザヤを通じて語られたことが実現されるためであった」本書では意味を明瞭にするため、わずかに拡大解釈している。

14、この節に記された出来事は、マタイおよびマルコによる記述とルカによる記述がいささか異なっており、それぞれ別の事実を描写したものと思われる。ゆえにそれらをまとめ合わせた本書の記述は不正確かもしれないが、満足に足る統一は求められてしかるべきだろう。

15、この一文は原典には存在しないが、意味を明瞭にすべく付け加えた。基となる事実はヨハネによる福音書1－35～42に記されている。

16、原典では「わたしからお離れください。主よ、わたしは罪深き人間です」

17、悪魔に取り憑かれた人々。多くの人間は、悪魔に取り憑かれたという福音書に記された厄災を、ヒステリー、てんかん、あるいは精神錯乱といった心身の不調に過ぎないと考えている。一方、とりわけ東洋に住んだことのある人間は、実際に悪魔に取り憑かれることがあると信じている。イエスははっきり後者の立場であるか、あるいは当時の人々にも理解できるよう、そうした言葉を使ったものと思われる。よりよく理解するには、悪魔、コンプレックス、および恐怖症などに関する現代の文献を参照されたい。

18、原典では「神の聖なる者たちの一人」

ここで複数形が用いられているのは、悪魔が人間の口を通じて話しながら、自身もその一人である悪魔全体に言及しているからという説明がなされている。

19、安息日は日没をもって終わる。ゆえに陽が沈んでから病人を運ぶのは合法である。

20、註17を参照のこと。

21、原典では「神の国のよき知らせ」

22、「そして自分こそが、この預言の人物であると言われた」という一節は原典に存在しないが、意味を明瞭にするため付け加えた。

第四章　エルサレムとガリラヤ

それからしばらく経ったころ、エルサレムでユダヤの祭りがあるというので、イエスは南へ向かわれた。

イエスがエルサレムに入られたのは安息日のことで、北東の隅、羊の門の近くへおいでになった。[1]門のそばにはヘブライ語で「ベテスダ」と呼ばれる小さな池があり、その周りは五つの柱廊で囲まれている。それぞれの柱廊は病を得た人、目の見えない人、足の不自由な人、身体の麻痺した人で混み合い、みな祈りながら救いを待っていた。ユダヤ人の信じるところによれば、池がときおり泡立つのは天使の仕業であり、泡立ってから最初に入った者の病を癒やすという。[2]

敷物に横たわる人々のなかに、病を得て三十八年にもなる人がいた。通りかかったイエスは横たわるその人をご覧になり、長いあいだ病に苦しんでいることに気づいて立ち止まられた。

「病を癒やしたいか」イエスはお尋ねになった。

病人は答えた。

「水が泡立つとき、わたしを運んでくれる人が誰もいません。這って行こうとするあいだに、誰かが先に入ってしまうのです」

するとイエスは言われた。

「起きて敷物を担ぎなさい。そうすれば歩けるようになる」

病人がその言葉にしたがうと、病の癒えていることがわかった。そして立ちあがり、敷物を担ぐや否や、元気に歩きだした。

敷物を担いで歩く病人の姿を見て、ユダヤ人たちは不愉快になった。

「今日はなんの日か知らないのか。安息日に敷物を担いではならないと、まさか知らないはずはあるまいに」

病人だった男は言った。

「わたしを癒やされた方が、そうするようにとおっしゃったのです」

「それは誰だ」人々は問いつめた。

男はあたりを見回したが、イエスの姿は群衆のなかに消えていた。

「わかりません」男は答えた。「もう見えなくなりました」

その後イエスは、神殿にいた男のもとへ近づいて言われた。

「あなたはすっかりよくなった。これからは罪を避けなければならない。さもなくば、なお悪いことがあなたの身に降りかかる」

男はすぐにユダヤ人のもとへ戻り、病を癒やしたのはイエスだと言った。するとユダヤ人はあらゆる手段を使ってイエスを迫害し、安息日に奇蹟を行なったという理由で死刑にしようとさえした。イエスは彼らにこう言われた。

「初めからこの瞬間まで、わたしの父は安息日に限らず毎日、休むことなく働いておられる。わたしも同じようにせねばならない[3]」

この言葉はユダヤ人をますます怒らせた。安息日を破っただけでなく、神をわたしの父と呼び、自分を神に等しい存在とされたからである。

イエスはさらに続けられた。

「言っておくが、父の御心にしたがうのでなければ、子は何一つ成し遂げることができない。父がなされたことを子も行なう。父は子を愛され、御心を明らかになさるからだ(4)。父はこれらの奇蹟などよりはるかに偉大な御業をお示しになり、あなたたちを大いに驚かせる。父は心の死んだ者に霊の命をお与えになる。だからその子も、自分の選んだ人間に同じことができるのだ(5)。父ご自身は人間を裁くことなく、一人一人の裁きを子に任せておられる。かくして誰もが、父と同じように子を敬う。したがって、子を敬わない者は、それを遣わされた父をも敬わないことになるのだ。

ここではっきり言っておこう。わたしの言葉にしたがい、わたしを遣わされた父を信じる者は、永遠の生命を得る。その人の霊は生きているのだから、裁かれることもない。さらに言っておくが、死者が神の子の声を聞くときが来る。いや、すでに来ている。その声にしたがう者は生まれ変わる。父は生命の源であって、子にも生命の源であることをお許しになり、人間を裁く権利を与えられた。その子は人の子だからである(6)。驚いてはいけない。死者が人の子の声を聞き、裁きを受けるため墓から立ちあがるときが来るのだ。善をなした者は霊の命を与えられるが、無益なことに人生を費やした者は必ずや裁きを受ける(7)。いま言ったように、わたしは何一つ自分の意志では成し遂げることができない。しかし父の教えにならいわたしは裁く。そして、わたしの裁きは正しい。自分を満足させるためでなく、父の御心を行なおうとしているのだから。

わたしが自分勝手にこう言っているだけなら、あなたたちは当然納得しまい。しかし、嘘をつくことのない父によって、わたしの言葉は裏づけられている。あなたたちがヨハネのもとに使者を送ったとき、ヨハネは真実を語った。わたしは人間による証を必要としない。ここでヨハネのことに触れたのは、ひとえにあなたたちのためである。ヨハネは光り輝くともしびであり、あなたたちはしばらくのあいだ、彼の教えをほしいままにし、それで喜び楽しんだ。だが、わたしが行なう証は、ヨハネの証にまさっている。父がわたしにできるようにしてくださった行ないの数々、それこそが、わたしの言葉が正しいこと、わたしが父より遣わされたことの証である。あなたたちは父の姿を見ることも、父の声を聞くこともできないが、わたしは父ご自身によって明らかにされている。あなたたちは父の言葉を心にとどめていない。父の遣わされた者を信じていないからだ。あなたたちは聖書を読む。そのなかに永遠の命が見つけられると信じているからだ。しかし、聖書はわたしの証をしているはずなのに、あなたたちはわたしのもとに来てその命を得ようとはしなかった。わたしは人間の証を受け入れない。だが、わたしはあなたたちを知っている。あなたたちが心のなかで神を愛していないことを知っているのだ。父の代理として来たわたしを、あなたたちは受け入れようとしない。それなのに、なんらかの甘言をもってやって来るいかさま師を、あなたたちは喜んで受け入れる。神に認められることを求めようとせず、互いにほめあうことばかり求めているあなたたちに、どうして信じることができようか。わたしがあなたたちのことで父に不満を言うなどとは、ゆめゆめ考えてはならない。あなたたちを罰するのは、あなたたちが信じるふりをしているモーゼなのだ。モーゼを心から信じるならば、わたしのことも信じるだろう。モーゼが記したのはこのわたしのことだ。しかし彼の言葉を信じていないあなたたちが、どうしてわたしを信じようか」

イエスがエルサレムでこのように話されてからしばらくのち、洗礼者ヨハネがガリラヤの領主ヘロデ・アンティパスによって牢に入れられたという知らせが届いた。[8] ヘロデは兄弟の妻であるヘロディアスと結婚したのだが、ヨハネはこれを責め、その他の悪事と合わせてその不道徳な生活ぶりを非難したのである。そのためヘロデとヘロディアスはヨハネをこのうえなく憎み、処刑まで考えたが、ヘロデは二つの理由からそれをためらった。まず彼自身ヨハネに畏れを抱いていて、正直で正しい人だと信じていたからである。第二に、ヘロデは、ヨハネを預言者と信じる人々のことを恐れていた。それゆえ、ヨハネを牢に入れることで満足するしかなかったのである。

これをお聞きになったイエスは、ガリラヤへ戻り、そこで伝道することになされた。[9] するとガリラヤ、デカポリス、エルサレム、ユダヤ、そしてヨルダン川の向こうから大勢の群衆が押し寄せ、イエスの教えを聞こうとした。その評判はシリアの僻地にまで広まったほどである。人々は病人をイエスのもとへ連れて行った。あらゆる痛みや病に苛まれる人、悪魔に取り憑かれた人、てんかんを起こした人、身体が麻痺した人など様々だったが、イエスは彼らを残さず癒やされた。

ある町に重いらい病を患う人がいた。その人はイエスを見るや彼のもとに赴き、足元にひれ伏して拝んだ。

「先生、あなたがなさろうと思えば、わたしを清くすることができます」

イエスは心を動かされた。

「よろしい。清くなるようあなたに命じる」

イエスはそう言われながら、片手を差し出し病人に触れた。すると男の病はたちどころに消えた。

「このことは誰にも話してはならない」イエスは立ち去ろうとする男に念を押した。「すぐに行って祭司に身体を見せたあと、癒やされたことを正式に宣言するため、モーゼの律法にしたがって捧げ物をしなさい。そうすれば、わたしがモーゼの律法にしたがったことの証となる[10]」

だが、イエスの言葉にもかかわらず、男は事のあらましを人々に話してしまった。それは野火の如くたちどころに広まり、イエスの教えを聞き、自分の病を癒やしてもらおうと、人々が群れをなしてやって来た。その数があまりに多かったので、イエスはもはや町に入ることができず、人里離れた荒れ野に退き祈りを捧げたが、そこにもあらゆるところから人々が押し寄せた。


それから数日後、イエスは密かにカファルナウムへ戻られたが、そのことはすぐに知れ渡り、イエスがお住まいになる家に大勢の人々が押しかけた。やがて家のなかが人で一杯になり、戸口から溢れ出した。イエスが教えを宣べ、病人を癒やすことで神の力をお示しになるあいだ、ファリサイ派の人々や律法学者たちもそこに座っていた。彼らはエルサレムから、あるいはガリラヤとユダヤの各地から来た人たちである。

そこに、四人の男が寝台を担いでやって来た。その寝台には中風患者が横たわっていた。男たちは患者を家のなかに運び、イエスの前に横たえようとしたが、人混みのために近づくことができなかった。それで、まず男を屋根に担ぎあげ、次に瓦をはがし、空いた天井から人々の真ん中に寝台を下ろした。その前にはイエスがおられた。


その信仰に心打たれたイエスは、患者のほうを向かれた。

「友よ、勇気を出しなさい。あなたの罪は赦された」

その場に座っていた律法学者とファリサイ派の人々の一部は、その言葉に腹を立てた。

「よく言えたものだ。これは神の冒瀆に他ならない。罪をお赦しになれるのは神だけだ！」と、彼らは考えた。

しかし、イエスはその心のうちを見抜いておられた。

「なぜ、そのような邪な考えを抱くのか。罪は赦されたと言ってこの人を安心させるのと、起きて立ち去るよう命じるのと、わたしにとってどちらがたやすいか。では、人の子が地上で罪を赦す権威を持っていることを示そう」

そう言ってイエスは、中風患者のほうを向かれた。

「起きなさい。寝台を担いで家に戻りなさい」

すると、男はみなの前で立ちあがり、寝台を担ぎあげると神への感謝を述べ、家に戻っていった。人々は驚きのあまり何も言えず、ただ恐れおののき、このような力を人間に与えられた神をあがめた。

「こんなことを見たのは初めてだ!」人々は口々にそう言い合った。

やがて、イエスは家を立ち去り、湖のほとりへ向かわれた。そのあとを人々がついて来たので、イエスは教えを説かれた。それが終わってお歩きになっている途中、アルファイの子で徴税人のレビ・マタイが収税所に座っているのをお見かけになった。

「ついて来なさい」イエスはそうお誘いになった。

マタイはすぐに立ちあがり、仕事と同僚をあとに残してイエスにしたがった。

それから少し経ち、マタイはイエスと弟子たちを食事に招いた。その場には大勢の徴税人や、ファリサイ派のしきたりにしたがわない人たち[11]も同席していた。そのうち何人かが、イエスにしたがっていたのである。ファリサイ派の律法学者たちはこれを見て不満を抱き、弟子たちを問い詰めた。

「徴税人や律法にしたがわない者と食卓をともにするなど、あなたたちはいったい何を考えているのか」

これを聞いたイエスは、彼らのほうを向いて言われた。

「ここを出て、いまから述べる言葉の意味を考えなさい。『わたしは生贄よりも憐れみを好む』。医者を必要とするのは病人であって、健康な人ではない。だからわたしは、正しい立派な人でなく罪人を招き、悔い改めさせようとしているのだ」

ヨハネの弟子たちやファリサイ派の人々は決まった時期に断食をしていたが、食事のあと、ヨハネの弟子たちがイエスのもとに来て尋ねた。[12]

「ファリサイ派の人々やわたしたちは、たびたび断食をし祈りを捧げています。なのに、あなたのお弟子さんたちはなぜ飲んだり食べたりするのでしょう」

イエスはお答えになった。

「花婿がいるのに、婚礼の客が断食をしたり嘆き悲しんだりすることがあり得るだろうか。花婿がいるところで断食などしない。しかし、花婿が奪い去られるときがいずれ来る。一日だけでも一緒にいたいと願ったところで、花婿はもはやいない。そのとき彼らは断食をする[13]」

イエスは例え話を続けられた。

「新しい服から布切れを破りとって、それで古い服を直す者はいない。新しい服を着られなくなるだけでなく、その布切れも古い服には合わないからだ。

織りたての布で古い服を直す者はいない[14]。継ぎ当てした布は縮まり、やがて古い服からはがれ落ちる。それで結局、破れがいっそうひどくなるからだ。

同じように、新しいぶどう酒を古い革袋に入れる者はいない。発酵によって革袋がやぶれ、ぶどう酒がこぼれるだけでなく、革袋もだめになってしまうからだ。新しいぶどう酒は新しい革袋に入れなければならない。それではじめて、両方とも長持ちする。

それに、古いぶどう酒を飲む者は、新しいぶどう酒を欲しがらない。その人にとっては古いぶどう酒で十分だからだ[15]」

同じころ、イエスと弟子たちはある安息日に麦畑のなかを歩いた。弟子たちは腹が減っていたので、麦の穂をつまみ取ると手でこすり、食べ始めた。すると、ファリサイ派の人々がそれに気づいて言った。

「見なさい。あなたの弟子たちは安息日に働いている。なぜ律法に反することを行なうのか」

イエスは答えて言われた。

「ダビデと供の者たちが腹を空かせたときに何をしたか、あなたたちは読んだことがないのか。アビアタルが大祭司だったとき、ダビデは神の家に入り、祭司のほか誰も食べてはならないとモーゼの律法で定められていた供えのパンを食べ、供の者たちにも分け与えたではないか。それに、神殿にいる祭司は安息日に務めをしても罰せられないと、律法に記されているのを読んだことがないのか。言っておくが、神殿よりも偉大なものがここにある。それに、安息日は人間のために作られたのであって、安息日のために人間が作られたわけではない。ゆえに、人の子は安息日の主でもある。『わたしはいけにえでなく憐れみを求める』という神の掟を理解していれば、あなたたちは罪なき者を罰しはしなかっただろう」

イエスはそうお答えになり、この地を立ち去られた。

別の安息日のこと、イエスはある会堂で教えを説かれた。すると、集まった者たちのなかに、右手の麻痺した人がいた。律法学者やファリサイ派の人々はイエスをじっと見つめ、彼に罪を負わせようと、安息日に病を癒やすかどうか目を凝らした。

人々もイエスを訴えようとして、「安息日に病を癒やすのは正しいことですか」と訊いた。

しかし、イエスは彼らの考えを見抜かれ、病人のほうを向いて言われた。

「立って前に来なさい」

病人は言われたとおりにした。

そして、イエスは律法学者とファリサイ派の人々にこう尋ねられた。

「答えてもらおう。安息日に善を行なうことと行なわないこと、命を救うことと死ぬのに任せること、律法はどちらを正しいとしているのか[16]」

答える者はいなかった。

イエスはさらに続けられた。

「羊が穴に落ちたとき、安息日だからといって引きあげない者があなたたちのなかにいるだろうか。ならば、人間は羊よりどれだけ大切か。だからこそ、安息日に善を行なうのは正しいのだ」

一同は相変わらず黙っていた。イエスはそんな彼らを怒りに満ちた目で見回し、その強情さを悲しまれた。そして病人にこう命じられた。

「右手を伸ばしなさい」

病人が言われたとおりにすると、右手はよくなっていて、もう一方の手と同じくらい力を入れて動かすことができた。

ファリサイ派の人々は怒り狂い、会堂を出てヘロデ派の人々と会い、イエスの口を封じる方法を相談した。

しかし、イエスは彼らの考えを見抜いておられたので、弟子たちとともに会堂を去り、湖のほとりへ戻られた。

ここでまたしても、イエスは大勢の群衆に取り囲まれた。それらはガリラヤ、ユダヤおよびエルサレム、イドマヤおよびヨルダン川の向こう側、ティルスとシドンの周辺から来た人々であり、大きくなる一方のイエスの評判を知り、お声を聞こうと押し寄せたのである。その数があまりに多かったので、イエスは弟子たちに対し、小舟を一艘用意するよう言われた。今回も湖のうえから教えを説こうとされたのである。イエスは数多くの病人を癒やされていたので、触れるだけで癒やされるのならと、病人たちがイエスのもとに殺到した。イエスからは病を癒やす力が満ち溢れ、汚(けが)れた霊もイエスを見て病人を差し出し、「あなたは神の子だ！」と叫ばせるほどだった。だがイエスは、自分のことを秘密にするよう霊に厳しく命じられた。

この出来事は、イザヤの預言の実現だった。

「見よ、わたしが選んだしもべ。
わたしの心に適った愛する者。
このしもべにわたしの霊を授ける。
すると彼は異邦人に裁きを伝える。
彼は争わず、叫びもせず、
通りでその声を聞く者もいない。

裁きを勝利に導くまで、
彼は傷ついた葦を折らず、
くすぶる亜麻の火を消すこともない」

ある日の夜遅く、イエスは一人山に登り、祈りを捧げて一夜を過ごされた。そして翌朝、弟子たちをお呼びになり、そのなかから十二人を選んで使徒と名づけられた。彼らはイエスの特別な信者であり、人々に教えを宣べ伝え、悪魔を追い払う力を授けられることになっていた。これら十二人の名前は以下のとおりである。[17]

シモンにはペテロという名が与えられた。
ゼベダイの子ヤコブとその兄弟ヨハネ。
この二人には「雷の子ら」を意味するボアネルゲという名が与えられた。
ペテロことシモンの兄弟アンデレ
フィリポ
バルトロマイ
マタイことレビ
トマス
アルファイの子ヤコブ
熱心党のシモン
ヤコブの子ユダことタダイ

そしてイスカリオテのユダ。このユダがのちにイエスを裏切ったのである。
イエスは彼らと一緒に山を下り、大勢の人に囲まれながら病気の癒やしを続けられた。

第四章註

1、ヨハネによる福音書5－2の実際の意味については疑義がある。これが指しているのは羊の門でなく羊の水浴び場ではないかというものであり、また泉の名前もベテスダ、ベトザタ、ベトサイダなど複数の説がある。この場所自体もまた論争の的になっているが、池らしき場所につながる柱廊の遺構がいまも残る一方、別の池は間欠泉によって破壊されているため、なんらかの効能があったと考えられている。本書では羊の門という解釈を採用した。

2、原典では「ある時期になると天使が池に降り、水をかき乱す……」直接的な表現だが、ヨハネによる福音書5－4の記述は全体として疑わしく、良質とされる聖書では削除されている。ゆえにこの文章は事実を記述したものでなく、その地域の一般的信仰を述べたものと解釈すべきだろう。註1も参照のこと。

3、原典では「そのため、ユダヤ人はイエスを迫害し、彼を殺そうと図った。安息日にこれらのことをしたからである。しかし、イエスはお答えになった。『わたしの父はいまも働いておられる。だからわたしも働く』」

本書ではこの記述をさらに発展させた。

4、原典では「子は、父のなさることを見なければ、自分では何一つできない。父のなさることはすべて、子もそのとおりに行なう。父は子を愛し、自分のなさることを残らず子にお示しになるからである」

5、原典では「父が死者を蘇らせ命をお与えになるように、子も与えたいと思う者に命を与える」この文章における死者が、精神的に死んだ人物を指すのか、あるいは精神的にも肉体的にも死んだ人物を指すのかは明確でない。本書では前者の解釈を採用した。

6、この意味は「その子は神であり人でもある」と思われる。

7、原典では「墓のなかにいる者はみな彼の声を聞く。そして善をなした者は復活して命を授けられるために、悪事をなした者は復活して罪を裁かれるために出てくる」

8、ヨハネの投獄がイエスの耳に入ったのはエルサレム滞在時か、あるいはそれ以前なのかは明らかでない。本書ではその後の一連の出来事にもっともよく合致する解釈を採用した。

9、註8を参照のこと。

10、原典では「人々に証明しなさい」原典には証明する目的も相手も記されていない。ゆえに本書では意味を補足した。

11、原典では「収税吏（publicans）や罪人たち」通常、publican は徴税人または収税所の役人を指す。ガリラヤ湖の端の近く、ダマスカスから湖畔へ至る道沿いに収税所があり、マタイがそこで勤務していた可能性もある。また罪人は、ファリサイ派の祭礼にあえて出席しなかった者を指すと思われるが、堕落した生活を送る者も含まれるかもしれない。

12、食事の一件からこの問答が持ちあがったとは原典に記されていないが、一連の出来事からなんらかのつながりがあるものと解釈できる。

13、原典では「そしてイエスは弟子たちに言われた。『人の子の日を一日だけでも見たいと願うときが来る。しかし、それを見ることはできない』」

本書ではこの文章を文脈上より適切な場所へ移し、その箇所にふさわしい表現に変えた。

14、原典では「仕上げをしていない（undressed）布の切れ端で、古い服に継ぎを当てる者はいない」

ここでのundressedは「梳き櫛で梳いていない（uncarded）」ことを意味しているか、あるいは梳く工程ないしこすりあげる（scraping）工程を経ていないことを意味するものと思われる。そうした工程を経ることによって、布地のけばが取れて滑らかになり、柔らかく動きやすい服を作ることができる。しかしundressed同様uncardedも、こうした知識を持ち合わせていない人にとっては意味が通じにくいので、本書では「織りたての」と表現した。

15、原典では「古いぶどう酒を飲む者は、新しいものを欲しない。『古いものがよい』と言うからだ」

人間固有の保守的性向を表現するため、本書では記述をわずかに変えた。

16、原典では「律法で許されているのは安息日に善を行なうことか、悪を行なうことか。命を救うことか、人を殺すことか」

本書の記述は有力な解釈に基づくものだが確かではなく、文字通りに理解すべきかもしれない。

17、マタイ、マルコ、およびルカによる福音書、ならびに使徒言行録に記された各一覧では、二組の名前、すなわちレビとマタイ、ユダとタダイの解釈について差異が見られる。本書では、それらが同一人物を指すものと解釈した。

第五章　山上の垂訓

このあとイエスは再び山に登り、取り囲む群衆を見渡された。そして小さな高台のうえから彼らに教えを説かれた。

「驕り高ぶることなく、自分ではなく神を頼る者は幸せである。必ずや神の国に入る。[1]

多くを求めず、自らの権威に寄りかかったり権利を主張したりしない者は幸せである。彼らはこの世においても勝利を収める。[2]

この世の悪に打ちひしがれる者は幸せである。彼らは慰めを与えられる。[3]

よき暮らしに飢え渇く人は幸せである。彼らは豊富にそれを得る。

憐れみ深い人は幸せである。彼らは憐れみを受ける。

ただ神の御心にしたがおうとする者は幸せである。至高の霊は彼らのものである。[4]

ひたすら平和に力を尽くす者は幸せである。彼らは神の子として認められる。[5]

善行のために迫害されている者は幸せである。彼らもまた天の国に属する。

わたしのために侮辱され、中傷され、冷遇された者は幸せである。大いに喜びなさい。あなたたちは天で大いに報われる。神の預言者も常にこのような扱いをされたのだから。[6]

しかし、己の富に頼る者は哀れである。彼らは他に頼るものを持たない。[7]

貪欲な者は哀れである。彼らの蓄えはいつしか尽きる。[8]
自らの快楽を求める者は哀れである。彼らの喜びはいつしか砂塵と化す。[9]
あまねく好かれる人は哀れである。偏見につけ込み嘘を教えた預言者もまたしかり。[10]

塩はものをよく保存する。あなたたちは人類を保存する塩である。しかし、塩がその力を失えば、人間を堕落から防ぐものが他にあろうか。[11] そのような塩はなんの役にも立たず、畑の肥やしにすらならない。投げ捨てられ、足で踏まれるだけだ。

あなたたちは人類を照らす光である。ともし火を穴倉にしまったり覆いをかぶせたりする者はいない。燭台のうえに置いて家のなかを照らすはずだ。山上の町が誰の目にも見えるのと同じで、そのように、あなたたちの光を人々の前で輝かせなさい。あなたたちのよき生活と行ないを人々に見せなさい。それらのなかに天なる父の御手があることを、誰もが認めるために。

身体のともし火は目である。目が澄んでいればその身体は光に満ちているが、曇っていれば闇に覆われる。あなたたちのなかにあると思しき光が、闇ではなく本物の光であるようにしなさい。さもなくば完全なる闇が訪れよう。しかし光に満ちていれば、その光はなんと明るいことか！　そしてあなたたちは、ともし火の輝きを全身に浴びる。[12]

わたしがここに来たのは、モーゼの律法や預言者たちの権威を貶めるためだと考えてはならない。わたしはそれを弱めるのでなく、新たな意味と力を与えるために来たのである。言っておくが、神の法は一言一句、予言されたあらゆることが実現されるまで、天と地の如く揺るぎはしない。それゆえ、厳しい法から逃れながら、その真理を他人に説く者は、神の国では低い地位しか与えられない。しかし、他人に教え、自らも神の教えに背かず行動する者は、栄光とともに迎えられる[13]。とは言え、あなたたちのまっとうさが、律法学者やファリサイ派の人々のまっとうさにまさっていなければ、決して神の国には辿り着けない[14]。

律法は暴力を戒めるために、『汝、殺すなかれ。人を殺した者は裁かれる』と命じている[15]。だが、心のなかで他人に腹をたてる者はみな、裁きを受けることになる。同じく、他人を侮辱した者は法院の前に引き出されるが、他人を侮る者は残らず業火に焼かれる[16]。だから、神に捧げ物をするとき、他人を侮辱したことを思い出したなら、捧げ物を持って神へと近づく前にまずその人物のもとに行き、自分の振る舞いを謝りなさい。

律法には『汝、姦淫するなかれ』とある。しかし言っておくが、物欲しそうな目で女性を見た者はみな、心のなかで姦淫を犯しているのだ。よって片方の目が崇高な人生を妨げるなら、えぐり出して捨ててしまいなさい。両目を持ったまま、蛆がわき業火の燃えさかる地獄[17]に投げ込まれるより、片目で神の国に入るべきである。右手右足があなたのよき暮らしを妨げるなら、切り落としてしまいなさい。完全な身体で業火に投げ込まれるより[18]、手足がなくとも永遠の命を得るべきである。人はみな、苦難によって清められねばならない。

妻を離縁する者は離縁状を渡せと、律法は命じている。しかし言っておくが、不貞の罪でもないのに妻を離縁する者はみな、妻に姦淫の罪を犯させたことになる。離縁された女と結婚する者もまた、姦淫の罪を犯すことになる。

さらに、律法は誓い[19]を破ることを禁じ、誓ったことは神への誓いの如く実行せよと命じている。しかし言っておくが、誓いなど一切立ててはいけない。神の玉座である天に誓ってはならない。神の足乗せ台である地に誓ってはならない。神の街であるエルサレムに誓ってはならない。それだけでなく、あなたたち自身の頭にすら誓ってはならない。髪の毛一本であっても、その色すら変えることができないのだから。あなたたちは『然り』か『否』かだけを言いなさい。それ以上の言葉は悪から生まれ出るものだ。

律法は暴力を戒めるため、復讐について『目には目を、歯には歯を』と定めている[20]。しかし言っておくが、復讐など一切してはならない。右の頬をぶたれたら、左の頬を差し出しなさい。あなたを訴えて下着を取ろうとする者には、上着も与えなさい。一マイル進むのを助けるよう強いられたなら、二マイル一緒に行ってあげなさい。求める者には与えなさい。あなたから借りようとする者を拒んではならない。奪われたとしても、償いを強いてはならない。

あなたたちは、『汝の隣人を愛し、汝の敵を憎め』という律法の定めを聞いたことがあるはずだ。しかし、わたしはあなたたちに命じる。敵の繁栄に力を尽くし、あなたたちを憎む者に善を為し、あなたを呪う者と親しく交わり、あなたをわざと傷つけた者のために祈りなさい[21]。

自分を愛する人とだけ親しくなったところで、どんな報いが得られようか。悪人でさえもそうしているではないか。それに、あなたを助ける人だけを助けたところで、あるいは見返りを期待できる人間にだけ金を貸したところで、他人にどれだけまさるというのか。意見を同じくする者にだけ敬意を払ったところで、どんな美徳があるというのか。野蛮人も同じようにしているではないか[22]。否、敵の繁栄に力を尽くし、見返りを求めることなく助けなさい。そうすれば、あなたたちは大きく報われ、感謝しない者にも悪しき生活を送る者にも寛大な、天におられる父の生き映しとなる[23]。父は悪人も善人も同じく太陽で照らし、正しい者だけでなく悪人をも目覚めさせるため、雨を降らせているのだ。

信心深いことを友人に見せつけてはならない。そうしたところで天の父から報いを与えられることはない。

施しをするときは、人から褒められようとする偽善者のように、己の善行を会堂や街頭で言いふらしてはならない[24]。言っておくが、偽善者に与えられる報いはそれだけだ。だから施しをするならば、右手がしていることは左手にすら知らせてはならない。人目につかないように施しなさい。そうすれば、あなたたちの父は、密かな行ないを見て報いてくださる。

同じように、祈るときは偽善者の真似をしてはならない。彼らは会堂や街角など、人目につくところで祈りを捧げている。ここでもまた、人々に知られることだけが彼らの報いなのだ。しかし、あなたたちは部屋にこもって扉を閉め、一人きりであなたの父に祈りなさい。あなたの行ないを残らず見ておられるあなたの父は、きっと報いてくださる。

また、祈るときは、異教徒のように言葉をもてあそぶだけではいけない。言えば言うほど多く報われると、彼らは信じている[25]。それを真似てはならない。あなたの父は、あなたが尋ねる以前から、あなたにとって何がよいのかをご存知なのだ。だからこのように祈りなさい。

『天にましますわれらが父よ。

天においても地においても御名(みな)があがめられますように、御国(みくに)が来ますように、御心(みこころ)が行なわれますように。わたしたちに必要なものを毎日お与えください。わたしたちの過ちをお赦しください。自分を傷つけた者をわたしたちが赦すように。わたしたちを試練から守り、悪しき力からお救いください[26]』

あなたたちが人の過ちを赦すならば、天の父もあなたたちの過ちをお赦しになる。しかし、あなたたちが人を赦さなければ、父もあなたたちをお赦しにならない。

断食をするときも、偽善者のように沈みきった顔をしてはならない。彼らが醜い表情をしているのは、自分が苦しんでいると他人に知ってもらいたいからである。言っておくが、ここでもまた、人にそう思われることだけが彼らの報いだ。しかしあなたたちが断食をするときは、顔を洗って髪に聖油を塗り、断食していることが気づかれないよう、普段と同じ表情をしなさい。そうすれば、あなたの父は隠れた行ないをご覧になって、あなたに報いてくださる。

地上で富を蓄えてはならない。虫が食ったり錆びついたりするし、あるいは泥棒が入って盗んでしまう[27]。その代わり、自分の持ち物を売ってその金を善行に使いなさい。富は天に積まれ、そこでは虫に食われることも輝きを失なうこともなく、泥棒に盗まれることもない。あなたの富があるところに、あなたの心もある。二人の主人に仕えることはできない。一方を憎んで他方を愛するか、一方をあがめて他方を憎むかだ。だからあなたたちも、神に仕えながらこの世の利益を追い求めることはできない[28]。

だからこそ言う。何を食べ何を飲もうか、あるいはどんな服を着ようかなど、自分の身体のことで思い悩んではいけない。命は食べ物よりも、身体は服よりも大切なものではないのか。空飛ぶ鳥を見よ。種を蒔かず刈り入れず、蔵に納めることもない。しかし、天にましますあなたたちの父は、鳥を養っておられる。あなたたちは鳥よりも価値あるものではないのか。あなたたちのうち誰が、思い悩んだからといって寿命を一日でも延ばせるというのか。寿命をわずかでも延ばすことができないのなら、なぜ衣服など身の回りのことで悩むのか。野に咲く百合を見よ。[29]それは織りもせず紡ぎもしない。しかし言っておくが、栄華を極めたソロモン王でさえ、野に咲く百合ほど着飾ってはいなかった。今日は咲き誇り、明日には炉にくべられる草にさえ、神は美しさをお与えになった。であるならば、あなたたちに衣服を与えてくださらないことがあるだろうか。信仰の薄い者たちよ、だから繰り返す。何を食べ、何を飲み、何を着るかで思い悩むな。これらはみな異教徒が熱心に追い求めていることであり、天にましますあなたたちの父は、あなたたちが必要としているものを残らず知っておられる。あなたたちは神の国に入るために力を尽くし、父がお望みになったとおりに暮らしなさい。そうすれば父は、必要なものをすべて与えてくださる。わたしの小さな群れよ、何も恐れるな。あなたたちの父は、あなたたちを神の国に迎え入れるだけで満足なのだ。だからもう一度言うが、明日のことを思い悩んではいけない。明日のことは明日自身が思い悩む。その日の苦労はその日だけで十分である。[30]

非難されたくなければ、他人を非難してはならない。他人を裁けば自分も裁かれる。咎めなければ自分も咎められない。赦せば自分も赦される。与えなさい。そうすれば、懐に押しこみ、揺すり入れてもなお、溢れ出るほど多くの贈り物が与えられる。このように、自分がしてもらいたいことを他人にしなさい。[31]これこそが聖書の教えである。だから行動しなさい。そうすれば、天にましますあなたたちの父のように、完全なる憐れみと愛に近づける。

盲人が盲人を導けるだろうか。二人とも穴に落ちてしまうのではないか。生徒の知識は教師に劣っているが、十分に学習すれば同じくなれる。[32]あなたたちはなぜ、友人の目についた埃は見えるのに、自分の目のなかの丸太は見えないのか。自分の目にある丸太を見ずして『目の埃を取ってあげよう』などと友人に言えるのはなぜなのか。

偽善者よ、まずは自分の目のなかにある丸太を取り除きなさい。そうすればはっきり見えるようになり、友人の目から埃を取ってやることもできるはずだ。

神聖なものを犬にやってはならず、豚に真珠を投げてはいけない。それを足で踏み潰し、あなたたちに突進してくるまでだ。(33)


狭い門から入りなさい。滅びに通じる門は広く、滅びへ向かう道路は平らであり、多くの者がそこを通る。しかし、命に通じる門は狭く、道も険しい。それに気づく者のなんと少ないことか。

偽の教師に気をつけよ。彼らは羊を装ってあなたに近づくが、内側は狼のように貪欲である。その実で木を見分けるように、あなたたちは彼らをその生き方で見分けなさい。茨からぶどうが、あざみからいちじくが採れるだろうか。健やかなる木はよい実をつけ、朽ちた木は悪い実をつける。よい木に悪い実が成ることはなく、朽ちた木によい実が成ることもない。同じように、人の言動は、その人が心のうちに何を積みあげたかによって左右される。それがよいものならば、彼の言動も優れている。それが悪いものならば、彼の言動も悪い。ゆえに、あなたたちは生き方によって人を見分けることができる。(34)

よい実をつけない木は切り倒され火にくべられる。天の国に入るのは『主よ！　主よ！』と口にする者でなく、天にましますわたしの父の御心を行なう者である。かの偉大なる日には、大勢の者がわたしに向かい、『主よ、主よ！　わたしたちはあなたの御名で教えを説き、ひとえにあなたの御名によって悪魔を追い払い、奇蹟を起こしたのではないですか』と言うだろう。それにわたしは答える。『あなたたちのことはまったく知らない。あなたたちはわたしの命じたとおりに行なわなかった。立ち去れ、悪しき暮らしを送る者たちよ！』と。[35]

だからこそ、わたしの教えを聞いてそれを行なう者はみな、岩のうえに家を建てた賢い人に似ている。しかし、わたしの教えを聞いてそれを行なわなかった者は、砂のうえに家を建てた愚か者と同じである。雨が降って水かさが増し、そのうえ嵐に襲われれば、その家は無残ながれきと化すだろう」

教えを説き終えたイエスは山を下りられた。群衆もそれに続いたが、イエスの教えだけでなく、律法学者のそれとはまったく違うイエスの権威ある態度に、みなすっかり驚いていた。

第五章註

1、原典では「心の貧しい人は幸せである。天の国は彼らのものである」（マタイによる福音書）、「貧しい人は幸せである。神の国はあなたたちのものである」（ルカによる福音書）、様々な識者が「（心の）貧しい人」を以下のように説明している。

（a）迫害され、虐げられた神の人々の生き残り。

（b）律法に関するファリサイ派の知識、およびラビの教義にまつわる知識を欠いた人。

（c）真に信心深い人。

（d）生活のあらゆる局面で神が必要であることを認識し、その助けを常に求めている人。

（e）世俗の富を持たない人。

（f）物質的な富を過剰に評価しない人。

（g）心が貧しいと感じている人。

本書ではこれら解釈の精神的側面を重視しようと試みた。

2、原典では「従順な人は幸せである。地を受け継ぐのはその人たちである」通常この一節は、マタイによる福音書5－3の変種と理解されており、「従順な（meek）」は「信心深い（pious）」を意味する。しかし本書では、正しき人がこの世で悪人に勝利を収めるという賛美歌37－11の内容を基にした。

3、原典では「嘆き悲しむ人は幸せである。彼らは慰めを得られるからである」（マタイによる福音書）、「いま泣いている人は幸せである。あなたは笑うようになる」（ルカによる福音書）この地上では悪が善に勝っているので彼らは嘆き悲しんでいる、ないしこの世の社会的・経済的状況に彼らは良心を痛めている、ないし彼らは己の罪と他者の罪を嘆き悲しんでいる、と指摘する識者もいる。

4、原典では「心の澄んだ人は幸せである。その人たちは神を見る」識者によれば、これは想像力や欲求が清いだけでなく、神に仕えるときの一途さをも意味しているという。その報いは神の示現という、至高の霊的体験である。

5、原典では「平和を実現する人は幸せである。彼らは神の子と呼ばれる」識者によれば、「平和を実現する人」は戦争を防ごうと尽力する人だけでなく、どこにあっても生き方そのものが平和の源である人を指すという。つまり、天にまします父と同じ特質を持っていると言えよう。

6、原典では「わたしのために罵られ、迫害され、身に覚えのないことであらゆる悪口を投げつけられるとき、あなたたちは幸せである」（マタイによる福音書）、「人から憎まれ、また人の子のために仲間外れにされ、罵られ、汚名を着せられるとき、あなたたちは幸せである」（ルカによる福音書）侮辱、中傷、冷遇といった本書の解釈は弱すぎるかもしれないが、現代的表現としてよりふさわしく思われる。

7、原典では「しかし、富めるあなたたちは不幸である。あなたたちはもう慰めを受けている」（下記参照）

8、原典では「いま満腹なあなたたちは不幸である。あなたたちは腹を空かせる」（下記参照）

9、原典では「いま笑うあなたたちは不幸である。あなたたちは嘆き涙を流す」（下記参照）

10、原典では「すべての人にほめられるあなたたちは不幸である。彼らの先祖も偽預言者に同じことをした」（下記参照）

識者によれば、これらの不幸は非難というより嘆き悲しむ意味合いが強いという。いずれも聖ルカによってしか書かれておらず、幸福に関する章句と同じように、最初は物質的側面のみを記している。幸福に関する章句の場合、聖マタイは精神的なものとしてこれらを理解すべきと示しており、ゆえに本書では不幸に関しても同様の方法で意訳した。

11、原典では「あなたたちは地の塩である。しかし、塩が風味を失えば、それは何によって塩味を加えられるだろうか」（マタイによる福音書）、「ゆえに塩はよいものだ。しかし、塩が風味を失えば、それは何によって味つけされようか」（ルカによる福音書）

この一節は普通、「塩が風味を失えば、何によってその風味を取り戻せようか」と解釈される。しかし、「それは何によって」の「それ」が「人類」を指すという解釈をここで紹介しておく。

12、原典では「身体のともし火は目である。目が澄んでいれば、あなたの全身は光で満たされる。しかし、目が邪ならば、あなたの全身は闇で満たされる。だから、あなたのなかの光が闇となれば、その暗さはどれほどのものだろう」（マタイによる福音書）、「あなたの身体のともし火は目である。目が澄んでいれば、あなたの全身は光で満たされる。しかし目が邪ならば、あなたの全身も闇で満たされる。だから、あなたのなかの光が闇ではないか確かめなさい。あなたの全身が光で満たされ、一片の闇もないならば、ともし火がその明るい輝きであなたを照らすときのように、それは光で満ちている」（ルカによる福音書）

この難解な一節に関して、マタイによる福音書の記述箇所は不適切だと信じられているので、ここに移した。

13、原典では「だから、これらのもっとも些細な掟を一つでも破り、またそうするようにと人々に教える者は、天の国でもっとも価値のない者と呼ばれる。しかし、それを守り、そうするように教える者は、天の国でもっとも優れた者と呼ばれる」

この一節と次の節は、いずれもルカによる福音書には記されていない。また本節は、マタイによる福音書では不適切な箇所にあると考えられているが、より適切な箇所を見つけるのも難しい。難解な一節であり、通常は公の習慣や儀式との関連で「厳しい掟から逃れ、他人にもそうするよう教える者は」を意味するものとされている。これも正しい解釈だろうが、本書では別の解釈を採用した。

14、原典では「言っておくが、あなたたちの高潔さが律法学者やファリサイ派の人々のそれにまさっていなければ、あなたたちは決して天の国に入ることはできない」

本節の記述箇所については註13を参照のこと。この一節も難解であり、「律法学者やファリサイ派の人たちよりもよき暮らしをしない限り」という意味だろうが、本書では「律法学者やファリサイ派の人々は古い律法にしたがって行動するが、あなたたちは、わたしがそこに加えた新たな意味にしたがって行動しない限り」という解釈を採用した。

15、原典では「あなたたちも耳にしたとおり、昔の人は『汝、殺すなかれ』と命じられている」キリストがモーゼの律法をいかに拡大したかを示す一連の描写につき、その意味を明確にすべく「暴力を戒めるために」という語を挿入した。

16、原典では「兄弟に『馬鹿』と言う者は法院に引きずり出され、『この間抜け』と言う者は火の地獄に投げ込まれる」

ここで「馬鹿（Raca）」と翻訳された単語、および「この間抜け（Thou fool）」と翻訳された単語は、いずれも似たような意味を持つ。また「火の地獄」は、エルサレムのごみを燃やす場所だったゲヘナの谷を指しているものと思われる。難解な一節であり、モーゼの律法にキリストが新たな意味を与えた本章において、別の事例と整合性を持たせるべく解釈を行なった。

17、ゲヘナ、すなわち地獄。註16を参照のこと。

18、原典では「……全身が地獄に行く（投げ込まれる）よりは」

註16を参照のこと。地獄（hell）はゲヘナを指していると思われ、ゆえに悪を清める火のことである。しかしこの一節は難解であり、この解釈も間違っているかもしれない。

19、この一節が指しているのは会話における誓いであって、法廷における宣誓ではないものと思われる。キリストは裁判のとき、議会で宣誓することに同意した。マタイによる福音書26－63（本書第十四章）を参照のこと。またガラテヤの信徒への手紙1－20も参照のこと。

20、原典では「あなたたちも耳にしたとおり、『目には目を、歯には歯を』と定められている」

註15を参照のこと。ここでも、イエスがモーゼの律法に与えた新たな意味を明確にすべく、「暴力を戒めるため」という語を加えた。

21、原典では「しかし、わたしはあなたたちに言う。『汝の敵を愛せ』」愛という単語は、一般的な会話では好意や肉体的魅力を含むため、ここでは使用を避けるのが望ましいと思われる。キリストが意味したのはこうした好意ではなく、具体的な行動を伴った、他人に善を施す欲求である。

22、原典では「自分の兄弟にだけ挨拶したところで、どれだけ他人より優れているというのか。異邦人でさえ同じことをしているではないか」

識者によれば、「兄弟」は仲間のユダヤ人を指すという。自分が属する以外の党、教会、および派閥などの成員にも敬意を払うべきことを示している点で、この一節は現代的な意味を持っていると言えよう。

23、原典では「天にましますあなたたちの父の子となるためである」(マタイによる福音書)、「そうすれば、あなたたちには大きな報いがあり、至高の方の子となれる」(ルカによる福音書)

24、原典では「だから、あなたたちが施しをするときは、偽善者たちが人々に褒め称えられようと会堂や街角でするように、自分の前で喇叭を鳴らしてはいけない」

キリストの時代、喇叭は雨乞いの儀式ですでに使われており、また儀式と同時に施しも行なわれた。喇叭を吹き鳴らすというのは現代にも通じる表現であり、特に説明せずとも意味は理解できるものと思われる。

25、原典では「祈りを捧げるときは、異邦人のようにくどくどと述べてはならない。彼らは言えば言うほど聞き入れられると信じているのだ」

26、原典では「だから、このように祈りなさい。『天におられる我らが父よ、御名があがめられますように。御国が来ますように。御心が天でも地でも行なわれますように。我々の日々の糧を今日お与えください。わたしたちの負い目をお赦しください。わたしたちも我らに負い目のある人を赦したように。わたしたちを誘惑に遭わせず、悪しき者から遠ざけてください』」

広く知られ愛されているこの一節を一音節でも変えることは、冒瀆に等しい行為と思われる。しかし、改訳聖書には不明瞭な点がいくつか存在する。その一つが「わたしたちを誘惑に遭わせず」であり、またもう一つの「天でも地でも」は、実際には三つの祈願すべてにかかっている。

27、原典では「あなたたちは地上に富を積んではならない。虫が食い、錆つき、あるいは盗人が忍び込んで盗んでしまう」（マタイによる福音書6－19）、「自分の持ち物を売って施しなさい。古びることのない財布を作り、失われることのない富を天に積みなさい。そこは盗人も近づかず、虫が食い荒らすこともない」（ルカによる福音書12－33）、「富は天に積みなさい。虫が食うことも、錆びつくこともなく、盗人が忍び込んで盗んでしまうこともない」

28、原典では「神と富とに仕えることはできない」

29、原典では「あなたたちのうち誰が、思い悩んだからといって、身長を一キュービットでも伸ばせるというのか？」（マタイによる福音書およびルカによる福音書）、「ごく些細なことさえできないのに、なぜその他のことまで思い悩むのか？」（ルカによる福音書）、「なぜ衣服のことで思い悩むのか？」（マタイによる福音書）、「野に咲く百合を見よ」（マタイによる福音書およびルカによる福音書）

30、原典では「だから、明日のことで思い悩むな。明日のことは明日自らが思い悩む。その日の苦労はその日だけで十分である」

31、原典では「だから、人にしてもらいたいと思うことはすべて、あなたも人にしてあげなさい。これこそが律法であり預言者である」（マタイによる福音書7－12）、「人にしてもらいたいことを、あなたも人にしなさい」（ルカによる福音書6－31）、「だから、あなたたちの天の父が完全であられるように、あなたたちも完全な者となりなさい」（マタイによる福音書5－48）、「あなたたちの父が憐れみ深いように、あなたたちも憐れみ深い者となりなさい」（ルカによる福音書6－36）

マタイによる福音書とルカによる福音書では、この黄金律がそれぞれ異なる文脈で述べられている。両者を同時に採ることはできないので、ここでは少々修正を加えたうえでルカによる福音書の記述を採用した。

32、原典では「弟子は師にまさるものではない。しかし、修練を十分積んだなら、その師と同じくなれる」

33、原典では「聖なるものを犬に与えてはならず、豚の前に真珠を放り投げてはいけない。それらを足で踏みにじり、あなたたちを食いちぎることだろう」

この一節は普通、時宜もわきまえず軽率に福音を説かないよう警告するものと解釈されている。愚かな教師から学び、その知識でもって信心深い者を攻撃する敵がいる、ということだ。

34、原典では「善き人は善きものが詰まった心の倉から善きものを出し、悪しき人は悪しきものが詰まった心の倉から悪しきものを出す。心から溢れ出るものが、人の口をついて出るのだ」（ルカによる福音書6－45）、「このように、人はその実によって見分けることができる」（マタイによる福音

書7－20）

35、原典では「かの日には、大勢の者がわたしに『主よ、主よ、わたしたちは御名によって預言し、御名によって悪霊を追い払い、御名によって多くの偉大なことを行なったのではないですか？』と言うだろう。そのとき、わたしはきっぱりこう言い切る。『わたしはあなたたちのことを知らない。立ち去れ、悪事を働く者たちよ』と」（マタイによる福音書7－22）、「わたしを『主よ、主よ』と呼びながら、なぜわたしの言うことを行なわないのか？」（ルカによる福音書6－46）

第六章　例え話で教えを説く

　キリストは再びカファルナウムへ戻られた。そこにはある百人隊長が駐在していたのだが、その隊長に重んじられていた召使いが、深刻な病に陥りいまにも死にそうだった。イエスのことを聞きつけた百人隊長はユダヤの長老たちに彼のもとへ行かせ、召使いの命を助けに来てもらいたいと伝えるよう命じた。長老たちはイエスに哀願した。

「ぜひそうなさるべきです。あの方にはそれだけの価値がありますし、わたしたちユダヤ人のよき友でもあります。わたしたちの会堂をお建てになったのもあの方です」

　イエスはうなずき、一緒に出かけられた。一行が家に近づいたところで、百人隊長はまず友人たちを迎えに行かせ、そのあとで自ら姿を見せた。

「先生、わたしの召使いが中風にかかり、ひどく苦しみながら床についているのです」

「わたしはそれを癒しに来た」イエスは言われた。

　すると、百人隊長は答えた。

「それには及びません、先生。わたしにはあなたを自分の屋根のしたにお迎えする価値などありません。わたし自ら先生のもとへ行き、お会いするのもおこがましいと考えたのです。ただ一言おっしゃってください。そうすれば召使いの病は癒されるでしょう。わたしにも部下の兵士がおりますから、権威の持つ力はよく存じております。[1] わたしがある兵士に『行け！』と言えば、その兵士は行きますし、別の兵士に『来い！』と言えばその兵士は来ます。わたしの召使いも、『これをしろ！』と言えばそのとおりにするのです」

これを聞いたイエスは驚かれ、あとにしたがう人々に言われた。

「見よ、わたしはイスラエルでこれほどの信仰を見たことがない。いつの日か、この世のあらゆるところから大勢の人が来て、天の国でアブラハムやイサクやヤコブと一緒の席につく。しかし、正当な後継者であるユダヤ人は漆黒の闇に追い出され、[2] 深く悲しみ怒るだろう」そして百人隊長のほうを向いて言われた。「仕事を続けなさい。あなたの信じたとおりになるはずだ」

果たせるかな、百人隊長が友人たちと家に戻ったところ、まさにあの瞬間、召使いの病が癒えていたことを知った。

その直後、イエスと弟子たちはあとにしたがう群衆とともに、ナインという町に向かわれた。一行が門に近づくと、町の外に出る葬列と出くわした。死んだのは若い男で、あるやもめの一人息子だった。母親の悲しみをご覧になったイエスは、心を痛められた。

「もう泣いてはいけない」イエスはそう話しかけ、そばに近づかれた。そして棺台[3]に手をかけられたところ、担いでいた人たちが足を止めた。

「若者よ」イエスは言われた。「起きなさい！」

すると、死んだはずの若者が棺台に起きあがり、話しだした。イエスは彼の手をとり、母親にお渡しになった。

それを見た群衆は恐れおののき、神に祈った。

「偉大な預言者が我々のあいだに現われた」群衆は口々に言い合った。「神はご自分の民を覚えておられた！」

この話はユダヤ[4]全土と周囲一帯に野火の如く広まった。


同じころ、洗礼者ヨハネはいまだ牢のなかにあり、イエスがなされた数々の素晴らしいことを弟子の口から聞いた。そこで弟子のなかから二人を選び、あなたこそが来たるべきメシアかと、イエスに尋ねるよう命じた。イエスに会った二人はこう切りだした。

「洗礼者ヨハネは、あなたこそが来たるべきメシアなのか、それとも他の方がそうなのか、あなたにお尋ねするよう言われました」

イエスは彼らの前で恵みの仕事をお続けになり、病を癒やし、痛みを消し、悪霊を追い払い、盲人の目を見えるようにされていた[5]が、やがて彼らのほうを向いて言われた。

「ヨハネのところに戻り、見聞きしたことを伝えなさい。盲人は視力を取り戻し、足の不自由な者は歩けるようになり、らい病の者は癒やされ、耳の聞こえない者は聞こえるようになり、死者は立ちあがり、貧しき者には神の国の福音が説かれた。わたしを疑わない人は幸いである！[6]」

ヨハネの使いが出て行ったあと、イエスは群衆にヨハネのことを話された。

「あなたたちは何を見ようと荒れ野に行ったのか[7]。風が吹くたびにそよぐ葦か。それがどうした。見事な服を着た人か。そうではないだろう。素晴らしい衣服に身を包み、豪華な暮らしを送る人は、王の宮殿にこそいる。ならばなんだ。預言者か。さよう、預言者以上の者だ。その人については預言者もこう記している。『見よ、わたしはあなたの前に人を遣わし、あなたの道を整えさせる』言っておくが、女から生まれた者のうち、ヨハネより偉大な人は現われなかった。しかし、神の国ではもっとも身分の低い者すら、ヨハネよりも偉大なのだ[8]。モーゼの律法と預言者は、ヨハネのときまで変わらなかった。だがそれ以来、神の国の福音が説かれ、王の国から人間を締め出していた古い壁が取り払われた結果、誰もがそこに押し入ろうとしている[9]。あなたたちに信じられればの話だが、ヨハネこそがエリヤの霊と力を持って現われるはずの人である。これを信じられる者は、よく耳をそばだてよ[10]」

　人々はこれを聞き、徴税人さえも神の正しさを認め、みなの教えどおりに洗礼を受けた。しかし、ヨハネの洗礼を拒んでいたファリサイ派の人々や律法学者たちは、キリストの教えをも認めなかった[11]。

　そこで、イエスはこう言われた。

「それでは、いまの時代の人たちは何に例えたらよいか。彼らは何に似ているのか。そう、通りで遊びに興じている子どもだ。子どもたちは口々にこう言う。『ぼくらは結婚式で遊びたかったのに、誰も踊ってくれなかった。ぼくらは葬式で遊びたかったのに、誰も泣いてくれなかった[12]』洗礼者ヨハネはパンも食べずぶどう酒も飲まない。すると、あなたたちはこう口にする。『あいつは狂っている！』人の子が来て飲み食いをすると、あなたたちはこう言う。『あいつは大食漢で大酒飲みだ。徴税人や悪人とつるんでいるに違いない！』あなたたちはなんとずる賢いことか[13]」

　そしてイエスは、もっとも偉大な奇蹟をなされた町の人々を非難された。何一つ悔い改めなかったからである。

「コラジン、汝は哀れだ！　ベテスダ、汝も哀れだ！　汝らのところで行なわれた奇蹟が、ティルスやシドンでなされていれば、これらの町は恥じ入り嘆き悲しみ、とうの昔に神をあがめていたに違いない。だが言っておく。裁きの日にはティルスやシドンのほうが、汝らより軽い罰で済む。そして汝カファルナウムよ！　汝は天に昇れるか。違う！　汝は黄泉（ハデス）に落ちる。汝で行なわれた奇蹟がソドムでなされていたら、ソドムはいまも残っていたはずだ。言っておく。裁きの日にはソドムのほうが汝よりも軽い罰で済む」

このあと、ファリサイ派の一人がイエスを食事に招いた。イエスはその家に出向かれ、食事が始まった。

さて、この町の売春婦がイエスのおられることを知り、香油の入った石膏の壺を持って食事の席に現われ、食事の席につくイエスの足元に近づいた。そして、イエスの足が涙で濡れるほどひどく泣いたあと、その足を髪で拭い、口づけしてから香油を塗った。

家の主人はこれを見て、「この人が本当に預言者なら、この女がどんな人物か知っているはずだ。ただの売春婦じゃないか！」と心のなかでつぶやいた。

イエスはその考えを見抜き、こう言われた。

「シモン、あなたに言いたいことがある」

「おっしゃってください、先生」シモンは答えた。

「昔、ある金貸しから二人の人間が金を借りていた。一人は五十デナリオン、もう一人は五デナリオン。だが二人とも返せなかったので、その金貸しは借金を帳消しにしてやった。さて、二人のうち金貸しをより愛するのはどちらか？」

「より大きな額を帳消しにしてもらったほうだと思います」シモンは答えた。

「そのとおり」イエスはそう言われ、女のほうを振り向いて話を続けられた。「この女が見えるか。わたしがこの家に入ったとき、あなたは足を洗う水をくれなかった。ところが、この女は自分の涙でわたしの足を濡らし、髪で拭った。あなたは口づけをしなかったが、この女はわたしが家に入ってからというもの、口づけを続けている。あなたはわたしの頭に香油を塗らなかったが、この女はわたしの足に香油を塗った。だから言っておく。彼女の罪がいくつあろうと、すべて赦される。このことは彼女の激しい愛でわかる。赦されることがわずかな者は、かすかにしか愛さない[14]」そこで一息つき、女に向かって「あなたの罪は赦された！」と言われた

それを聞いた他の客たちは、すぐにこう考えた。

「罪さえ赦すこの人は何者だろう？」

イエスは「あなたの信仰があなたを救った。心を安らかにして行きなさい」と言って女を帰された。

そのすぐあと、イエスは町や村を回られ、神の国が近づいていることを宣べ伝えられた。イエスには十二人の使徒がつきしたがい、イエスによって病を癒やされた多くの婦人も一緒だった。一行のなかには、イエスのお力で七つの悪霊を追い出してもらったマグダラのマリア、ヘロデの家令クザの妻ヨハナ、それにスザンナがいた。これらの婦人たちは宣教の路銀を出し合った。

旅の途中、イエスはある家に立ち寄られたが、そこに群衆がどっと押し寄せたので、食事をとることもできなかった。それを知った家の者がイエスを取り押さえに来た。教えを熱心に説こうとするあまり気が狂ったのではないかと恐れたからである[15]。

そのとき、悪霊に取り憑かれ目が見えず口もきけなくなった男が連れて来られた。しかし、イエス

がすぐに悪霊を追い払われたため、男は目が見え話せるようになった。一同は驚き、イエスこそメシアではないかと言い合った[16]。

エルサレムから来たファリサイ派の人々と律法学者たちは、これを聞いて話し合った。

「この男はサタンに取り憑かれている。悪霊を追い払ったのも、支配者サタンの力によるものだ[17]」

イエスはその考えを見抜かれ、彼らを呼んで言われた。

「どうしてサタンがサタンを追い払えよう？」そして例え話を始められた。「内輪揉めしている国は破滅に向かう。派閥同士が争っている町は荒れ果てる。口げんかが絶えない家庭も、いつかは滅びる。サタンがサタンを追い払うならそれは内輪揉めであり、もしそうなら、サタンの国がどうして生き残れよう。長続きせず、いつかは滅びる。

それに、わたしがサタンの力で悪霊を追い払ったのなら、あなたたちの祈禱師はどんな力をもって悪霊を追い払うというのか。彼らはあなたたちの言うことに物申すはずだ。しかし、わたしが神の力でもって悪霊を追い払うならば、それはあなたたちのあいだに神の国が建てられた何よりの証拠ではないか。

また、サタンが武器を持って己の家を守っているならば、彼の持ち物は安全である。サタンがそこにいる限り、家に押し入って家財道具を盗むのは不可能だ。ところが、サタンよりも強いキリストが来てサタンと戦い、これを打ち破ることができたなら、まずはサタンを縛り、頼みの武器をすべて奪い取るに違いない。それから戦利品を分け与えればよい[18]。

この戦いにおいて、わたしに味方しない者はわたしの敵となり、わたしのもとに集まらない人間はばらばらに散らばっている。このような例え話がある。汚れた霊は人間から追い出されると、さまよう魂が集う場所へ行く。だが、そこに休む場所はなく、もといた場所へ戻ろうとする。そこで帰ってみると、その人の心は空き家になっていて、きれいに整えられているではないか。なので、いったんそこを離れ、自分よりもさらに邪な霊を七つ連れて来て、空き家になったその人の心に入り込む。そうなると、その人の状態は前よりも悪くなる。これがいまの悪しき時代に起きていることなのだ[19]」

人々が「この人には汚れた霊が取り憑いている」と言うので、イエスはさらに続けられた。

「言っておくが、人間の犯す罪や冒瀆は、人の子に対する悪口を含め、どんなことでも赦されるが、聖霊を非難する者は、それを続ける限りこの世においても来世においても一切赦されない。そのような心のあり方は、一切の赦しを妨げる[20]。木が健やかならば実もいいし、木が朽ちかけていれば実も悪い。木の状態は実でわかる。立派な考えを心に積んでいる善き人は立派なことを話し、邪な考えを心に積んでいる人は邪なことを語る。心に積んでいるものは会話に現われる。蝮の子らよ！　あなたたちは邪な人間であるのに、どうして立派なことを話せようか。言っておくが、人間は自分の話した浅はかな言葉について、裁きの日に責任を負わねばならない。人は自分の言葉によって正しいとされ、自分の言葉によって罰せられる」

再び群衆がイエスのもとに寄り集まるなか、律法学者とファリサイ派の人々はイエスを試そうとした。

「先生、あなたの権威を示す証として、天のしるしをお見せください」

イエスは言われた。

「いまの時代は邪だ。善は行なわれず、神への不実がはびこっている。だから、しるしが求められる。しかし、預言者ヨナのしるしのほかには与えられない。ヨナが三日のあいだ魚の腹のなかにいたように、人の子も三日のあいだ墓のなかにいる。ヨナはニネベの人々のしるしとなったが、人の子もいまの時代の人々のしるしとなるだろう。しかし裁きの日、ニネベの人々はいまの時代の人々を罰する。彼らはヨナの教えを聞いて神をあがめたが、ヨナよりも偉大な者がここにいる。また南の国の女王は遠い距離を旅して自分の問題をソロモンの裁きに委ねたが、ソロモンよりも偉大な者がここにいる」

イエスがこのように話されているとき、群衆のなかの女が声をあげた。
「あなたを産み、乳を飲ませた女はなんと幸せなんでしょう！」

イエスがなお教えを説かれていると、母と兄弟が話をしようと家の前に来たものの、群衆のために近づくことができず、仕方ないので家の外に立ち、言葉を伝えさせた。

すると、誰かが言った。
「すみません、お母さまとご兄弟があなたにお会いしたいと、家の外に立っておられます」
「母とは誰か」イエスは答えられた。「兄弟とは誰か」

そう言ってあたりを見渡されたが、やがて弟子たちに手を伸ばされた。
「見よ、これがわたしの母と兄弟だ。神の御心にしたがい、その掟を聞いて行なう者はみな、わたしの母であり、兄弟であり、姉妹である」

イエスはその日のうちに家を出られ、再び湖のほとりに赴かれた。大勢の群衆があとにしたがい、そこには周囲一帯の町の代表もいた。人々が湖畔に列をなして集うなか、イエスは以前と同じく小舟に乗られると、岸から少し離れたところで例え話を用いて教えを説かれた。
「聞きなさい！　一人の農民が種蒔きに出かけた。だが蒔いているあいだに、何粒かの種が畑のそばの小道に落ちた。硬い地面に落ちた種は踏みつけられ、鳥が来てついばまれた。一方、土で薄く覆われた岩のうえに落ちた種は、浅い地面のなかからすぐに芽を出したが、日が照りつけると水が足りずに焼けてしまい、根も深くなかったので枯れてしまった。いばらのあいだに落ちた種は、いばらが茂ってそれにふさがれてしまい、実をつけることができなかった。しかし、残りの種はよい土のうえに落ち、実をつけ、三十倍、六十倍、百倍となった。この話をよく考え、その教えるところを理解できるようにしなさい」

やがて、弟子たちはこの例え話についてイエスに尋ねた。

「なぜ例え話を用いて教えを説かれるのですか。あの話にはどういう意味があるのでしょう」

イエスはお答えになった。

「おまえたちは天の国の秘密を理解できるが、他の人たちにはそれができない[21]。わたしが例え話を用いたのは、彼らは飲み込みが悪く無知なので、わかりやすい言葉を使うしかなかったからだ[22]。彼らはイザヤの預言そのものだ。

『聞くには聞くが、まったく理解せず、
見るには見るが、まったく認めない。
　この民の心は鈍り、
　耳は遠くなり、
　目は閉ざされてしまった。
　こうして彼らは目で見て認めず、
　耳で聞かず、

心で理解せず、
悔い改めない。

わたしは彼らを癒やさない』

だが、目が見え耳が聞こえるおまえたちは幸せだ！　よいか、多くの預言者や聖者たちは、おまえたちの見たものを見、おまえたちの聞いたことを聞きたいと願ったが、どちらもできなかったのだ。

さて、あの簡単な例え話だが、おまえたちにも意味が理解できないのか。だとすれば、どうして他の話を理解できようか。では説明しよう。

種は神から人間への言葉であり、種蒔く人はそれを宣べ伝える人である。硬い地面は神の言葉を聞きながらそれを理解しない人であり、彼らが最後に神の言葉を認め、信じ、そして救われることがないよう、サタンが来て彼らの聞いたことを忘れさせてしまう。

土に薄く覆われた岩は、神の言葉を聞いてそれを喜んで受け入れる人である。しかし、これらの人には根がないので、しばらくは大丈夫だが、信仰のために困難や問題に見舞われたり、あるいは迫害されそうになったりすると、彼らの勇気はくじけ、信仰を失ってしまう。

いばらの茂る地面もまた、神の言葉を聞きそれを受け入れる人のことだが、その人たちの心はこの世の気がかりで満ちている。彼らは金銭や快楽に心奪われ、ゆえに彼らの信仰は弱く、よき人生を送ることもない。

よい土は神の言葉を聞き、理解し、受け入れる人である。彼らは神の言葉を誠実に受け入れ、忍耐強くそのとおりに行動する。彼らこそよき実を結ぶ種であって、三十倍、六十倍、百倍の実を生み出すのだ。

とは言え、神の言葉の意味がこうして隠されているのはいまだけであり、覆い隠されているものは光に照らされ、解き明かされる[23]。ともした火を器や寝床のしたに隠す者はいない。燭台のうえに置き、訪れた人が光を見えるようにするはずだ。だから、神の言葉を理解できる者はそれを心にとどめなさい。そして、自分の役に立つよう気をつけて聞きなさい」

その後、イエスは再び説教を始められた[24]。

「神の国が大きくなるのは、農夫が蒔く種に例えられる[25]。農夫がいつもどおりに働いたり眠ったりするあいだ、種は地面のなかで膨らむ。農夫の助けを借りずとも種は芽吹き、成長して最初に葉、次に穂をつけ、最後に実を結ぶ。どうしてそうなるのか農夫にはわからないが、実が熟すやすぐそれを刈り入れる。収穫のときが来たのである！」

続いてイエスは別の例え話をなされた。

「天の国そのものも畑に蒔く種に例えられる。畑の持ち主はよい種を蒔いたが、夜更けに敵が来て、畑に毒麦の種を蒔いていった。やがて麦が成長すると、そのなかに毒麦が混じっていた。しもべたちは主人にこう告げた。

『ご主人はよい種を蒔いたのではなかったですか。この毒麦はいったいどうしたことでしょう』

『敵の仕業だ』と、主人は答えた。

『では、畑に行って引き抜きましょうか』

『いや、麦まで一緒に引き抜いてしまうかもしれない。収穫のときまで両方とも育つに任せよう。それから刈り入れ人に言って、麦と毒麦を分けさせる。毒麦のほうは束にまとめて燃やし、麦のほうは倉に積んでおく』」

イエスが群衆を残して家に入られたあと、弟子たちは「この例え話を説明してください」と頼んだ。イエスはこうお答えになった。

「種を蒔く人は人の子で、畑はこの世である。またよい種は神の国の人々であり、毒麦は悪事をなす者どもである。敵はサタンであり、収穫はこの世の終わり、刈り入れる人は天使である。

この世が終わるとき、毒麦は束ねられ火にくべられる。つまり、人の子が天使を遣わし、悪をなす者と、悪事を行なう者を根こそぎ引き抜くのだ。それらは清めの炎に投げ込まれ、そこで激しく泣きわめき、歯ぎしりするだろう。(26) しかし、神の言葉にしたがう者は、父の王国で太陽のように輝く。これを聞いた者は、心によくとどめておくように」

イエスはそこで群衆のもとへ戻り、説教を続けられた。

「さて、天の国はいかなるものか。何に例えられようか。それはからし種に似ている。もっとも小さな種の一つで、庭に蒔くものだ。そこで種は芽吹き、やがて枝ぶりのよい木となって鳥が羽を休めるようになる。

他には何に例えられようか。女が三サトンの粉に混ぜるパン種に似ている。それは発酵し、やがて粉全体が膨らむ。

あるいは、畑に隠された宝に似ている。人はそれを手に入れようと自分の持ち物を売り払い、その畑を買う。

さらに、神の国はきわめて高価な真珠に例えられる。その噂を耳にした宝石商は、それを買うために自分の持ち物を売り払う。(27)

神の国はまた、海に投げ下ろされ、色々な魚を集める網に似ている。漁師はそれを引きあげ、腰を下ろして獲物を分かち合うが、よい魚は残して他の魚は捨ててしまう。この世の終わりも同じである。天使が来て、悪事を行なう者を神の国から取り除く。この者どもは清めの炎に投げ込まれ、激しく泣きわめき、歯ぎしりするだろう[28]」

一連の例え話を終えたイエスは、弟子たちを向いてこう言われた。

「これらの話をすべて理解できたか？」

「はい」弟子たちは答えた。

「ならば、律法と預言を知り、神の国の教えを受け入れる者はみな、自分の倉から古いものと新しいものを取り出す一家の長である[29]」

イエスは群衆のいない場所ではこうして弟子たちに説明なされたが、大勢の人々を前にしたときは、必ず例え話を用いて教えを説かれた。かくして預言は実現されたのである。

「わたしは口をひらいて例え話を語り、天地創造のときから隠されていたことを告げる」

イエスは長い長いこれらの説教を終えられると、そこを去られた。

第六章註

1、原典では「わたしも権威のしたに（置かれて）いますが、わたしのしたには兵隊がいます」

2、原典では「しかし御国の子らは、外の暗闇に放り出される」

通常、これはユダヤ人国家を指すものと解釈されており、「選ばれし民」という特権意識を強調するため本書では「正当な後継者」という語句を挿入した。

3、本書では「棺台（bier）」という単語を、現代でいう「担架（stretcher）」と解釈している。棺台は平らな木板、もしくは枝を編んだ板であり、横木が把手の役割を果たしている。当時、棺はまだ使われていなかった。

4、ここでの「ユダヤ」はユダヤ人国家全体、もしくはパレスチナを指す。ナインはガリラヤに存在していたためである。

5、原典では「そのとき、イエスは……多くの人々を癒やされた」

本書では意味を強調するため、「そのとき」を「彼らの前で」と解釈した。

6、原典では「わたしにつまずくことのない人は幸いである」

「つまずく」は「憤慨し、その結果阻止される、あるいは妨げられる」という意味だと信じられている。ゆえに本書では、ヨハネはキリストによる伝道の神性を疑わなかったという解釈を採用した。

7、原典では「イエスはヨハネについて話を始められた。『あなたたちは何を見に荒れ野へ行ったのか？』」

本書では、意味をより明確にすべく、文を多少改めた。

8、原典では「しかし、天（または神）の国でもっとも小さい者でも、彼よりは偉大である」

この文章が意味しているのは、キリスト以前の誰よりもまさっていたヨハネですら、神の国の新たな摂理にしたがう、より低位のキリスト教徒には及ばない、ということだと思われる。

9、原典では「洗礼者ヨハネの時代からいまに至るまで、天の国は暴力に襲われており、激しく襲う者が力づくでそれを奪い取ろうとしている。すべての預言者と律法が説いたのはヨハネのときまでである」（マタイによる福音書）、「律法と預言者はヨハネのときまでである。それ以来、神の国の福音が教え説かれ、誰もが力づくでそこに入ろうとしている」（ルカによる福音書）

難解な文章であり、本書の記述は解釈の一つである。

10、原典では「そして、あなたたちが認めようとすればの話だが、彼こそが来たるべきエリヤである。聞く耳のある人は聞きなさい」

ヨハネはエリヤではない。これについては第二章を参照のこと。本書で採用した解釈は、本来の意図を含むものと信じられている。

11、原典では「人々はみなヨハネの教えを聞き、徴税人さえも神を正しいとし、ヨハネの洗礼を受けた。しかし、ファリサイ派の人々や律法学者たちは自ら神の御心を拒み、彼の洗礼を受けなかった」

難解な文章であり、本書の記述は解釈の一つである。もう一つの解釈として、人々がヨハネの洗礼を受けることで神の正しさを認める一方、ファリサイ派の人々はヨハネの洗礼を拒むことで自ら神の御心を無駄にした、というものがある。

12、原典では「笛を吹いたのに、あなたたちは踊ってくれなかった。声をあげて泣いたのに、あなたたちは悲しんでくれなかった」

この一節は、ユダヤの子どもたちが口ずさんでいた韻文だと信じられている。

13、原典では「しかし、知恵の正しさは、その働きによって証明される」（マタイによる福音書）、「しかし、知恵の正しさは、それを信じるすべての者によって証明される」（ルカによる福音書）

この文章は様々に解釈されており、自分が賢いと思い込んでいる敵対的なユダヤ人に対しても、知恵の正しさは証明される、とするものもあれば、知恵の正しさはそれを心から信じる者たちによって証明される、とするものもある。だが本書では、「いまの人々」、すなわち形はどうあれ神の使者を非難してやまない人々の世俗的な知恵を指している、と解釈した。

14、原典では「彼女の罪は数多いが、すべて赦された。彼女の愛が大きいからである。しかし、赦されることが少ない人は、愛することも少ない」

この文章を一読すると、この女が赦されたのは愛が大きいためだった、と理解できる。だが、それでは前の例え話と矛盾することになり、彼女は信仰によって救われたというキリストの言葉とも整合しない。もう一つの考え方として、赦される罪の大きさと比例して、愛が赦しにつながるというものがある。そうした解釈の一方、本書では第三の解釈を採用した。すなわち、女の愛の大きさによって、ファリサイ派の人々に対して彼女の赦しが証明される、というものである。どの解釈が正しいか、そもそもこのなかに正しい解釈があるのかは判断し難い。

15、原典では「それを聞きつけた友人たちは、彼を取り押さえに来た。『あの男は気が狂っている』と言われていたからである」

親族や友人などキリストに近い人たちが、彼が宗教熱に浮かされていると考えたか否か、また群衆からそう聞いたか否かは明確でない。いずれにせよ、彼らはキリストを守り、少なくともきちんと食事をとらせようとしたのだと思われる。

16、原典では「群衆はみな驚き、この人はダビデの子ではないかと言い合った」

17、原典では「悪霊の頭ベルゼブルの力によらなければ、この男は悪霊を追い払えない」（マタイによる福音書）、「彼はベルゼブルに取り憑かれ、悪霊の頭の力で悪霊を追い払っている」（マルコによる福音書)、「悪霊の頭ベルゼブルの力によって、彼は悪霊を追い払っている」(ルカによる福音書)「ハエどもの王」「地獄の王」ことベルゼブルはサタンの別名であり、悪の支配者を複数登場させるのは煩雑なため、本書でもサタンという解釈を採用している。

18、一般的に認められている解釈をさらに強調するため、サタンとキリストの名をこの一節に挿入した。

19、この一節は、当時広く信じられていた悪魔や悪霊を題材とする例え話と解釈されており、善と悪との戦いでは中立などあり得ないことを説いている。ある人間が単に「悪でない」存在となったところで、中立性は失われてゆくのだから、その状態であり続けるのは不可能である。またこの例え話は第二次的にユダヤ民族を指しており、キリストの到来によって悪が清められるものの、キリストを受け入れない限り、よりひどい悪に取り憑かれてしまう、という解釈もある。ここでさらに、この例え話の現代的解釈を紹介する(ただし、その含意は変わらない)。すなわち、精神科医によってコンプレックスや恐怖症を取り除かれた患者の心には、いわば空白が生じるというものである。その空白がある限り、言い換えればなんらかの情熱によって埋められない限り、他のコンプレックスや恐怖症が患者に取り憑き、治療前より悪い状態になってしまうのである。

20、原典では「人が犯す罪や冒瀆は、どんなものであれ赦されるが、聖霊に対する冒瀆は赦されない。さらに、人の子に逆らう者は誰であれ赦されるが、聖霊に逆らう者はこの世でも来世でも赦されない」(マタイによる福音書)、「人の子らが犯す罪や冒瀆の言葉はすべて赦される。しかし、聖霊に対する冒瀆は決して赦されず、永遠の罪を負う」(マルコによる福音書)、「人の子の悪口を言う者は赦される。しかし、聖霊を冒瀆する者は赦されない」

難解な文章である。本書では、広く認められた解釈のうち、少なくともその一つと整合性を持たせるため、「それを続ける限り」ならびに「そのような心のあり方は、一切の赦しを妨げる」という語句を追加した。

21、原典では「お前たちには、天（あるいは神）の国の秘密を知ることが許されている」「しかし、彼らには許されていない」（マタイによる福音書）、「しかし、他の人々にはすべてが例え話で示される」（マルコによる福音書）、「しかし、他の人々は例え話で知らされる」（ルカによる福音書）

22、原典では「だから、彼らには例え話で語るのだ。彼らは見ても見ず、聞いても聞かず、理解しないからだ」

キリストが例え話という間接的な方法を用いたのは、聞き手を無知なままにしておくためでなく、彼らには直接的な話が理解できないからである、というのがこの一節の含意と思われる。

23、原典では「隠されたものはみなあらわになり、秘められたものはみな明らかになる」（マルコによる福音書）、「隠されたものであらわにならないものはなく、秘められたもので人に知られず明らかにならないものはない」

24、前後の文章をつなぐため、「そしてイエスは再び説教を始められた」という一節を追加した。前の文章が弟子たちに対して語った言葉、あとの文章が群衆に語りかけた言葉であることは自明である。マルコによる福音書4－34でも、キリストはまず群衆に例え話をし、それから弟子たちにだけその意味を説明したということになっている。

25、原典では「神の国は、畑によき種を蒔いた人に例えられる」「神の国が大きくなるのは」という一節を追加し、種を蒔いた人でなく、蒔かれた種と神の国とを対比することで、意味がより一層明瞭になるものと思われる。当然ながら、この解釈が正しいとは限らない。

26、原典では「人の子は天使を遣わし、つまずきの元となるすべてのものと、悪をなす者どもを自分の王国から集めさせ、燃えさかる炉のなかに投げ込ませる。そこでは泣きわめく声や歯ぎしりの音が聞こえるだろう」

ここで言及されている「燃えさかる炉」は、マタイによる福音書5－22、29、30に記されている「火の地獄」と同じものと思われる。第五章註16を参照のこと。

27、原典では「また天の国は、よき真珠を探し求める商人に例えられる。彼は高価な宝石を見つけると、行って持ち物を残らず売り払い、それを買う」

註25を参照のこと。ここでも、商人でなく真珠と神の国とを対比させることで、意味がより明瞭になると思われる。だが、この解釈も正しいとは限らない。

28、原典では「天使たちが来て、正しい者たちから邪悪な者を引き離し、燃えさかる炉に投げ込む。そこでは泣きわめく声や歯ぎしりの音が聞こえるだろう」

註26ならびに第五章註16を参照のこと。

29、原典では「だから、天の国の門弟となった学者はみな、自分の宝物から新しいものと古いものを取り出す一家の主人に似ている」

本書では、律法と預言書を古いもの、キリストによるのちの教えを新しいものと解釈している。

第七章　大いなる奇蹟

その日の夕方、イエスは再び湖に赴かれた。ところが、岸辺に多くの小舟が並んでいたので、群衆から逃れようと、そのなかの一艘に弟子たちと乗り込まれた。

「向こう岸に渡ろう」イエスがそう言われると、小舟はすぐに出発した。疲れておられたイエスは船尾の床に横たわり、そのまま眠りにつかれた。

やがて、山のほうから激しい突風が吹きだした。波も急に高くなり、小舟を洗わんばかりである。すぐに小舟は水で一杯になって、いつ沈んでもおかしくなかった。そのあいだもイエスは眠っておられたが、弟子たちが起こして言った。

「先生、いまにも沈みそうです！　わたしたちが溺れてもかまわないのですか。お救いください！」

その声にイエスは目を覚まされ、立ちあがって風をお叱りになったかと思うと、湖に「静かに！　黙れ！」と命じられた。

すると、嵐は吹いたときと同じく急にやみ、湖も凪いで穏やかになった。

「なぜそんなに恐れるのか」イエスは言われた。「まだ神を信じていないのか[1]」

これを見た弟子たちはすっかり驚き、畏怖のあまり「この方はどういう人なのだろう。風や波もしたがわせるとは！」と口々に言い合った。

しばらく後、一行は湖の向こう岸に着き、ガリラヤの真向かいに位置するゲラサ人の地方に上陸した。すると彼らのもとに、不潔な悪霊に取り憑かれた、近くの町の男がやって来た。[2] この男は長いあいだ衣服を身につけず、山の斜面や墓場で暮らし、大声でわめいたり石で自分を傷つけたりしていたという。誰にも抑えられないほど凶暴であり、近づこうとする者はいなかった。ときおり捕らえられて牢に入れられ、足かせをはめられ鎖に繋がれるのだが、いつもそれらを引きちぎっては、サタンによって荒れ野へ連れ出されるのだった。

この男を遠くからご覧になったイエスは、そちらへ駆け寄られた。

「あなたの名前は」

「レギオン」男は自分に取り憑いている悪魔の名を答えた。「我らは大勢いる」

イエスはただちに、男から出て行くよう悪魔どもにお命じになった。すると、男はイエスの前にひれ伏し、拝みだした。

「至高の神の子イエスよ、なぜわたしの邪魔をするのか？　まだそのときではないのに、わたしを苦しめに来たのか。頼むからやめてくれ！　後生だから！[3]」

さらに悪魔たちは、この地方から追い出したり、悪霊の牢獄へ放り込んだりしないよう、イエスに請い願った。[4]

そのときたまたま、二千匹ほどの豚が山の中腹で餌をあさっていた。

悪魔はさらに続けた。

「どうしても我らを追い出すというのなら、あの豚のなかに送り込み、取り憑かせてくれ」

「行け」イエスはお命じになった。

悪魔はただちに男を離れ、豚のなかに入っていった。途端に、群れ全体が一斉に急な斜面を駆け下り、湖に飛び込んで残らず溺れ死んだ[5]。

これを見た豚飼いたちは命惜しさに逃げ出し、町や村の全員にこのことを伝えた。そして、いったい何が起きたのかと、ゲラサ人の地域一帯から人々が群れをなしてやって来た。そこで彼らは、レギオンに取り憑かれていた男がきちんとした身なりをし、正気に戻ってイエスの足元に座っているのを見た。その場に居合わせた者たちは、溺れ死んだ豚のことも含め、そこで起きたことを語った。人々はみな恐れ、この地から出て行ってもらいたいとイエスに言った。

イエスがやむなく小舟に乗って帰ろうとすると、悪霊の去った男がお供したいと願い出たが、イエスはそれをお許しにならなかった。

「自分の家に戻り、神があなたになされたことと、あなたにお示しになったご慈悲をまわりの人に伝えなさい」

それを聞いた男は立ち去り、デカポリスの町中にこの話を広めだした。聞いた人はみな驚いた。

そのころ、イエスは再び湖を渡ってガリラヤ地方へ戻り、カファルナウムの近くに向かわれた。そこでは群衆がイエスを待っていて、大いに歓迎した。

湖のほとりにおられたイエスのもとに、ヤイロという人が近づいた。彼は地元の会堂の長老だったが、イエスを見て駆け寄り、足元にひざまずいてイエスを拝んだ。

「わたしの娘が自宅で死の床についています」ヤイロは言った。「一人娘で、まだ十二歳です。どうかお越しになり、あなたの両手を娘におかざしください。そうすればきっと病は癒えるでしょう」

イエスは弟子たちを伴い、群衆に揉まれながら、先を行くヤイロのあとにしたがわれた。すると、十二年ものあいだ出血に苦しんでいる女がそこに近寄ってきた。すべての財産を医者に使い果たし、苦痛に満ちた治療を数え切れないほど受けたものの、なんの効き目もなかったという。それどころか、出血はますますひどくなるばかりだった。だがそのとき、イエスについての話を聞いて、その方の服のふさに触れれば病が癒えるに違いないと思い浮かんだ。こうして女は群衆を押し分けてイエスの背後に近づき、服のふさ(6)に触れた。すると、たちまち出血は止まり、病の癒えたことを感じた。

一方のイエスは、自分の内側から力の脱けたことに気づき、群衆のなかで振り向かれた。

「わたしの衣服に触れたのは誰か」

「先生」弟子の一人が答える。「大勢の人があらゆる方向から押し寄せているんです。それなのに、わたしの衣服に触れたのは誰かとおっしゃるなんて」

「誰かがわざとわたしに触れた」イエスはなおも言われた。「力が脱けるのを感じたのだ」

ペテロはそれを否定し、他の弟子たちもそうだと言ったが、イエスはなおもその人物を見つけようとあたりを見回された。ついに女は、触れたのが自分であることを気づかれると悟り、恐怖で震えながら前に進み出て、イエスの前にひざまずいた(7)。そして群衆の前で、自分がしたことを認めた。

「心配しないでよろしい」イエスは言われた。「あなたの信仰が病を癒したのだ(8)。お行きなさい。病にかからず、心穏やかに暮らしなさい」

イエスがこのように話しておられると、長老の家から使者がやって来た。

「お嬢さまが亡くなられました。これ以上先生をわずらわせる必要はありません」

これを聞いてイエスは言われた。

「恐れることはない。信仰を持てば、娘の病は癒える」

そう言って一行とともに長老の家に赴き、ペテロとヤコブ、そしてヤコブの兄弟ヨハネだけを伴い、なかに入られた。そこでは大勢の人が涙を流して嘆き悲しみ、雇われた泣き屋が横笛を吹いていた。「静まりなさい！」イエスは一同に呼びかけられた。「なぜ嘆き悲しんでいるのか。娘は死んだのではない。眠っているだけだ[9]」

人々は、娘が死んだことを知っていたので、イエスをあざ笑った。するとイエスは、その場の全員を庭に出し、娘の父母と三人の弟子を伴い、娘が横たわる部屋に入って彼女の手をとられた。そして、こう呼びかけられた。

「タリタ・クミ！」

すなわち、「娘よ、起きなさい！」という意味である。

その瞬間、娘の命が蘇り、立ちあがって歩きだした。イエスは、娘に食べ物を与えるよう命じられた。

それから、すっかり驚いている娘の両親に、このことは誰にも話さないよう厳しく命じられた。にもかかわらず、話は瞬く間に国中へ広まった。

イエスがその地方を出られると、二人の盲人がイエスのあとを追い、背後から呼びかけた。

「ダビデの息子よ、わたしたちを憐れんでください！」

そう言って、家に入ろうとするイエスに近づいた。イエスは二人を向いて言われた。

「わたしがあなたたちを癒やせると、本当に信じているのか」

「はい」二人は答えた。

イエスは彼らの目に触れながらこう言われた。

「ならば、あなたたちの信仰により、願いは聞き届けられる」

するとたちまち、二人の目が見えるようになった。

「このことは誰にも話さないように」イエスは有無を言わせぬ口調で命じられた。

二人が去ったあと、別の男がイエスのもとに連れられてきた。悪霊に取り憑かれ口がきけないのだという。イエスが悪霊を追い払うと、その男はすぐに話せるようになった。群衆は驚いた。

「こんなことはイスラエルで見たことがない！」人々は驚嘆した。

しかし、ファリサイ派の人たちは古い非難を持ち出し、イエスが悪霊を追い払ったのはサタンの力によるものだと言い張った。

その後、イエスは再び周囲の町や村を回り始め、会堂で教えを説かれたり、神の国が地上に近づいているという福音をお伝えになったり、様々な病や身体の不具合を癒やされたりした。また、羊飼いを失った羊のように弱り果て、狼狽している人々の姿を見て、深く心を痛められた。[10]
イエスは弟子たちに言われた。
「大いなる心の作物が収穫を待っているのに、刈り入れる人がいない。作物をお恵みになる神に祈り、必要な働き手を送ってくださるよう願いなさい」[11]
それから十二人の使徒をお呼びになると、悪霊を追い払い、あらゆる病や身体の不具合を癒す力を授けてから、二人一組にして伝道に遣わした。
「異邦人の地とサマリア人の町に行ってはならない」イエスはそう命じられた。「困り果てているユダヤの人々[12]のところへ行くように。行く先々で、神の国が近づいていることを説きなさい。病を癒し、死者を蘇らせ、らい病を治し、悪霊を追い払いなさい。ただで力を受け取ったのだから、惜しみなく使いなさい。何も持って行ってはならない。食べ物を持たず、帯のなかに金貨も銀貨も銅貨も入れず、袋も靴も着替えも、杖も持って行ってはならない。あるがままの姿で、履き物だけを履いて行きなさい[13]。教えを説く者は支えられるべきだ。

これは理解せねばならないが、わたしがお前たちを遣わすのは、狼の群れに羊を送り込むようなものだ。だから、蛇のように賢く、鳩のように正しく振る舞いなさい。町や村ではふさわしい家を見つけ、その地域にいるあいだはそこに泊まりなさい。家に入ったらまず、『この家に平和あれ！』と挨拶をすること[14]。その家の人々がそれにふさわしければ、お前たちの願う平和が彼らに与えられる。ふさわしくなければ、お前たちの贈り物は戻される。お前たちを迎え入れず、お前たちの言うことを聞かない者がいれば、その場を立ち去る前に警告として足の埃を払い落としなさい。そうした場所よりもソドムとゴモラのほうが、裁きの日により軽い罰で済む。

ある町で迫害されたら別の町へ逃れなさい。言っておくが、人の子が来るまでに、パレスチナのすべての町を訪れることはできない。

門弟が師にまさることはなく、しもべが主人にまさることもない。師と同じように扱われるのは門弟の何より望むことであり、しもべが主人のように扱われるのもまた同じことである。人々が家の主人をサタンと呼ぶなら、家族のことはもっとひどく言うはずだ。だから、人々を恐れてはならない。

お前たちを迎え入れる者はわたしを迎え入れる者であり、わたしを迎え入れる者はわたしを遣わした神を迎え入れる者である。預言者だからという理由で預言者を迎え入れる者はそれにふさわしい報いを受け、正しさのゆえに正しい人を迎え入れる者もまた同じである。[15] さらに言っておくが、わたしの弟子だからという理由で、わたしを信じる者たちの一人に冷たい水を一杯でも与えた者は、必ず報われる[16]」

十二人の使徒にこう指示されたイエスは、宣教の旅に赴かれた。使徒たちもほうぼうの村を回り、来たるべき天の国の福音を伝えたり、悔い改めが必要なことを説いたり、悪霊を追い払ったり、聖油を塗って病人を癒やしたりした。

そのころ、ヘロデ王はイエスの評判と、各地で起きている奇妙な出来事を聞いて不安を募らせていた。ここで話を少々さかのぼり、その理由を説明する。

前に記したとおり、洗礼者ヨハネはヘロディアとの不法な結婚の件でヘロデを非難し、その結果として牢に入れられた。一方のヘロディアはヨハネを処刑する決心を固めており、次の方法でそれに成功した。

ヘロデ王は自らの誕生日を祝うべく宴を催し、高官や将校、そしてガリラヤの有力者を招いた。するとヘロディアの娘が入って来て、一座の前で踊りを披露した。ヘロデは客たちとともに大いに喜び、欲しいものはなんでも与えると言った。

「欲しいものを言ってみなさい。我が王国の半分だって、喜んでお前にくれてやろう」そのうえで、約束は守ると固く誓った。

娘はその場を抜け出して母親のもとに行き、「何を頼みましょうか?」と訊いた。

「洗礼者ヨハネの首よ!」ヘロディアは即座に答えた。「いますぐここに、盆に乗せて!」

娘は急いで宴の場に戻った。

「洗礼者ヨハネの首を盆に乗せて、いますぐ欲しゅうございます」

王は驚きひどく悩んだが、先ほどの誓いもあり、また客の前で自分の評判を落とすことを恐れ、約束を破ることはできなかった。かくしてヘロデは近衛兵の一人に処刑を命じた。この兵士は牢獄に行ってヨハネの首をはね、盆に乗せて持ってきた。ヘロデはそれを娘に渡し、娘は母ヘロディアに渡した。

このことを聞いたヨハネの弟子たちは、胴体を引き取って埋葬した。そしてイエスのもとへ赴き、事の顚末を語った。

イエスの行動と、それにまつわる噂を聞いたヘロデが不安を感じたのは、こうした経緯によるものである。イエスは死から蘇ったヨハネだと言う者もいれば、エリヤが戻ってきたと言う者もいた。また別の者は、「古代の預言者と同じような預言者だ」と言い張った。ヘロデはその疑いを解決しようと、イエスに会うことにした。

「わたしはヨハネの首をはねた」と、ヘロデは家来に言った。「ならば、あれこれ噂になっているこの人間はいったい誰だ」すると突然、良心の咎めを感じて声をあげた。[17]「あれはヨハネだ！　間違いない！　死から蘇ったのだ！　不思議な力を持っているのはそのためだ！」

過越祭の直前、十二人の使徒は戻り、何を教え何をしたかイエスに話した。

「人里離れたところに行ってしばらく休むとよい」イエスは言われた。その場所は人の出入りが多く、食事をとる時間すらなかったからである。[18]

使徒たちは小舟に乗って湖を渡り、ベテスダの町にほど近い、人影稀な山里へ赴いた。そこでイエスは弟子たちとともに腰を下された。イエスが病人になされた奇蹟を目にし、それに感激した大勢の群衆が湖沿いに一行のあとを追い、なかには小舟よりも先に到着した者もいた。イエスはその全員を迎え入れ、神の王国について話したり、病人を癒したりなされた。誰もが羊飼いを失った羊のように困り果てていたので[19]、イエスはひどく心を痛められた。

こうして陽が落ち夕暮れになったので、十二人の使徒はイエスに相談を持ちかけた。

「ここは寂しい場所です。それに食事の時間も過ぎてしまいました。群衆を立ち去らせてはどうでしょう。そうすれば周りの畑や町に行って食べ物を買うことができますし、泊まる場所も見つけられるはずです」

「その必要はない」イエスは答えられた。「お前たちが食べ物を与えなさい」

「それでは、わたしたちが二百デナリオンでパンを買ってきて、彼らに与えよとおっしゃるのでしょうか」

イエスはフィリポを向いてこう訊かれた。

「この人たちに与えるパンは、どこで買えばいいだろうか」

しかしこの問いは、フィリポの答えを試すためだった。イエスはすでに、何をするか決めておられたのである。

「二百デナリオンでは、この人たちが少しずつ食べる量すら買えないでしょう」フィリポは言った。五千人もの男たちに加え、女や子どももいたからである。

「パンを何枚持っている？」イエスは弟子たちに尋ねられた。「行って確かめてきなさい」

そのとき、ペテロことシモンの兄弟アンデレが口を挟んだ。「パン五枚と魚二匹を持った少年がここにいます。しかし、こんなに大勢人がいては、いったいなんの役に立つでしょう」

「それをここに持ってきなさい」イエスは命じられた。

彼らはパンと魚をイエスに手渡した。

イエスは続けて言われた。

「では、人々を五十人ずつ組に分けて座らせなさい」

弟子たちはイエスに命じられたとおり、群衆を五十人ずつ並ばせ、草のうえに座らせた。

それからイエスは五枚のパンと二匹の魚を手にとり、天を見あげて神に感謝を伝えると、パンと魚をちぎった。そして、それを弟子たちに渡し、群衆に配るよう言われた。すると、全員が好きなだけたくさん食べた。

群衆が食べ終わると、イエスは弟子たちに命じられた。

「何も無駄にならないように、残ったものを集めなさい」

弟子たちが言われたとおりにすると、食べ物の残りで十二の籠が一杯になった。群衆はこの奇蹟に深く感動し、イエスこそはるか昔から出現を予言されていた預言者に違いないと言い合った[20]。そのイエスは、群衆がイエスを自分たちの王にしようと考えていることに気づき、そこを退くことにされた。そうして、小舟に乗って湖を渡り、ベテスダに戻るよう弟子たちに命じてから、自分もあとで向かうと約束された。その後、群衆に別れを告げてから、祈りを捧げるために山へ登られ、夜が来るまでそこに一人でおられた。

そのころ、弟子たちを乗せた小舟は湖を渡りカファルナウムへ向かっていた。すでに陽は落ち夜となっていたが、風は強く水も荒れていた。小舟を漕ぐ弟子たちをすぐに疲れが襲った。彼らの苦難を知っておられたイエスは、小舟が岸から三、四マイルほど離れた午前三時ごろ、彼らのあとを追って水のうえを歩かれた[21]。

弟子たちは、イエスが小舟に向かって来られるのを見て恐れおののき、幽霊ではないかと考えた。「亡霊だ！」弟子たちは恐怖のあまり叫んだ。誰の目にもそう見えたのである。

最初、その幽霊は小舟を通り過ぎるかのように見えたが、並んだところでそちらを向いた。

「落ち着きなさい」イエスは言われた。「わたしだ。恐れることはない」

ペテロが大声でこう返事をした。「もし先生だとおっしゃるなら、わたしに力を授けて水のうえを歩けるようにしてください！」

「ならば来なさい」イエスは言われた。

ペテロはすぐに船べりを乗り越え、水のうえを歩いてイエスのほうに向かった。しかし嵐が吹きすさんでいるのに気づき、恐怖に襲われた。そしてその瞬間、ペテロは沈み始めた。

「先生！　お助けください！」

イエスは手を伸ばしてペテロの身体を摑まれた。

「なんという信仰の弱さよ！」イエスは静かな口調でそうお叱りになった。「なぜ疑うのか」

小舟に乗った二人を弟子たちが出迎えた。彼らはイエスを拝み、先生こそ神の子だと口々に言った。その一方で、驚きのあまりみな呆然としていた。パンを何倍にも増やしたことの教訓を理解できなかったほど、彼らの心は疲れていたのである。

風は止み、一行を乗せた船は南岸のカファルナウムの近くに着いた[22]。全員が船を降りると、住民がイエスの姿に気づいた。そして、周囲一帯から病人が連れて来られ、服のふさに触らせてやってほしいと頼んだ[23]。そうした者はみな病を癒された。

第七章註

1、キリストが弟子たちを非難したのは信仰の欠如のためなのか否か、また奇蹟に驚いたのは弟子たちなのか、舟の漕ぎ手なのか、あるいは別の舟に乗っていた者なのかは定かでない。ここでは弟子たちと解釈した。

2、マタイは二人の狂人に触れているが、マルコとルカは一人にしか触れていない。決定的な説明はされていないものの、次の解釈が広く認められている。すなわち、狂人は一人しかおらず、マタイがそれを複数にしたのは、悪霊の数と勘違いしたためである。「我が名はレギオン。我々は大勢いる」

3、原典では「神の子よ、我々があなたに何をするというのか。まだそのときではないのにここへ来て、我々を苦しめようというのか」（マタイによる福音書）、「至高の神の子イエスよ、わたしがあなたに何をするというのか」（マルコによる福音書、およびルカによる福音書）、「後生だから苦しめないでくれ」（マルコによる福音書）、「頼むから苦しめないでくれ」（ルカによる福音書）

註2と整合性を持たせるため、本書では単数形を用いた。

悪霊は裁きの日まで人間に対して自由に行動できると、一般的には信じられている。ゆえに悪霊にとっての問題は、イエスは裁きの日が訪れる前に、自分たちの力を殺ごうとしているのか、ということになる。

4、原典では「自分たちをこの地方から追い出さないよう、イエスに強く願った」（マルコによる福音書）、「悪霊どもは、底なしの淵に行けと自分たちに命じないよう、イエスに願った」（ルカによる福音書）

5、文字通り理解する限り、この文章は各福音書でもっとも難解な箇所の一つである。男は妄想を伴う狂気に取り憑かれており、イエスがそれを治した、というのが合理主義的な解釈で、豚はなんらかの理由で——おそらく男の大声が原因で——恐れおののき、パニックに陥り、絶壁から湖に突進した、ということになる。当然ながら、この挿話は当時の一般的信仰と合致する言葉、つまり理解され得る言葉で記されている。それと同時に、不可思議な体験をしたことがある多くの現代人、とりわけ東洋人と同じく、イエスも悪霊の存在を信じていたのは明らかだと思われる。第三章註17を参照のこと。

第六章註19を参照のこと。

6、原典では「イエスの服のふさ」

この女の行動については二通りの解釈が存在する。一つは、彼女はその信仰と羞恥心から、イエスの服のごくわずかな部分に触れさえすれば、自分の病は癒えると信じていた、というものである。もう一つは、彼女は神聖さの印たる服のふさに触れたという解釈である。儀式に関する律法によると、当時のユダヤ人は、どんなときも神の法にしたがわねばならないことを示すため、そうした服を着ることを義務づけられていた。民数記15－38を参照のこと。

7、この病にかかった女性は汚れた存在とされ、彼女が触ったものも不浄とみなされた。おそらく彼女は、キリストを汚れた存在としかねない、誤った行為をしてしまったのではないかと恐れたのだろう。

8、原典では「娘よ、あなたの信仰があなたを救った」「娘（daughter）に対応する適切な現代語が存在しないので、本書では省略した。第二章註10を参照のこと。

9、娘は息を引き取ったのか、あるいは気を失っているだけなのか、本章の記述からでは決定的に明確ではない。だが、息を引き取ったというのが一般的な解釈であり、本書もそれにしたがった。

10、原典では「彼らは羊飼いのいない羊のように弱り果て、打ちひしがれていた」外国の支配下に置かれ、また国家の指導者層も党派間の憎悪によって分裂していた当時、人々は精神的な導きを持たなかった。

11、原典では「イエスは十二人を呼び寄せ」原典に「それから」という語句はないが、マタイによる福音書のそれに先行する記述、つまり収穫の働き手として十二人の使徒は遣わされるという記述との関連を示すため、本書ではこの語句を追加した。

12、原典では「イスラエルの家の迷える羊」

13、広く認められている意味を強調するため、「あるがままの姿で」という語句を追加した。

14、広く認められている意味を強調するため、「この家に平和あれ！」という語句を追加した。これは一般的な祝福の言葉である。またこの祝福は、なんらかの利益をもたらしつつそこに留まるか、あるいはそこから取りあげられるかのいずれかだと信じられている。

15、原典では「預言者を預言者として受け入れる者は、預言者と同じ報いを受け、正しい人を正しい人として受け入れる者は、正しい人と同じ報いを受ける」

16、十二人の使徒に対するイエスの言葉（マタイによる福音書10－5～42）は、数多くの難問を含んでいる。マルコとルカはそれぞれの解釈を、マルコによる福音書6－8～11およびルカによる福音書9－3～5で記しているが、その二人が省略した事柄をマタイは記述している。しかし、以下に挙げる三つの理由から、これら事柄の一部は別々の機会に語られたものと思われる。（1）節5において、使徒たちは異邦人の地に行くことを禁じられているが、節18では「異邦人に証をする」ために総督や王の前に引き出されることになる、と記されており、これら二つの言葉が別々の機会に語られたことを示唆している。（2）節17～39の内容は、使徒による宣教の旅よりもあとのことに言及していると思われる。ここで予言された迫害はすべて現実のものとなったが、現在知られている限り、このときに起きたものではない。（3）節17～39に記された内容の多くは、ルカによって別の文脈で述べられている。

よって本書では、明らかに場違いと思われる記述の多くを別の箇所に移動したが、成功したとは言い難い。その他にも移動すべき記述があるものの、より適切な箇所を見つけることができなかった。

17、原典では「そのころ、ヘロデは……家来たちにこう言った。『あれは洗礼者ヨハネだ』」（マタイによる福音書）

これを言ったのがヘロデなのか、あるいはルカが示唆するように他の人々なのかについては疑いがある。本書では、ヘロデ自身がそれを言ったという解釈を採用し、意味をより明確にすべく「良心の咎めを感じて」という語句を追加した。

18、イエスが荒れ野に退いた理由として、マタイはヨハネの殺害と、自分に寄せるヘロデの関心という二点を挙げている。一方のマルコは、宣教の旅を終えた弟子たちと一緒に休息するためだとしている。識者は一般的にマルコの解釈を正しいとしており、本書もそれにしたがった。

19、註10を参照のこと。

20、第二章註11を参照のこと。

21、識者の多くは、イエスが水上を歩いて弟子たちの前に姿を現した挿話について、記述箇所が不適切だと考えており、実際には復活と昇天のあいだの四十日間に起きた出来事だとしている。弟子たちのイエスに対する崇拝も、この説の信憑性を高めている。

22、彼らはヨルダンの入り口近く、湖の北岸に位置するベテスダに向けて出発し、カファルナウムとティベリアのあいだに位置する西岸のゲネサレに到着した。おそらく嵐によって進路が変わってしまったものと思われる。

23、註6を参照のこと。

第八章　受難の最初の予兆

同じ朝、湖の東岸に残っていた群衆はイエスの姿を探した。その結果、弟子たちは前夜、湖にあったただ一艘の小舟に乗ってここを離れていたことがわかった。ところが、イエスは行動をともにしなかったにもかかわらず、姿を消したというではないか。そこで群衆は、弟子たちを追って湖を渡ることにした。パンと魚の奇蹟のあと、ティベリアから多数の小舟が来ていたので、彼らはそれに乗ってカファルナウムに向かった。そして、そこの会堂でイエスを見つけたのである。

「先生、どうやってここに来られたのです」群衆は尋ねた。

イエスはその問いにこう答えられた。

「言っておくが、あなたたちはわたしの奇蹟の意義をわかったからでなく、よい食事にありつけたというので、わたしを探した。食べたら消えてしまう食べ物のためでなく、永遠の命を与える食べ物のために働きなさい。すなわち、その使命を父なる神より直々に認められた、人の子によって与えられる食べ物のために」

「神の御業を行なうには、まず何をすればいいでしょう」群衆はイエスに訊き返した。

「神より遣わされた使者を信じること、これが神の求める奉仕だ」

「わたしたちがあなたを信じるために、どのような証をしてくださいますか。どんな業を見せてくださいますか。『天からのパンを彼らに与えた』と預言者が言ったように、わたしたちの祖先は砂漠でマナを与えられました」

それにイエスはこう答えられた。

「言っておくが、モーゼがあなたたちに与えたのは、本当の天からのパンではない。天からのパンを与えるのはわたしの父だけである[1]。神のパンは天から降りてきて、人間に心の命を与える」

それを聞いた群衆はイエスに請い願った。

「先生、これからもずっとそのパンをお与えください」

「わたしこそが、命を与えるパンである。わたしのもとに来た者は再び飢えることがなく、わたしを信じる者は再び渇くことがない。しかし、さっきも言ったように、あなたたちはその目でわたしを見たにもかかわらず、わたしを信じていない。父がわたしにお与えになる人はみな、わたしのところに来る。わたしはどんなことがあっても、わたしのところに来る人を拒みはしない。わたしが天から降ったのは自分自身を喜ばせるためでなく、わたしを遣わされた父の御心を行なうためである。そして、わたしを遣わされた父の御心とは、わたしにお与えになった人を一人も失うことなく、最後の日に復活させることである。なぜなら、わたしの父の御心は、子を思い、信じる者が、一人残らず永遠の命を得ることであり、最後の日にわたしによって復活することだからだ[2]」

イエスが、自分は天から降ったパンであると言われたため、ユダヤ人が文句を言い始めた。

「このイエスという男はヨセフの息子じゃなかったか。我々は父親も母親も知っている。それなのに、自分は天から降ったと言うのはどういうことだ」

イエスはそれを聞いて言われた。

「自分たちのあいだで文句を言い合うのはやめなさい。わたしを遣わされた父が引き寄せないかぎり、誰もわたしのもとには来ない。預言者もこう記している。『彼らはみな神によって教えられる』[3]と。わたしはこうした人たちを最後の日に復活させる。だから、父の声に耳を傾け、父から教えられた者はみな、わたしのところに来る。彼らは父を見たのではない。父を見たのは、神のもとから来た者だけである。

言っておくが、わたしを信じる者はみな、すでに永遠の命を得ている。繰り返す、わたしは心の命を与えるパンである。あなたたちの先祖は砂漠でマナを食べたが、それでも死んだ。しかし、このパンは天から降ったものであり、食べた者は死ぬことがない。わたしは天から降った生けるパンである。このパンを食べた者は永遠に生きる。それはつまり、人間の命に与えるわたしの肉なのだ」

イエスの言葉を聞き、ユダヤ人の議論は激しさを増した。

「自分の肉を我々に食べさせるなど、よく言えたものだ」彼らの口調は怒りに満ちていた。

「言っておくが、人の子の肉を食べ、血を飲まない限り、あなたたちのなかに命はない。わたしの肉を食べ、血を飲む者はみな永遠の命を得たのであり、わたしはその人たちを最後の日に復活させる。わたしの肉はまことの食べ物、わたしの血はまことの飲み物である。わたしの肉を食べ血を飲む者はみなわたしに結びつき、わたしもまたその人に結びつく。わたしが命の源である父によって遣わされ、父の命によって生きているのと同じく、わたしを食べる者もまたわたしの命によって生きる。[4]だから、これこそが天から降ったパンなのであって、あなたたちの先祖が食べたマナとは違う。彼らは死んでしまったが、このパンを食べる者は決して死なない」

イエスの話が終わったとき、それまで聞いていたイエスの弟子の何人かが言った。

「まったくひどいお言葉だ。誰が納得するだろう[5]」

イエスは彼らの考えを見抜き、こう言われた。

「傷ついたのか。それでは、人の子がもといた天に昇るのを見たとしたら[6]、お前たちはどう思うか。命を与えるのは霊であり、霊のない肉はなんの役にも立たない。この教えは霊であり、命を与える。しかし、お前たちのなかには、それを信じない者がいる。『父が引き寄せない限り、誰もわたしのもとには来られない』と言ったのはそのためだ」

イエスがこのように言われたのは、自分を信じない者は誰か、そして自分を裏切るのは誰か、最初からご存知だったからである。事実この一件のあと、弟子の何名かはイエスのもとを離れ、したがうのをやめた。そこでイエスは、十二人の使徒のほうを向かれた。

「もちろん、お前たちも去りたいのだろうな」

その問いかけにペテロが答えた。

「先生以外の誰のもとに行くことができましょう。わたしたちに永遠の命を与える教えは、先生のほか誰も持っていません[7]。わたしたちは、先生こそが神の聖者であり、また神の御子であることを信じ、しかもそれを知っております」

イエスはこう返事をなされた。

「お前たち十二人を選んだのはわたしではなかったか。それなのに、お前たちの一人は悪魔の手下なのだ[8]」

イエスが言われたのはイスカリオテのユダのことである。ユダは十二人の一人でありながら、のちにイエスを裏切ることになる。

その後、イエスはガリラヤの地を離れずそこで教えを説かれた。ユダヤ人に命を狙われていたので、その地を避けたのである。里でも村でも町でも、イエスがそこに来られると、病気の人や身体の弱った人が適当な大きさの広場に連れて来られ、衣服のふさだけでも触らせてほしいとイエスに請い願った。[9] そしてやはり、ふさに触れた者はすぐに癒やされた。

さて、イエスと話をするべく、ファリサイ派の人々や律法学者が大勢エルサレムから来た。そこで彼らは、イエスの弟子の何人かが、「不浄の者」すなわち礼式通りに手を洗っていない者と食事をしているのを見た。ファリサイ派の人々――およびしきたりに厳しいすべてのユダヤ人[10]――は祖先の掟にしたがい、念入りに両手を洗ってからでなければ決して食事をとらなかった。市場に出かけたあとも礼式にのっとり身を清めてからでないと食事をせず、また杯、鉢、および真鍮の用具についても、同じようなしきたりが数多くある。[11] ファリサイ派の人々と律法学者たちは、この問題をイエスに突きつけた。

「なぜあなたの弟子たちは昔の人たちの掟を破り、『不浄な手』の者どもと食事をしているのか」

「なぜあなたたちは神の掟を破り、自分たちの掟を大切にしているのか。モーゼは神の掟として、『汝の父と母を敬え』とか、『父や母のことを悪し様に言う者は死を迎える』とか言っている。しかし、あなたたちはこのように言う。誰かが父または母に『あなたに差しあげたものはコルバン、つまり神に捧げたものです』と言えば、その者は両親への敬意を示す義務を一切免除されるのだと。こうしてあなたたちは、自分たちの掟によって神の掟を無にし、また他の多くのことでも同じようにしている。偽善者よ！　イザヤはあなたたちのことをこう記している。

『この民は口ではわたしを敬うが、
心はわたしから遠く離れている。

人間の教えを掟として説きながら、
むなしくわたしをあがめている』

あなたたちは神の掟を無視し、人間の掟にしがみついているのだ」

イエスはそこで群衆のほうを向き、こう言われた。

「いまから言うことを聞いて悟りなさい。人を汚すのは口に入るものでなく、口から出るものこそ問題なのだ」

やがて、家に入られたイエスのもとに、弟子たちが寄り集まってこう尋ねた。

「ファリサイ派の人々が先生のお言葉を聞いて腹を立てていたのを、先生はご存知でしたか」

イエスはお答えになった。

「天にましますわたしの父からもたらされたものでない考え方は、残らず滅びる。[12] あの人たちのことは心配しないでよろしい。彼らは盲人を導く盲人に過ぎない。盲人が盲人を導けば、二人とも穴に落ちてしまう」

それを聞いて、ペトロが言った。

「その例え話をご説明ください」

「お前もわからないのか。人を汚すのは口に入るものでない。そのことをお前はまだ理解できないのか。口に入ったものは心に向かわず胃に入り、そのまま身体の外に出てしまう。人を汚すのは口から出るもので、それは心から出てくる。邪な考え、姦淫、盗み、殺人、不貞、貪欲、悪意、欺瞞、肉欲、妬み、偽り、中傷、傲慢、そして向こう見ずといったことはみな心から生じる。これらこそが人を汚すのであり、不浄の手でものを食べたところで人は決して汚れない」

イエスはこの教えによって、清潔な食べ物と不浄な食べ物の違いに関するモーゼの区別を古いものとし、食べられるものはみな清潔だと言われたのである。[13]

さて、その後イエスはテュロスとシドンの周辺へ赴き、一軒の家を訪ねられた。この訪問は秘密にしたいと望んでおられたが、知らせはすぐさま広がった。すると、この地に住むシリア・フェニキア生まれの異邦人の女が、不潔な悪霊に取り憑かれた娘を連れて来た。[14] 彼女はイエスが訪れたと聞き、ここに来たのである。

「ああ、ダビデの子よ。わたしに憐れみを！　娘が悪霊にひどく苦しめられているのです」

イエスは何もお答えにならなかった。

やがて、弟子たちが言った。

「この女を追い払ってください。泣きわめきながらわたしたちのあとをついて来ます」

「わたしが遣わされたのは、ユダヤの迷える民[15]のところだけだ」と、イエスはお答えになった。

これを聞いた女はイエスの前に進み出て足元にひれ伏し、イエスを拝んだ。

「どうかお助けください！」

「まずは子どもたちのことを考えなさい」イエスは言われた。「子どもたちのパンを犬にやるのは正しくない」

「たしかに、おっしゃるとおりです」女は答えた。「ですが、主人の食卓のしたにいる犬は、床に落ちた子どもたちの食べくずを食べてしまうものです」

それに対してイエスは言われた。

「あなたの信仰は立派だ！[16] あなたの願いは聞き入れられる。家にお戻りなさい。悪霊はあなたの娘から去っている」

果たして女が家に帰ってみると、寝床に横たわる娘は完全に癒えていた。

やがてイエスはテュロスの地を離れ、シドンを通ってデカポリスを迂回し、ガリラヤ湖のほとりに戻ると山に登られた。

そこで休まれていたところ、耳が聞こえず、どもりのある男がイエスのもとに連れて来られて、両手を自分の身体に置いていただけないかと願った。イエスは男を群衆のなかから連れ出し、耳のうえに指を置き、それから唾をつけて唇に触れられた。それから深くため息をついて天を見あげ、「エッファタ」と言われた。これは「ひらけ！」の意味である。

すると、男はたちまち耳が聞こえるようになり、どもりも消えていた。イエスはこのことについて何も言わないよう、その場にいた人々に命じられたものの、そのように言えば言うほど、話は広まっていった。

「この方のなさることはどれも素晴らしい！」人々は驚きのあまり声をあげた。「耳の聞こえない人を聞こえるようにし、口のきけない人を話せるようにするとは！」

大勢の群衆が再びイエスを探し求め、病にかかった者、足の弱った者、目の見えない者、口のきけない者、身体の弱り切った者などを連れて来て、イエスの足元に横たえた。イエスは彼らを残らず癒やされた。口のきけない者が話せるようになり、身体の弱った者が強さを取り戻し、歩けない者が歩けるようになり、目の見えない者が見えるようになったのを目の当たりにした群衆はすっかり驚き、イスラエルの神をあがめた。

いまやイエスには四千もの男がしたがい、その他に女や子どももいた。しかし山のなかに、これほど大勢の人を満腹させる食べ物は存在しない。そこでイエスは弟子たちを呼ばれた。

「あの人たちが気の毒だ。彼らはもう三日もわたしと一緒にいて、食べるものも底をついた。だが空腹のまま家に帰せば、途中で倒れてしまうかもしれない。なかには遠いところから来た人もいるはずだ」

「この荒れ野で、これほど多くの人たちを満腹させる食べ物など、どこで見つけられるでしょうか」

「パンは何枚あるか」イエスはそう訊かれた。

「七枚です」弟子たちは答えた。「あとは小さな魚が何匹か」

するとイエスは群衆に向かい、地面に座るようお命じになった。そして七枚のパンと魚を手に取り、神への感謝をお唱えになる。それからパンと魚を裂いて弟子たちにお渡しになり、弟子たちはそれを群衆に配った。全員に分け与えてなお十分な量であり、食べ残しは籠七つ分にもなった。[17] イエスは食事を終えた群衆をお帰しになると、弟子たちとともに小舟に乗り、湖の西岸へ渡られた。[18]

そこにファリサイ派とサドカイ派の人々が来て、イエスの影響力を巡って論争を始めた。そして、その力の証として、天からのしるしを見せるよう求めた。[19]

イエスは呻くように言われた。

「悪しき背教者であるいまの時代の者たちは、なぜそのようなしるしを求めるのか。言っておくが、いまの世代に与えられるのはヨナのしるしだけである[20]」

その言葉とともにイエスは彼らのもとを離れ、再び旅立たれた。ファリサイ派とサドカイ派の人々も湖の東岸に戻った。ところが、弟子たちがパンを持って来るのを忘れてしまい、小舟には一枚しかなかった。するとイエスは「ファリサイ派の人々とサドカイ派の人々のパン種、そしてヘロデのパン種には気をつけるように」と言われた。弟子たちは、それはいったいなんのことか、パンが足りないからそう言われたのかと首をひねった。

「ああ、信じない者どもよ[21]」弟子たちの当惑に気づいたイエスはお叱りになった。「自分たちがパンを忘れたからだと思っているのか。そんなこともわからないのか。なんたる心の鈍さよ。目があるのに見えず、耳があるのに聞こえないとは。覚えていないのか。わたしが五枚のパンを五千の人々に分け与えたとき、食べ残しは何個の籠を満たしたか」

「十二個です」弟子たちは答えた。

「では、七枚のパンを四千の人々に分け与えたときは」

「七個です」

「それでもわからないのか。わたしがお前たちに話したのはパンのことではないと、なぜ理解できないのか。ファリサイ派とサドカイ派の人々のパン種は、くれぐれも避けねばならない！」

弟子たちもようやく理解した。イエスはパン種に気をつけよと言われているのでなく、ファリサイ派とサドカイ派の人々のもったいぶった堅苦しさ、そしてヘロデの名利欲に気をつけよと言われているのだ[22]。

やがて一行はベテスダに着いた。すると、イエスのもとに目の見えない人が連れて来られ、身体に手を置いてほしいと願った。イエスは盲人の手をとって村の外に連れ出すと、指に唾をつけてその目に触れられた。

「何か見えるか？」イエスがお訊きになる。

男は周囲を見回した。

「人々の姿が見えます。木のように見えますが、あたりを歩いているのがわかります」

男の目に再びイエスの指が置かれた。今度はよりはっきり物が見えたので、自分が癒やされたと分かるまでじっと目を凝らした。

「まっすぐ家に戻りなさい」イエスは男に命じられた。「村はずれにも立ち寄ってはならない」


次いでイエスは弟子を伴い、フィリポ・カイサリア地方へ向かわれた。その途中、一人で祈りを捧げたあと、弟子たちのほうをご覧になり、自らの伝道についてお尋ねになった。

「人々は、人の子であるわたしのことを何者だと言っているのか」

「洗礼者ヨハネだと言う人もいれば、エリヤだと言う人もいます。あるいは、エレミヤないし昔の預言者の一人が再び現われたと言う人もいます」

「ならば、お前たちはわたしを何者だと言うか」

その問いかけにペテロことシモンが答えた。

「あなたはキリスト、生ける神の御子です！」[23]

「ヨナの子シモンよ、お前は幸せだ。人ではなく、天にましますわたしの父から直に教えられたのだから。では、もう一つの真理をお前に話そう。お前はペテロ。わたしはこの岩のうえにわたしの教会を建てる。死をもってさえこれを挫くことはできない[24]。わたしはお前に天の国の鍵を授ける。お前が許すこと、ないし禁じることは、すべて天の力によって認められる[25]」

そしてイエスは、この話だけでなく、自分がキリストであることを口にしないよう弟子たちに命じられた。

さらにこのときから、どういった運命がご自分を待ち受けているのか、弟子たちの前で話されるようになった。

「人の子はエルサレムに行き、そこで必ずや大きな苦しみを味わう。長老、祭司長、律法学者から公に非難され、処刑されるだろう。しかし、三日後に復活する」

これを聞いたペテロはイエスをわきにお連れし、こう諫言した。

「おやめください、先生！　そんなことが起きるはずはありません！」

イエスは他の弟子たちを一瞥されたあと、厳しい口調でペテロを叱られた。

「わたしの前から立ち去れ、サタンよ！　神でなく人の立場からものを見ているお前は、わたしの邪魔をしている」

そして群衆も交えて続けられた。

「わたしにしたがう者は、自分を捨てねばならない。日々新たに十字架を背負い、わたしと同じく行動しなさい[26]。自分を救おうとする者は命を失うが、わたしのためそして福音のために己のすべてを捧げる者は命を得る[27]。世界のすべてを手に入れたところで、自分の命を失ってしまえば、その人になんの得があろう。自分の命を取り戻すために、どんな代価を支払えよう。神をも恐れぬこの罪深い時代に、わたしを恥じわたしの生き方を恥じる者がいれば、人の子もまた、父と聖なる天使たちの崇高なる栄光に輝いて来るときに、その者を恥じるだろう[28]。そして、それぞれの行ないに応じて報いるのだ。言っておくが、いまここにいる者のなかには、神の国が力とともに地上に建てられるまで[29]、決して死なない人がいる」

それから一週間後、イエスは、ペテロ、それにヤコブとヨハネの兄弟をお呼びになり、祈りを捧げるべく彼らだけを連れて高い山に登られた。すると祈りの途中、イエスの姿が三人の前で変わった。顔は太陽のように輝き、服も光を放つが如く、まばゆいばかりに白くなる。その輝きたるや、この世のどんな業をもってしても不可能なものだった。すると、モーゼとエリヤの二人が栄光に包まれながら現われ、エルサレムでの来るべき死についてイエスと話し始めた。ペテロら三人の弟子たちはそれまで睡魔に襲われていたが、イエスの輝ける栄光と、そのそばに立つ二人の姿を見て眠気が完全に醒めた。そして、彼らは心底恐れた。ペテロが口をひらこうとするも、恐怖があまりに大きかったため、自分で何を言っているかわからない有り様だった。

ようやく、ペテロは言った。

「先生、これは素晴らしいことです。お許しくださるなら、ここに栄誉の草庵を三つ建てましょう。一つはあなたのため、一つはモーゼのため、そしてもう一つはエリヤのために」

ペテロがそう話していると、光り輝く雲が彼らを覆い、さらなる畏れで満たした。やがて、その雲から声が聞こえた。

「これは我が愛する子、我が喜びとともに選びし子。心の底からこれにしたがえ」

これを聞いた弟子たちは恐れおののき、地面にひれ伏した。するとイエスが近づき、彼らに手を置かれた。

「起きなさい。恐れることはない」

三人が顔をあげると、先ほどの光景は消え去っていて、イエスの姿だけがそこにあった。

一同が山を降りる途中、イエスは三人に、人の子が死から復活を遂げるまで、いま見たことは誰にも話してはならないと命じられた。ペテロらはその言いつけを守り、この出来事を一切口にしなかったが、死から復活するとはどういうことかと論じ合った。そして、イエスにこう尋ねた。

「律法学者はなぜ、救世主の前にまずエリヤが来るはずだと教えているのでしょう[30]」

イエスがお答えになる。

「たしかに、まずエリヤが来て、善悪を立て直すことになっていた[31]。しかし、これも預言されているように、エリヤはすでに来ているが、人々はそれに気づかず、邪な心でエリヤを迎え入れたのだ。そして彼らは、人の子に対しても同じようにする。人の子はどのように預言されているか。大きな苦しみを背負い、嘲られ、捨てられると記されているのではなかったか」

弟子たちはそれを聞き、イエスの言われるエリヤとは、洗礼者ヨハネのことだと理解した。

第八章註

1、原典では「モーゼが天からのパンを与えたのでなく、わたしの父が天からのまことのパンをお与えになる」

2、原典では「わたしを遣わされた方の御心とは、子を見て信じる者が残らず永遠の命を得ることである」

本文の「見て」は心の目で見ることを意味するものと思われ、よって沈思黙考と解釈し得る。本書の「(子を)思い」という表現も、その解釈を強調するために付け加えたものである。

3、原典では「わたしを遣わされた父が引き寄せるのでなければ」

ここで言う「引き寄せる(draw)」に強制のニュアンスはなく、あくまで「引きつける」の意だと思われる。

4、原典では「生きておられる父がわたしを遣わされ、しかも、わたしが父によって生きているように、わたしを食べる者はわたしによって生きている」

5、原典では「まったく耐えがたい話だ。誰が聞いていられよう」

6、原典では「人の子が、もといた場所に昇るのを見るならば」

語のつながりがいささか難解な文章である。昇天を自らの目で見ることを意味するのであれば、「それでも傷つくのか」という一文があとに続くものと思われる。一方、昇天に先立つキリストの苦難全般を意味するのであれば、「これらの苦難——お前たちの救世主の苦難——を見ることは、お前たちをなおいっそう傷つけることにはならないか」という一文が必要になるかもしれない。

7、原典では「あなたは永遠の命の言葉を持っておられます」

8、原典では「そして、お前たちのうち一人は悪魔だ」

9、第七章註6を参照のこと。

10、原典では「ファリサイ派の人々およびすべてのユダヤ人」

「すべてのユダヤ人」という表現は厳密には正しくなく、後世の筆耕者によって加えられたものと一般には考えられている。本書ではこの表現を用いているが、事実により近づけるべく「しきたりに厳しい」という一節を加えた。

11、食事の前に手を洗うエピソードは、原典ではさほど明確な形で記されていない。そこで、一般的に認められている解釈をより際立たせるため、「祖先の掟にしたがい」「礼式にのっとり」という語を追加した。ここでは衛生や清潔さが問題となっているのでなく、ユダヤの礼式で定められた清めのみが議論の対象となっている。清潔さそのものはほとんど関係がなく、市場へ行ったあとに洗い落とされるべき汚れも物質的なものでは決してなく、異教徒との接触によって生じたものである。しかし、問題はこれにとどまらない。キリストが攻撃しているのは単なる形式的な儀式や礼式に加え、モーゼの律法とは無関係に成立したしきたりであって、倫理的な清潔さこそが真の本質だと主張したのである。

12、原典では「天にましますわたしの父がお植えにならなかった木は、一本残らず根こそぎにされる」「木」が実際に何を意味するかは疑問の余地があるものの、一般的には誤った教えのことだと解釈されている。

13、原典では「こうしてすべての食べ物は清められると、キリストは言われた」マルコによる福音書7－19において、この一文は台詞として扱われており、「食べ物は心のなかでなく腹のなかに入るのだから、腐ることがない」という文章に続いている。広く認められた意味をより強調すべく、本書では「清潔な食べ物と不浄な食べ物の違いに関するモーゼの区別を古いものとし」という一節を追加した。

14、第三章註17を参照のこと。
15、原典では「イスラエルの家の迷える羊たち」
16、原典では「女よ、あなたの信仰は立派だ」
本書では「女よ」の語を省略している。第二章註10を参照のこと。
17、この奇蹟と、第七章で記された奇蹟は別個の出来事なのか、あるいは同一の出来事が別個に描写されたものなのかは、判断が難しい。本書では二つの異なる奇蹟として扱った。
18、マタイによる福音書によれば、一同を乗せた小舟はマガダン（マグダラ）地方に向かい、マルコによる福音書によればダルマヌタ地方に向かったとされる。これらの場所が具体的にどこを指しているのかは特定されていないが、ファリサイ派とサドカイ派の人々に関する記述から、湖の西岸と推定されている。
19、原典では「ファリサイ派とサドカイ派の人々が来て、イエスを試そうと、天からのしるしを見せてくれるよう頼んだ」（マタイによる福音書）、「ファリサイ派の人々が来て、イエスを試し、天からのしるしを求めようと、議論をしかけた」（マルコによる福音書）
20、本書ではマタイによる福音書16－2、3を省略している。これらの節は複数の重要な写本にも記述がなく、後世になって挿入されたものと信じられている。その文章は以下のとおり。「しかし、イエスはこうお答えになった。『あなたたちは、夕方には「空が赤いから、明日は晴れる」と言い、朝には「空が赤く雲が低いから、今日は嵐だ」と言う。つまり、天の様子は見分けることができるのに、時代のしるしは見分けられない』」
第六章一一一頁も参照のこと。

21、原典では「汝、信仰の薄い者たちよ」

22、原典では「イエスは彼らに、パン種ではなく、ファリサイ派とサドカイ派の人々の教えに気をつけるよう注意したのである」

本書では一般的に認められた意味を強調するため、わずかに誇張している。

23、「あなたがメシアだ」と解釈すべきだろう。

24、原典では「さらに言っておく。お前はペテロ。わたしはこの岩のうえにわたしの教会を建てる。陰府(よみ)の門もこれにまさることはない」

難解な文章であり、数多くの議論の対象になっている。

（a）いくつかの言語において「ペテロ」には「岩」の意味があり、キリストはその二つにかけている。このとき話されていたと思しきアラム語では、「Kepha」という単語がそれにあたる。ギリシャ語では「Petros」および「petra」であり、フランス語でも両者は「pierre（Pierre)」である。

（b）「わたしはこの岩のうえにわたしの教会を建てる」については、二つの解釈が存在してきた。（1）「この岩」は、やがて教会へと成長する信者の集まりにおいて、最初ないし最初期の成員となる、ペテロのことである。（2）「この岩」は他ならぬキリストのことであり、ペテロは「あなたこそキリスト、生ける神の御子です」と宣言することによって、キリストこそが救世主であるという自らの信仰を表明した。

（c）「陰府の門」にも二つの解釈が存在している。この語は旧約聖書において、死者のいる場所、ないし死そのものを意味するものとして使われており、本節でもその意味であるかもしれない。一方、広く「悪の力」を意味しているという説もあり、その場合、教会は終末の恐怖を生き延びると解釈され得る。またもう一つの解釈として、イエスこそが神の救世主——メシア——であり、死に縛りつけられる、つまり死によって復活を妨げられることはないという事実によって、信者の集まりは構成されているというものがある。

25、原典では「わたしはお前に天の国の鍵を授ける。お前が地上でつなぐことは天でもつながれ、お前が地上で解くことは天でも解かれる」

ここでの「鍵」は「運営上の実権」を指しており、「つなぐ」と「解く」は、キリストの抽象的な教えを具体的な事柄に応用することを述べており、またそのことは天において承認されている、というのが広く認められた解釈である。さらに、識者による別の解釈として、「鍵」は破門宣告の権限、すなわち教会への加入を認める権限とそこから排除する権限を指している、とするものがある。註24（b）も参照のこと。

26、原典では「わたしについて来る者は、自分を捨て、日々自分の十字架を背負い、わたしにしたがいなさい」

ここでの「捨てる（deny）」は単に「贅沢をあきらめる」ことでなく、すべてをなげうつ意味であると、識者は説明している。

27、原典では「自分の命を救う者は、それを失う。わたしのために命を失う者は、福音がそれを救う」

この一節は文字通り理解されることを意図したものと思われるが、本書の解釈はそれと異なっている。

28、原典では「わたしと、わたしの言葉を恥じる者については、人の子も、自分と父と聖なる天使の栄光に輝いて来るときに、その者を恥じる」
29、原典では「神の国が力とともに来るのを見るまでは」または「人の子が神の国に現われるのを見るまでは」
この一節はペンテコステ（聖霊降臨）を指すものと解釈されている。
30、原典では「なぜ律法学者は、まずエリヤが来るはずだと言っているのでしょう。エリヤが天にいるのなら、最初に来るのはどういうわけでしょう」
31、原典では「確かに、エリヤが来てすべてを元どおりにする。しかし言っておくが、エリヤはすでに来ているのだ」

第九章　エルサレムを訪れる

翌日、ペテロ、ヤコブ、そしてヨハネとともに山を下りたイエスが残る弟子たちのもとへ戻られると、彼らは大勢の群衆に取り囲まれながら、律法学者たちと議論をしていた。群衆はイエスの姿を見て驚き[1]、挨拶しようと駆け寄ってきた。

「あなたたちはわたしの弟子となんの議論をしているのか」イエスはお尋ねになった。

するとと、群衆の一人が近づき、ひざまずいて答えた。

「先生、これはわたしの息子です。わたしにはほかに子どもがいませんので、どうか憐れんでやってください。息子は口がきけず、そのうえてんかんで、ひどく苦しんでおります。発作が起きるとうめき苦しみ、歯ぎしりしながら泡を吹き、発作が治まったときには完全に疲れ果てている具合です。それでここに連れて来たのですが、あなたはあいにくおられなかった。そこでお弟子さんに頼んだものの、治すことができませんでした[2]」

それを聞いたイエスは言われた。

「ああ、邪で不信心な者どもよ！　わたしはいつまであなたたちとともにいるのか。いったいいつまであなたたちに我慢せねばならないのか。その子をここに連れて来なさい」

その若者が連れて来られると、悪霊はイエスの姿を見て、すぐに発作を起こさせた。若者は悶えながらその場に倒れ、口から泡を吹き出した。

「いつからこのような具合なのか」と、イエスは父親に訊かれた。

「子どものころからです」父親が答える。「悪霊は息子を殺そうと、火や水のなかに飛び込ませることもありました。あなたにそのお力があるのなら、どうかわたしたちを憐れみ、お救いください！」

「なぜ『力があるのなら』などと言うのか！」イエスはお叱りになった。「わたしの救いはあなたの信仰に限られる」

「信じます！」父親は声をあげた。「信仰の薄いわたしですが、どうかお救いください！」

群衆が集まりつつあるのを見たイエスは、汚れた悪霊をお叱りになった。

「耳が聞こえず、口もきけない悪霊よ、この者から出て行き、二度と入らないよう命じる！」

最後に一度、若者を叫ばせ、発作を起こさせてから、悪霊は出て行った。その若者が死んだように横たわっているので、多くの人々が彼は死んだと言った。だがその瞬間、若者は癒やされ、イエスによって父親に引き渡された。その場にいた誰もが、神の力の証を目の当たりにして畏敬の念にうたれた。

イエスが家に入られると、弟子が密かに話しかけた。

「なぜわたしたちでは悪霊を追い払えなかったのでしょう」

イエスははっきりお答えになった。

「お前たちの信仰が強くないからだ。言っておくが、お前たちに辛子の種一粒の信仰があれば、この山に向かって『ここから動いてあちらへ行け！』と命じることができ、そのとおりになる。[3] それと同じで、このような悪霊は祈りによってしか追い払うことができない。

もう一つ、これを忘れてはならない。お前たちのうち二人が、ここ地上で特別なことを願い、ともに祈るなら、天の父はその祈りに応えてくださる。二人または三人がわたしにしたがう者として集まるところでは必ず、わたしも彼らとともにある」[4]

誰もがイエスのなされた奇蹟に驚く一方、イエスはますます自分の行動を隠そうとされ[5]、その地を去ってガリラヤに入られた。そして、以前の警告を弟子たちに繰り返された。

「注意して聞きなさい。人の子は権力者に引き渡され、殺される。しかし、三日の後に復活する」

弟子たちにはその言葉の意味が分からなかった――実際、彼らには理解できないよう曖昧にされていたのである。彼らはそのことで大いに悩んだが、怖くてイエスに訊けなかった。

一行がカファルナウムに着いたとき、神殿税[6]の徴収人がペテロのもとに近づいた。

「あなたたちの師は税金を払わないのか」

「いいえ、払います」と、ペテロは答えた。

そうして家に入ったが、イエスのほうからこう言われた。

「シモンよ、お前の考えを聞かせなさい。地上の支配者は、税や貢ぎ物を誰から受け取っているか。自分自身の民からか、あるいは異邦人からか」

「異邦人です」

「ならば、彼の民は払わなくていいわけだ[7]。とは言え、我々を責める口実を与えないために、湖に行って釣りをしなさい。最初にかかった魚の口をひらけば、そこに必要な金銭があるはずだ。それをわたしたち二人の分として徴収人に払いなさい[8]」

次いでイエスは弟子たちを向いてこう言われた。

「ここへ来る途中、お前たちは何を話し合っていたのか」

弟子たちは誰一人それに答えなかった。彼らが話し合っていたのは、自分たちのなかで天の国において一番偉いのは誰か、ということだったからである。[9]弟子たちの考えを見抜かれたイエスは腰を下ろし、自分の周りに集まるよう弟子たちに言われた。

「一番になろうとする者はもっとも後になり、全員のしもべとなる」

「ならば、天の国で一番偉いのは誰でしょう」弟子たちが尋ねる。

イエスは返事の代わりに幼い子どもを招き寄せ、ご自分のそば、弟子たちの真ん中に立たせた。

「言っておく。心を入れ替えてこの幼子のようにならない限り、お前たちは決して天の国に入れない。子どもの心を持つ者こそ、天の国で一番偉いのだ」そう言って子どもを抱きあげ、先を続けられた。

「わたしのために幼子を心に迎え入れる者は、わたしだけでなく、わたしを遣わされた方をも心に迎え入れることになる。[10]自分をもっとも低い人と考える者こそ、一番偉いのだ」

それを聞いてヨハネが言った。

「先生、あなたの名を使って悪霊を追い払う人を見ましたが、わたしたちにしたがおうとしないので、それをやめさせようとしました」

イエスがお答えになる。

「やめさせてはいけない。わたしの名を使って奇蹟を起こしたからには、そうやすやすとわたしを非難できまい。それに、わたしたちの敵でない者は、わたしたちの味方なのだ。よいか、キリストの弟子という理由でお前たちに水を飲ませてくれる者は、必ずや報われる。しかし、わたしを信じる素朴で謙虚なこれらの人々を妨げるなら、結果はまったく逆になる。[11] むしろ、大きな標石を首にぶら下げたまま、海に沈められるほうがましだろう。正しく生きる人をつまずかせる世は、実に憐れだ。[12] つまずきは避けられない。しかし、人をつまずかせる者は、報いを受ける。だから、これら慎ましやかな人たちを見下してはならない。彼らの天使はいつなんどきでも、天にましますわたしの父の御前に控えているのだ[13]」

するとと、ペテロが一歩前に出た。

「先生、わたしは自分を傷つけた者を何度赦すべきでしょうか。[14] 七回までですか」

「七回どころか、七の七十倍まで赦しなさい。お前を傷つける者がいたら、一人でその人のところに行って自分の苦しみを訴えること。それを聞いて悔いたならば、彼を赦しなさい。そうすれば友だちになれる。一日に七回そういうことがあっても、相手が悔いているなら必ず赦すように。

しかし、自分の訴えが聞き入れられないときは、二人か三人、やり取りの証人として伴い、再びその者のところへ行くこと。それでも悔い改めないのであれば、教会の長老にこの件を訴え出なさい。長老の言うことも聞き入れないならば、そのときは異教徒か罪人とみなしてよろしい。言っておくが、どういったことであれ、お前たちがこの地上で許したり禁じたりすることは、天で認められる。[15]

それとのつながりで、天の国はこのように例えられる。ある人が、召使いに貸した金を清算していたところ、主人に数万タラントン借金している召使いが連れて来られた。その者は借金を返せなかったので、主人は、自分自身と妻と子ども、それに持ち物を全部売って返済するよう命じた。それを聞いた召使いはひれ伏し、慈悲を請うた。

『ご主人さま、しばらく時間をください。必ずお返しいたします！』

主人はそれを聞いて気の毒に思い、奴隷の身分から解放するとともに、借金を丸ごと帳消しにしてやった。

そのあと召使いは、自分が四タラントン貸している仲間と会い、『借金を返せ！』と叫びながら、その者の首を締めた。

仲間は彼の前にひれ伏した。

『しばらく待ってくれ。きっと返すから！』

しかし、その召使いは承知せず、役人に訴え出て、借金を返し終えるまで牢に入れさせた。

それを知った他の召使いは気の毒に思い、この件を残らず主人に伝えた。かくして主人はその召使いを呼びつけ、こう叱りつけた。

『この悪人め！　あまりに請い願うのでわしはお前の借金を帳消しにしてやったが、なぜお前は同じ憐れみを仲間の召使いにかけてやらなかったのか！』

主人はひどく腹を立て、借金を残らず返し終えるまで罰することにした。

さて、お前たちが仲間を心から赦さないのであれば、天にましますわたしの父もこれと同じようになさるだろう。だから、清めの火という塩が自分のなかで燃え続けるよう、そして互いが兄弟のような関係となるよう心がけなさい」

語り終えたイエスは、その地を離れられた。

同じころ、ユダヤ人の仮庵祭が近づいていた。すると、イエスの言葉を信じていない兄弟たちが彼のもとを訪れ、こう言った。

「ユダヤの地に行くべきだ。そして、そこの弟子たちにお前の力を見せてやるんだ。公に知られることを望みながら、自分の力を密かに発揮する者はいない。お前は奇蹟を行なえるのだから、それを世に示してやればいい[16]」

その言葉にイエスは答えられた。

「わたしが人前に現われるときはまだ来ていない。あなたたちは自分の好きなときに広く知られればよろしい[17]。世があなたたちを憎むはずはない。しかし、わたしは憎まれている。世の行ないは悪であるとはっきり言ったからだ。あなたたちは祭りに行きなさい。だが、わたしはまだ行かない。いま言ったように、わたしのときはまだ来ていないからだ」

兄弟たちが旅立つまでイエスはガリラヤに残られたが、裁きのときが近いことをご存知だったので、兄弟のあとを追ってエルサレムに赴く決心をされた。しかし、なるべく人目を避けるため、ヨルダンを通るいつもの道筋でなく、サマリアを通っていかれた[18]。

ガリラヤとサマリアのあいだである村に入られたイエスは、らい病を患う者が十人、遠くに立っているのを目にされた。

「イエスさま！　先生！　我らに憐れみを！」病人たちは声を張りあげた。

イエスは答えて言われた。

「祭司のところに行って、自分の身体を見せなさい[19]」

十人が言われたとおりに祭司のもとへ行ったところ、みな完全に癒えていた。しかしそのなかの一人が、自分の癒えたことを知って、大声で神を賛美しながら戻ってきた。そしてイエスの足元にひれ伏し、感謝の言葉を述べた。この男はサマリア人だった。

イエスは言われた。

「癒やされたのは十人でなかったか。あとの九人はどこにいるのか。戻って神に感謝を捧げたのは、この異邦人だけなのか」そして男に告げた。「立ちあがって家に帰りなさい。あなたの信仰があなたを癒やした」

サマリアに滞在する準備をすべく、イエスは使者を遣わされた。彼らはサマリアの村に入り、イエスを迎える準備を始めた。しかし、イエスがエルサレムに向かっておられることを知った住人は、宿の提供を断った。[20] ヤコブとヨハネは腹立ちのあまり声を荒げた。

「先生！　天から火を呼び寄せ、彼らを焼き払いましょうか」

だがイエスは二人をお叱りになり、一行を連れて別の村に向かわれた。


その途中、一人の律法学者がイエスたちのもとに近づいた。

「先生、あなたの行くところ、どこへでもお伴します」

イエスはお答えになった。

「狐には穴があり、鳥には巣がある。だが、人の子は伏して眠る場所を持たない」

そしてその場にいた別の人に向かい、「わたしにしたがいなさい」と言われた。

ところがその人は、「その前にまず、父を葬りに行かせてください」と言った。

「死者を葬るのは死者に任せなさい。あなたは行って、神の国が近づきつつあることを説き広めなさい[21]」

すると、また別の人が近づきこう言った。

「わたしはあなたにしたがいます。その前にまず、家族に別れを告げに行かせてください」

イエスは言われた。

「鋤を握ってから後ろを振り返る者は、神の国に来たところで役に立たない」

一行はやがてユダヤの地に入り、エルサレムの近く、ベタニアの村にたどり着いた。[22] すると、マルタという女がイエスを家に迎え入れた。彼女にはマリアという姉妹がいたのだが、マルタが食事の支度をするあいだ、マリアはイエスのそばに座り、そのお言葉に耳を傾けていた。

それを見たマルタは、イエスに文句を言った。

「先生、わたしの姉妹はわたしにだけ仕事を押しつけているじゃありませんか。手伝ってくれるようにおっしゃってください」

「マルタ、マルタよ。あなたは食卓の準備に心を悩ませている。しかし、マリアは善いことを選んだのであって、それを奪ってはならない[23]」


やがて祭の日となり、イエスも人目を避けてそこへ赴かれたが、ユダヤの役人たちがその行方を追っていた。[24] 人々がイエスについてあれこれ囁き合っているのを知ったからである。「善い人だ」と言う人もいれば、「いや、みなを惑わせている」とそれに反対する人もいたが、ユダヤの役人を恐れ、[25] 大っぴらに語る者はいなかった。

祭りが半ばに近づいたころ、イエスは会堂に赴き説教を始められたが、その教えはユダヤ人を驚かせた。

「この男は律法を学んだわけでもないのに、どこでこれだけのことを知ったのだろう?[26]」

それを聞いてイエスは言われた。

「わたしの教えはわたしから出たものでなく、わたしを遣わされた神から授けられたものである[27]。神の御心を行なおうと固く心に誓った者は、わたしの教えが神から授けられたものなのか、あるいはわたしの独断で話しているだけなのか、自ずとわかるはずだ。独断で話す者は自分の栄光を求めているだけだが、主の栄光のために力を尽くす者は誠実な人であり、隠れた動機など持っていない[28]。あなたたちはモーゼから律法を授かったのではないか。それなのに、あなたたちはモーゼの律法を頻繁に破っている。わたしもそれを守っていないと考えているようだが、ならば、なぜわたしを殺そうとするのか[29]」

それを聞いて群衆が答えた。

「あなたは気が狂っている。だれがあなたを殺すというのか」

「わたしが安息日に病人を癒やしたことで、あなたたちは腹を立てた[30]。モーゼはあなたたちに割礼の儀式を命じた。もっとも、それはモーゼからでなく族長たちから始まったものだが。そして、あなたたちは安息日に割礼を施している。それなのに、わたしが安息日に病人を癒やしたからとて、なぜそんなに憎むのか。何事もうわべで裁くのをやめ、正義でもって裁きなさい[31]」

イエスの言葉に囁き合う声が一段と大きくなった。

エルサレムの市民のなかには、「殺されようとしているのは、この男ではないか」と言う者もいた。

「だが、これだけ大っぴらに話しているのに、誰も何もしない。役人たちは、この人が救い主だとわかったのだろうか。いや、そうじゃない。救い主の生まれは誰も知らないはずだが、我々はこの男の家族をよく知っている[32]」

イエスは説教を止め、大声で言われた。

「さよう。あなたたちはわたしを知り、わたしの家族を知っている。しかし、わたしの務めについては何も知らない。わたしは自分の意思でここに来たのでなく、至高の方によって遣わされたのである。あなたたちはその方を知らないが、その方のもとから来たわたしは知っている[33]」

これを聞いた役人たちはイエスを捕らえようとしたが、実際にそうする者はいなかった。約束されたそのときがまだ来ていなかったからである。一方、群衆の多くはイエスを信じた。

「救い主が来たならば、この男より多くの奇蹟を行なうだろうか」と、人々は言い合った。

「あともう少し、わたしはあなたたちと一緒にいる」イエスは役人たちに言われた。「それから、わたしを遣わされた方のもとへ戻る。そのとき、あなたたちはわたしを捜すだろうが、残念ながら見つけることはできない。わたしが向かうところまで、あなたたちはついて来られないからだ[34]」

役人はイエスの言葉を聞き、仲間うちで相談し合った。

「我々に見つけられない場所とは、いったいどこだろう。異邦の地に暮らすユダヤ人のところへ行って、異邦人に教えを説くというのか。自分を捜そうとしても見つけられない、自分が向かうところまでついて来られないとはどういうことだ」

祭りがもっとも盛大に催される最後の日、イエスは人々のあいだに立ちあがり、大声で言われた。

「渇きで苦しんでいるなら、わたしのもとに来なさい。わたしを信じる者は自由に飲みなさい。聖書に書いてあるとおり、わたしを信じる者の心から、生きた水が川となって流れ出る[35]」

その言葉が意味するのは、イエスを信じる人が受け取る聖霊のことである。しかしそれは、イエスが苦難のときを経て栄光に輝くまで与えられることはない[36]。

イエスの教えを聞いた群衆のあいだで、こう口にする者がいた。

「この方こそ預言者、メシアに先んじる方に違いない！」

「そうじゃない！」別の者が声をあげる。「この方こそが救い主だ！[37]」

また別の人たちは疑問を口にした。

「救い主はガリラヤから来ることになっているのか。聖書によれば、救い主はダビデの子孫で、ダビデが生まれたベツレヘムから来るんじゃないのか」

こうして、人々のあいだでイエスにまつわる意見の対立が大きくなった。そのなかにはイエスを捕らえようとする者もいたが、実行に移した者はいなかった。

そのころ、イエスを捕らえに行った役人たちが、祭司長と律法学者たちのもとへ戻ってきた。

「なぜあの男を捕らえなかったのか」と、祭司長たちが問い詰める。

「あの男のように話した者は、いままでいませんでした」役人たちは答えた。

「お前たちも引き込まれたのか」ファリサイ派の人々は怒りもあらわに言った。「役人や正統派のなかに奴を信じた者がいるか。自分たちの律法を知らない群衆に呪いあれ！[38]」

「しかし、何一つ弁明を許されず、事実を確かめる機会すら与えられなかった者を、我々の律法は罰せられるだろうか」と、議員の一人が異議を唱えた。かつて、夜闇に紛れてイエスに会いに行ったニコデモである。

だが、他の者たちはニコデモを嘲った。

「あなたもガリラヤの狂信者なのか。聖書を見よ！　ガリラヤから預言者が現われることはない！」

夜になり、人々が家に帰ったあと、イエスはオリーブ山に行かれた。そして翌朝、再び会堂へ赴かれたところ群衆に取り囲まれたので、そのまま腰を下ろして説教を始められた。

しかし、律法学者とファリサイ派の人々が罠をしかけ、イエスが罪にあたることをするのを待ち受けていた。彼らは一人の女を連れて来て、群衆の前に立たせた。

「先生、この女は不貞の罪を犯しました。モーゼの律法によれば、石打ちの刑に処されることになっております。さて、あなたはどうお考えですか[39]」

だがイエスはそれを無視してその場にかがみ、指で地面に何かを書かれた[40]。それでもファリサイ派の人々らがしつこく問いかけるので、ついに立ちあがられた。

「まずは、あなたたちのなかで罪を犯したことがない者から、石を投げなさい」

そう言って再びかがみ込み、地面に何かを書き記す。イエスの言葉を聞いた者は、良心の咎めを感じて一人また一人と去っていった。ようやくイエスが腰をあげると、そこには女しか残っていなかった。

「あなたを責めた者たちはどこか。誰もあなたを罰しなかったのか[41]」

「はい、そのとおりです」

「わたしもあなたを罰しない。さあ、行きなさい。これからは罪を犯さないように」

第九章註
1、原典では「群衆はイエスの姿を見て大いに驚いた」

この驚きに関する説明はなされていない。解釈の一つとして、律法学者たちが人々に、イエスは強まる敵意に恐れをなして逃げ出し、二度と戻って来ることはないだろうと告げたからだ、というものがある。もちろんこれはまったくの仮説である。

2、原典では「先生、ここに息子を連れてまいりました。悪霊に取り憑かれて口がきけません……先生のお弟子さまたちに悪霊を追い出してほしいと申したのですが、できませんでした」

この文章は、男が以前にも息子をイエスのもとに連れていったこと、およびイエスが不在だったため、代わって弟子たちに息子を癒やすよう求めたことを述べてはいない。しかし、意図したのはそのような意味だったと思われる。

3、「山を動かす」とは、大きな困難を伴う何かを成し遂げるという、キリストの時代における比喩的表現である。よって、文字通りに解釈する必要はないと思われる。

4、マタイによる福音書18－19、20から引用したこの文章は、原典では18－18、すなわち本章一六五頁「……天で認められる」に続く形で記されている。大半の識者は後世に付け加えられたものとしており、原典の順序では時系列的に矛盾を生じさせると思しきことから、本書においても順番を入れ替えた。当然ながら、それが本来の順序であると主張するつもりはない。なお、原典における二番目の文章は以下のとおり。「二人ないし三人がわたしの名のもとに集まるところ、わたしもそのなかにいる」

5、イエスが自らの行動を秘密にしようと気を配ったのは、ヘロデおよびファリサイ派の人々との軋轢を避けるためなのか、あるいはエルサレムで自分を待ち受けている事態に対し、弟子たちに心の準備をさせるため、群衆から離れておく必要があったからなのかは明確でない。おそらく両方の動機が働いていたと思われる。

6、神殿税は一種の人頭税であり、十九歳以上のユダヤ人男性一人につき、金貨一枚とデナリウス銀貨四・五枚が課税された。

7、原典では「地上の王は、誰から税や貢ぎ物を受け取るか。自分の子どもたちからか、あるいはよそ者からか……ならば、子どもたちは払わずともよいわけだ」

難解な文章である。税と貢ぎ物は関税および人頭税、すなわち間接税と直接税を意味している。「子どもたち」は支配者の一族、ないし彼らによって統治される人々を意味し、「よそ者」は一族でない者、もしくは課税対象の外国人を意味するものと思われる。一般のユダヤ人がこの税を支払わねばならない一方、キリストの信者らは支払いを免ぜられるべきだが、これに反対する人々とのあいだに軋轢を生じさせないよう、金銭の支払いは行なうというのが含意と考えられる。しかし、この解釈には疑問の余地がある。

8、この一節を文字通りに解釈すべきと信じる者はほとんどおらず、「魚を釣ってそれを売れば、税金を払える」という意味の東洋的表現だと考えられている。

9、原典では「誰が一番偉いかと、途中で議論し合っていたからである」

原典に「神の国において」という語句はないが、同じ内容を記したマタイによる福音書18－1には存在しており、そこから付け加えた。

10、原典では「わたしの名のもとにこのような幼き子の一人を受け入れる者は、わたしを受け入れることになる。そして、わたしを受け入れる者は、わたしでなく、わたしを遣わされた方を受け入れるのである」

この文章は子どもに言及しているが、別の解釈として、人間の謙虚さと献身を正しく理解する者は、キリストの性質と、それ以上に、神の本質を正しく理解している、というものがある。

11、原典では「しかし、わたしを信じるこれら小さき人の一人をつまずかせる者は」この一節も子どもに言及している（註10を参照のこと）が、本当の意味は、謙虚で（おそらく）か弱いキリスト信者のことである、というのがより一般的な見方である。なお、前節との関係をより明確にすべく、「結果はまったく逆になる」という語句を付け加えた。

12、原典では「自分自身に気をつけよ」「つまずきをもたらす世は不幸である」

13、原典では「彼らの天使はいつでも天でわたしの父の御顔を仰いでいる」

14、「兄弟が自分に対して罪を犯したなら」

ここでの「兄弟」という語は様々に解釈されている。仲間の使徒だとする識者もいれば、仲間の信者ないし教会の構成員とする識者もいる。あるいは、人間が日常生活のなかで接触するすべての人だとする見解もある。本書ではこの解釈を採用した。キリストの教え一般ともっともよく合致しているというのが理由だが、「教会の長老」という一語が仲間の信者を指し示していることは認めなければならない。

15、原典では「お前たちが地上でつなぐものは天でもつながれ、お前たちが地上で解くものは天でも解かれる」

識者のなかには、この文章は破門と免罪を行なう教会の権限を指しているとする者もいれば、教義と品行に関する教会の支配権は天で承認されているとする者もいる。第八章註25を参照のこと。

16、原典では「ここを去ってユダヤに行き、お前のしている業を弟子たちに見せてやりなさい。広く知られることを望みながら、密かに何かをするような人間はいない。こういうことをしているのなら、お前自身を世にはっきりと示しなさい」

17、原典では「わたしのときはまだ来ていない。しかし、あなたたちのときはいつでも準備が整っている」

難解な文章であり、解釈の一つを示すためごくわずかに誇張した。

18、原典では「イエスご自身も、人目を避け、密かに祭へ向かわれた」

正確な意味は不明である。巡礼の一団が通常辿るのはヨルダン川の東岸であり、この文章が意味するのは(a)イエスは別のルートを辿りサマリア経由で向かった、(b)一団を追いかける形でヨルダン川東岸のルートを辿った、(c)単に途中で人目につくことを避けた、のいずれかだと思われる。サマリアの村で宿の提供を断られたエピソードと一致することから、本書では(a)の解釈を採用した。

19、ユダヤの律法によると、聖職者は衛生面の責任も負っており、その証明がなければ病が治癒したとはみなされなかった。

20、この拒絶は個人的理由によるものでなく、ユダヤ人の国家的、慣習的な憎悪によるもの、つまりイエスが宿の提供を断られたのは、彼がエルサレムの祭に赴こうとしているから、というのが一般的な見解である。

21、原典では「『主よ、まずは父を葬りに行かせてください』しかし、イエスは言われた。『死んでいる者たちに、自分らの死者を葬らせなさい。お前は行って、神の国を言い広めなさい』」

キリストがこうした行動に反対するとは考えられないので、男の言葉は個人的な用事を行なうことを指し示す、一種の諺だと考えられる。それに対するキリストの返事は、「過去に目を奪われるあまり、いま行なうべきことを忘れてはいけない」という意味だと思われる。

22、聖書にはこの村がベタニアだとは記されていないが、マリアとマルタが住む場所だとのちに言及されていることから、そうだとされている。

23、原典では「マルタ、マルタよ、お前は多くのことを思い悩み、苦しんでいる。しかし、必要なことはただ一つ。マリアは良いほうを選んだのだから、それを奪ってはならない」いくぶん難解な文章である。マリアが精神的なことに集中している一方、マルタは物質的なことで文句を言っている、あるいは、マルタは家事にうるさいあまり、一人前の食事で十分なのに何人分かの食事のことで頭を悩ませている、という意味かと思われる。そう解釈すると、イエスは単にマリアを弁護しているだけで、マルタを責めたり、二人を比べたりしているのではないことがわかる。

24、原典では「ユダヤ人はイエスを捜した」ここでの「ユダヤ人」はユダヤ当局を指すものとされている。

25、原典では「ユダヤ人を恐れて」註24を参照のこと。

26、原典では「この人は学んだわけではないのに、どうしてこんなにも聖書のことを知っているのだろう」

この時代、教育は一般的にラビの学校で行なわれるものであり、誰一人として、キリストがそこで学んだとは考えなかったのである。

27、原典では「わたしの教えは自分のものでなく、わたしを遣わされた方のものである」

28、原典では「自分のことを話す者は、自分自身の栄光を求める。しかし、自分を遣わされた方の栄光を求める者もまた同じであり、その人に不義はない」

この文章はキリスト自身のことだけを指しているとも解釈できる。つまり、自分を遣わした方の栄光のために働いているのだから、自分の言葉が真実であることは神によって保証されている、というわけだ。

29、原典では「モーゼはあなたたちに律法を与えたではないか。なのにあなたたちは、誰一人として律法を守っていない。なぜ、わたしを殺そうとするのか」

広く認められている解釈を際立たせるため、本書では記述を補強した。

30、原典では「わたしが一つの業を行なうと、あなたたちはみな驚いた」

一般的な解釈によると、ここでいう「一つの業」とはベテスダで病人を癒やしたことであり、また彼らの驚きないし立腹は、その癒やしが安息日に行なわれたから、というものである。文章の意味をより明確にすべく、本書では「業」の内容と驚きの原因を記述した。

31、原典では「見た目で裁くのではなく、正しい裁きをしなさい」

32、原典では「この男がどこの出身か、我々は知っている。しかし、キリストが来られるとき、その方がどこから来たのか知る者はいない」

この一節は、キリストが人間から生まれたことを指している、というのが広く認められた解釈であり、本書でもそれを採用しているが、絶対確実とは言えない。

33、原典では「あなたたちはわたしのことを知っており、わたしがどこの出身であるかも知っている。しかし、わたしを遣わされた方は真実であり、あなたたちはその方を知らない。わたしはその方を知っている。わたしはその方のもとから来たのであり、その方がわたしを遣わされたのである」「わたしがどこの出身であるか」を「わたしの家族」と解釈したことについては註32を参照のこと。また、イエスを遣わした「その方」のことを聞き手が知らないという部分は、「わたしの務めについては何も知らない」と解釈した。「わたしを遣わされた方は真実」ないし現実であるという部分は、「完全」という意味だと思われる。そのため――恐らく不正確だろうが――キリストを遣わした神の完全性を表現すべく、本書では「至高の方」と解釈した。この文章自体が曖昧であり、本書の解釈も多くあるうちの一つに過ぎない。

34、原典では「わたしはいましばらくあなたたちとともにいて、それからわたしを遣わされた方のもとへ戻る。あなたたちはわたしを捜すだろうが、見つけることはできない。わたしのいるところに、あなたたちは来ることができない」

原典には、キリストの言葉がまず役人たちに向けて発せられ、その後ファリサイ派の人々や祭司長に伝えられた、ということは記されていない。しかし、前後関係から見てそうだと思われる。この文章は、役人たちはイエスを捕らえるべく探し回ったのではなく、イエスを捕らえることを望んだ人々が、あとになって彼の慈悲と救いを求めたものの、いずれも得られなかったことを指している、というのが一般的な解釈である。この意味を強調すべく、本書では「残念ながら」という一節を加えた。

35、原典では「渇いている者がいれば、わたしのもとに来て飲ませなさい。わたしを信じる者は、聖書に記されているとおり、身体のなかから生きた水が川となって流れ出る」

難解な文章であり、生きた水はキリストから流れ出るとも、あるいはキリストを信じる者から流れ出るとも解釈できる。本書では後者を採用した。第三章五八頁を参照のこと。

36、原典では「イエスは、ご自分を信じる人々が受けるであろう〈霊〉のことを話されたのである。イエスはまだ栄光を受けておられなかったので、聖霊が降っていなかったからである」

37、原典では「この方こそ誠の預言者だ」

人々がどの預言者を指しているのか明確にすべく、本書では「メシアに先んじる方」という一節を加えた。中命記18－15を参照のこと。

38、原典では「議員やファリサイ派の人々のなかに、あの男を信じた者がいるだろうか。しかし、律法を知らないこれらの人々は呪われている」

39、この女に石を投げつけてはいけないとイエスが言っていれば、モーゼの律法に反しているとして、尋問者はイエスを非難したはずだ。また、イエスが女を非難していれば、ローマの権力を嘲ったとして、イエスに対する告発を総督ピラトのもとに持ち込んだはずである。ローマの権力を軽んじることは、それだけでも十分死罪に値する行為だった。

40、この行為は、イエスが何一つお答えにならなかったことを示しているというのが一般的な説明である。一方、この行為は、神の指で描かれ、シナイ山でモーゼに与えられた石版の内容を思い出させるためだと考える者もいる。つまり、自身の行為によって姦通の罪を軽くさせ、律法が命じるとおり女の命を奪えないようにする、というわけだ。

41、原典では「女よ、あなたを責めた者たちはどこにいるのか」本書では「女よ」という語を省略した。第二章註10を参照のこと。

第十章　ますます募るユダヤ人の敵意

それからのち、イエスは再び言われた。

「わたしは人の光である。わたしにしたがう人は悪の暗闇に暮らすことなく、内なる光に導かれる[1]」

それを聞いたファリサイ派の人々が反論した。

「あなたはいま、自分の証をなさっている。そのような証は真実でない」

イエスは答えて言われた。

「確かに、わたしは自分のことを話した。それでも、わたしの証は真実である。わたしは神のもとから来て、神のもとへ戻ることを知っている。しかし、あなたたちはいずれの真実も知らない[2]。あなたたちは見た目でわたしを裁いているが、わたしがここに来たのは裁くためではない[3]。いや、たとえ裁くことがあっても、わたしの裁きは正しい。それはわたし一人のものではなく、わたしを遣わされた父の裁きによっているからだ[4]。その証拠に、あなたたちの律法には、二人が証をしたことは真実だと書かれている。さて、わたしは自分について証をし、わたしを遣わされた父もわたしの証をしてくださる」

「あなたの父はどこにいるのか」と、彼らは訊いた。

「あなたたちは、わたしのことも、わたしの父のことも知らない。わたしを知っていれば、わたしの父をも知っているはずだ」

このやり取りは神殿の宝物庫で行なわれた。イエスを捕らえるときはまだ来ておらず、誰も妨げようとしなかったので、イエスは続けられた。

「わたしはここを去るが、あなたたちはついて来られない。わたしの助けを求めても、自分の罪のうちに死んでいくのだ[5]」

「イエスは自ら命を絶つつもりなのだろうか」ユダヤ人は口々に言い合った。「『ついて来られない』とはそういう意味なのか[6]」

イエスは再び言われた。

「あなたたちは地に生まれた人だが、わたしは天から来た。あなたたちはこの世に生きているが、わたしは違う。自分の罪のうちに死んでいくと言ったのはこのためだ。わたしがあなたたちの救い主だと信じないならば、それがまさにあなたたちの運命である[7]」

ユダヤ人は嘲るように言った。

「あなたはいったい何者なんだ」

「最初から話しているではないか[8]。あなたたちについては、言うべきことや責めるべきことが山ほどある。しかし、人に対するわたしの言葉は、わたしを遣わされた方から聞いた言葉であり、その方こそが真実なのだ」

彼らは、イエスが父なる神について話されていることに気づかなかった。イエスはさらに続けられた。

「あなたたちは、人の子を十字架にかけたときはじめて、わたしがキリストであること、わたしが自分勝手に振る舞っているのでないこと、そして、わたしが父から教えられたとおりに話していることを知る。[9] 父はわたしを一人きりにはしない。わたしがいつも、その御心にしたがうからだ」

これらの言葉を聞いた多くの人々がイエスを信じた。イエスは彼らに向かって言われた。

「わたしの教えを行なう者は、わたしの本当の弟子となる。真実を知り、真実によって自由になる」

「わたしたちはアブラハムの子孫です。誰の奴隷でもありません。それなのに、『自由になる』とはどういうことでしょうか」

イエスはお答えになった。

「言っておくが、常に罪を犯す者は罪の奴隷である。奴隷に身の安全はなく、主の家にいつまでもいることはできないが、主の子はいつまでもいることができる。[10] あなたたちがアブラハムの子孫であることは、わたしも知っている。なのにあなたたちは、わたしの教えにほとんどしたがわず、わたしを殺そうとさえしている。[11] わたしは父から学んだことを教えているのに、あなたたちは自分の父から教わったことを行なっている[12]」

「わたしたちの父はアブラハムです」人々はなおも言い張った。

「あなたたちがアブラハムの子なら、アブラハムと同じように振る舞うはずだ。しかしあなたたちは、神の教えた真実を語るこのわたしを殺そうとしている。アブラハムがそのようなことをするはずはない。あなたたちは、自分の魂を生んだ父の行ないを真似ているだけだ[13]」

「魂のことを言っているのであれば、わたしたちは純潔です。わたしたちの父はただ一人の神なのですから[14]」

「神を父に持っているなら、わたしのことを愛するはずだ。わたしは神から生まれ、神のもとからここに来たのだから[15]。わたしは自分の意思で来たのではなく、神に遣わされたのだ。あなたたちがわたしの教えを受け入れないのはいったいなぜか。それはあなたたちの心のせいだ[16]。あなたたちは、悪魔という魂の父から生まれたのであって、その邪悪な欲望を満たしたいと願っている[17]。悪魔は最初から人々を破壊する存在であって、真実をよりどころとはしていない。頭の先からつま先まで邪（よこしま）だからだ。嘘偽りは本性の一部であり、悪魔は嘘つきにしてその父でもある[18]。しかし、わたしが真実を語るために、あなたたちはわたしを信じない。あなたたちのうちいったい誰が、わたしを罪人といって責めることができるのか。わたしが真実を語っているのに、なぜあなたたちは信じないのか[19]。それは、あなたたちが神の子でないからであり、神の子は必ず神の言葉を受け入れる[20]」

「あなたはサマリア人で、しかも悪霊に取り憑かれている！[21]」ユダヤ人は言い返した。

「わたしは取り憑かれていない。わたしが父を敬っているのに、あなたたちはわたしを通じて父を軽んじている[22]。わたしは敬われたいのではない。それは父の手のなかにあり、父は正しいものを与えてくださる[23]。はっきり言っておくが、わたしの教えを行なう者は、決して死ぬことがない[24]」

「あなたが悪霊に取り憑かれていることは、いまはっきりわかった。アブラハムは死んだし、預言者も死んだ。なのにあなたは、自分の教えを行なう者は決して死なないと言う。あなたは父なるアブラハムよりも偉いのか。すでに死んだ預言者よりも偉大なのか。いったい自分のことを何者だと考えているのか」

　イエスはお答えになった。

「わたしが自分のことを褒め称えるのであれば、そんな栄光など無に等しい。わたしに栄光を与えてくださるのはわたしの父であって、あなたたちは父のことを、自分たちの神と言っている。わたしがその方のことを知らないと言えば、あなたたちと同じ嘘つきになってしまう。しかし、わたしはその方を知っているし、その方の命ずることを行なっている。アブラハムはわたしの来る日を楽しみにしていた。そして、それを見て喜んだのだ[25]」

「あなたはまだ五十歳にもなっていないのに、アブラハムを見たというのか」

「言っておくが、アブラハムが生まれる前から『わたしはある[26]』」

それを聞いた人々は石を拾って投げつけようとしたが、イエスは人ごみに紛れて神殿の境内を離れられた[27]。


ある安息日のこと、イエスは通りすがりに、生まれつき目の見えない人を見かけられた。すると弟子たちがイエスに問いかけた。

「先生、この人が生まれつき目が見えないのは、誰の罪のためでしょうか。本人ですか、それとも両親ですか」

「本人も両親も罪を犯してはいない」イエスはお答えになった。「それでも、目が見えないこの人を助けるのは、神の業を行なうことだ[28]」

イエスはそう言ってから地面に唾を吐き、その唾で土をこねて男の目に塗られた。

「シロアムの池に行って、その水で土を落としなさい」シロアムとは「遣わされた者」の意である。

男はイエスの言葉にしたがって池に行き、その水で目を洗った。やがて戻って来たのだが、その目は完全に見えるようになっていた。

それを知った近所の人たちや、彼を見知っていた人たちは、口々に言い合った。

「この人は、座って物乞いをしていた男じゃないか」

「そのとおりだ」と言う人もいれば、「いや、違う。似ているだけだ」と言う人もいた。

するると、本人が答えた。

「ええ、わたしがその物乞いです」

「ならば、お前の目が見えるようになったのはどういうわけだ」

「イエスという方が、土をこねて膏薬にし、わたしの目に塗ったのです。そして、シロアムの池でそれを洗い落とすようおっしゃいました。そこで、池に行って土を洗い落とすと、目が見えるようになったのです」

それを聞いた人々はさらに男を問いつめた。

「その人はいまどこにいる」

「わかりません」と、男は答えた。

近所の人たちはそれを聞き、それまで目が見えなかったこの男をファリサイ派の人々のところへ連れて行った。ファリサイ派の人々も、なぜ目が見えるようになったのかと訊いた。

「あの方は、こねた土をわたしの目に塗りました。それから、わたしが土を洗い落とすと、目が見えるようになったのです」と、男はさっきの説明を繰り返した。

「そいつは神のもとから来た人間ではない」ファリサイ派の一人が言った。「安息日を守っていないからだ」

すると、別の人間が反論した。

「罪人がどうしてこのような奇蹟を起こせるでしょう」

そこから議論が始まったので、彼らは目が見えなかった男に再び訊いた。

「目を見えるようにしてくれたとのことだが、お前はその人のことをどう考えているのか」

男ははっきりと答えた。

「あの方は預言者です」

しかしユダヤ人たちは、それまで見えなかった目が見えるようになったという話を信じず、男の両親を呼んで尋ねた。

「この者はお前たちの息子か。生まれつき目が見えなかったというが、それは本当か。もしそうなら、目が見えるようになったのはどういうわけか」

両親は答えた。

「はい、これはわたくしどもの息子に間違いありません。生まれつき目が見えなかったのも本当です。しかし、どうして目が見えるようになったのかは、わたくしどもにもわかりません。誰が見えるようにしてくださったかも存じません。それは本人にお訊きください。もう大人ですから、自分で答えられるでしょう」

両親が「もう大人ですから、本人にお訊きください」と言ったのは、支配者たちを恐れていたからである。彼らはすでに、イエスこそキリストであると口にした人間を追放することに決めていたのだ。

ユダヤ人は再び男を呼び出すと、厳しく言い渡した。

「嘘偽りなく話すことで、神への敬意を示せ[29]。我々は、その者が罪ある人間だと知っている」

男はそれに答えて言った。

「あの方が罪人かどうかはわかりません。ただ一つわかっているのは、それまで目が見えなかったのに、いまは見えるということです」

「その者はお前に何をした。どうやってお前の目を見えるようにしたのか」

「それはもうお話ししましたのに、信じてくださいませんでした。なぜもう一度お訊きになるのでしょう。あなたたちもあの方の弟子になるおつもりですか」

この言葉にユダヤ人たちは声を荒げた。

「お前はその者の弟子かもしれないが、我々はモーゼの弟子だ！　我々は、神がモーゼに語りかけたことを知っているが、その者がどこから来たのかは知らない！」

男は言い返した。

「それはなんというお言葉！　あの方はわたしの目を見えるようにしてくださったのに、どこから来たのかご存知ないなんて！　神が罪人の言うことなどお聞きにならないというのは、我々の誰もが知っています。神は、ご自分の言葉にしたがう敬虔なる人々の声を聞くのです。生まれつき目が見えない人を見えるようにする人のことなど、いままで一度も聞いたことがありません。あの方が神のもとからおいでになったのでなければ、何もできなかったでしょう」

「生まれながらに堕落したお前が、我々に説教するとは！」彼らは大声で男を罵り、その場から追い出した。

イエスはそのいきさつをお聞きになり、男を見つけて尋ねられた。

「あなたは人の子を信じるか」

男は答えた。

「先生、その方はどういうお人でしょう。どうかお教えください。その方を信じたいのです」

「あなたはもうその人を見た。そしていまも、あなたに話しかけている」

「主よ！」男は声をあげた。「信じます！」そう言って、イエスをあがめた。

「わたしがこの世に来たのは、正義が行なわれるようにするためである。[30]心の目がひらいていないことに気づいていれば、それを照らすために、優れた心の目の持ち主だと自惚れていれば、その目がひらいていないことを示すために[31]」

イエスがそう言ったとき、立ち聞きしていたファリサイ派の人々が訊いた。

「我々は目が見えないということか」

イエスはお答えになった。

「目が見えなかったとしても、それはあなたたちのせいではない。しかしいま、あなたたちは『見える』と言った。だから、あなたたちの罪は消えない[32]」


イエスは例え話を続けられた。

「言っておくが、羊の囲いに入るとき、門を通らず他のところを乗り越える者は、盗人であり盗賊である。門から入る者こそ本当の羊飼いであり、門番も羊飼いのために門をひらく。羊は羊飼いの声を聞き、羊飼いは自分の羊を名前で呼んで外に連れ出す。そうして自分の羊をすべて連れ出すと、先頭に立って歩く。羊はその声を聞き分けついて行く。しかし見知らぬ者にはついて行かず、走って逃げ出す。その声を知らないからだ」

しかし、聞き手が例え話の意味を理解できなかったので、イエスは説明された。

「はっきり言おう。わたしは羊の門である。[33] 他のところから入った者は盗人にして盗賊であり、羊は言うことを聞かない。[34] わたしは門である。わたしを通って入る者は、みな救われる。その者は門を出入りして牧草を見つける。盗人が来るのは、盗み、殺し、滅ぼすために他ならない。だが、わたしが来たのは命を与えるため、豊かで完全な命を与えるためである。

わたしはよき羊飼いである。よき羊飼いは羊のために命をも捨てる。羊飼いでなく、自分の羊を持たない雇われ人は、狼が来るのを見て、羊を見捨てて逃げる。そうして狼は羊を襲い、追い散らす。雇われ人は雇われ人に過ぎず、羊を心から大事にしているわけではないからだ。しかし、わたしはよき羊飼いである。わたしは自分の羊を知り、羊もわたしを知っている。父がわたしを知っておられ、わたしが父を知っているのと同じことだ。そしてわたしは、羊のために命を捨てる。またわたしには、囲いに入っていない他の羊[35]もいる。そうした羊も導かなければならない。その羊もわたしの声を聞き分ける。こうして羊は一人の羊飼いに導かれ、一つの群れになる。父がわたしを愛してくださるのもそのためだ。わたしは自分の命を、再び授けられるために捨てる。[36] 誰もわたしから命を奪うことはできない。わたしは自分の意思でそれを捨てる。わたしは命を捨て、再び授けられる。そうすることが、わたしに示された父の御心なのだ[37]」

これを聞いたユダヤ人のあいだで、またしても言い争いが起きた。

「この男は悪霊に取り憑かれている！　なぜそんな奴の言うことを聞くんだ」と叫ぶ者もいれば、「悪霊に取り憑かれた人間がこんなことを言えるはずはない。悪霊に盲人の目をひらかせることなどできようか」と反論する者もいた。

それからしばらく経ったころ、イエスは十二人の他に七十人を指名し[38]、ご自分が訪れようとしているあちこちの地域や町に、二人ずつ先に遣わされた。

「魂の収穫は多いが、刈り入れる人間がほとんどいない。だから、収穫の働き手を送ってくださるよう、神に祈りなさい[39]。豊かな恵みを与えてくださった神に。いますぐ出発せよ。よいか、わたしは狼の群れに羊を送り込もうとしている。財布も袋も、替えの履物も持って行ってはならない。また、道端で挨拶などしてときを無駄にしないように。家に入るときはまず『この家に平和あれ[40]』と言うこと。家の人が暖かくもてなしてくれたなら、お前たちが訪れたことはその家にとっての祝福となる。だがそうでなくとも、お前たちは平和で幸せである[41]。家から家へと渡り歩いてはならない。その地では同じ家にとどまるように。もてなしを受け入れなさい。働く者は必ず報われる。

どこかの町で暖かく迎えられたなら、出されたものを食べ、その町の病人を癒やし、神の国がすぐそこに近づいていることを教えなさい。しかし、町に入って迎え入れられなかったときは、通りに出てこう言いなさい。『足についたこの埃さえも、払い落としてあなたに返そう。あなたたちを受け入れないと示すために。だが、ゆめゆめ誤解してはならない。神の国はすぐそこに近づいた』と。言っておくが、かの大いなる日には、その町よりもソドムのほうが軽い罰で済む。お前たちの言うことを聞く者は、わたしの言うことを聞き、お前たちを拒む者は、わたしを拒む。そしてわたしを拒む者は、わたしを遣わされた方を拒むのだ」

やがてイエスのもとに戻った七十人は喜びに満ちていた。

「先生のお名前を口にするだけで、悪霊さえも追い払えました」

それを聞いてイエスは言われた。

「わたしは、サタンが稲妻のように天から落ちるのを見ていた[42]。言わば蛇や蠍を踏みつけるように[43]、敵のあらゆる力に打ち勝つ力を、わたしはお前たちに授けた。お前たちに害をなすものは何もない。だがそれでも、悪霊に打ち勝つ力があるといって自惚れてはならない。その代わり、お前たちの名が天の名簿に記されていることを感謝しなさい[44]」

そのとき、イエスは聖霊に満たされ、歓喜に溢れてこう言われた。

「天地の主である父よ、あなたを讃え感謝します。あなたはご自分のお言葉を、自惚れた賢者や知恵ある者どもから隠し、粗末で慎ましやかな人々にお示しになりました。そうです、父よ！　これこそがあなたの御心に適うことでした[45]」

イエスはそこで間を置き、続けられた。

「真実のすべては、父からわたしに託されている。子を知るのは父だけであり、自分の子であることを知るのも父だけだ。そして父を知るのは子と、彼らに示そうと子が決めた者だけなのだ[46]。重荷を背負って疲れた者よ、わたしのもとに来なさい。わたしがあなたたちを癒やそう。わたしは穏やかで慎ましい者だから、わたしの軛（くびき）を負い、わたしから学びなさい。そうすれば、あなたたちは魂の安らぎを得られる。わたしの軛は負いやすく、わたしの荷は軽い」

そして弟子のほうを向き、彼らだけに言われた。

「お前たちが見ているものを見る目は幸せだ。多くの預言者や王が、お前たちの見ているものを見たがり、お前たちの聞いているものを聞きたがったが、結局いずれも叶わなかった」

すると、その場に居合わせた一人の律法学者が、イエスに恥をかかせようと質問をした。

「教えてください、先生。永遠の命を得るには何をすればよいでしょうか」

イエスはそれに答えて言われた。

「律法にはなんと書いてあるか。あなたはそれをどう読んだのか」

「心を尽くし、命を尽くし、力と知能の限りを尽くして神を愛しなさい、また、自分を愛するように隣人を愛しなさい、と書いてあります」

「正しい答えだ。そのようにすれば、あなたは生きる」

律法学者は赤面し、面目を保とうとして言った。

「では、わたしの隣人とは誰ですか」

イエスは例え話で答えられた。

「エルサレムからエリコに向かっていた旅人が、途中で盗賊の一団に襲われた。盗賊どもは旅人の持ち物を奪い、殴りつけ、半殺しにして立ち去った。そこにある祭司が通りかかったものの、道に倒れた旅人を見て、その向こう側を通って行った。今度はレビ人が通りかかり、祭司と同じように向こう側を通って行った。続いてサマリア人がその場にやって来た。彼は旅人を見て気の毒に思い、立ち止まって傷口に油とぶどう酒を注いでから、包帯を巻いてやった。そして自分の驢馬に乗せ、宿屋に連れて行ってできる限りのことをした。翌日、サマリア人は宿の主人にデナリオン銀貨を何枚か渡してこう頼んだ。

『この人の面倒をみてください。金が足りないようなら、戻って来たときに払います』」

そこでイエスは律法学者に尋ねられた。

「これら三人のうち、怪我人にとって本当の隣人は誰だと思うか(47)」

「怪我人を助けた人です」

「ならば、行って同じことをしなさい」


あるとき、イエスは熱心に祈っておられた。それが終わると、弟子たちがイエスにこう頼んだ。

「先生、ヨハネが弟子たちに教えたように、わたしたちにも祈りを教えてください」

イエスは答えて言われた。

「前にも話したとおり、祈るときにはこう言いなさい[48]。

『父よ、
御名(みな)があがめられますように。

御国(みくに)が来ますように。

わたしたちに日々の糧をお与えください。

わたしたちの過ちをお赦しください。

わたしたちも自分を傷つけた者を赦しますから。

そして、わたしたちを誘惑に遭わせないでください』」

イエスはさらに続けられた。

「お前に友達がいて、真夜中にその人のところへ行って、こう言ったとしよう。『友よ、パンを何枚か貸してほしい。旅をしている友達がわたしのところへ来たのだが、何も出してやるものがない』そして、その人がこう答えたとする。『申し訳ないがそれは無理だ[49]。家の扉は閉じてしまったし、子どもたちも寝ている。起こすわけにはいかない』言っておくが、その人はお前の友達だからといって頼みを聞いてやる必要はないのだが、しつこく頼み続ければ、お前に言われたものを与えるはずだ。

なので言っておく。求めなさい、そうすれば与えられる。探しなさい、そうすれば見つかる。戸を叩きなさい、そうすれば必ずひらく。お前たちのなかに、パンを欲しがる子どもに石を、魚を欲しがる子どもに蛇を、あるいは卵を欲しがる子どもに蠍を与える者はいるだろうか。不完全なお前たちであっても、子どもに対しては力を尽くす。ましてや天の父は、求める者に聖霊と恵みを与えてくださるのだ[50]」


話し終えたイエスは、ファリサイ派の人から昼食に誘われた。そこでその家に入ったのだが、ユダヤの儀礼に反して身を清めないまま席についたので、その人は驚いた[51]。

イエスはこう言われた。

「あなたたちファリサイ派の人々は、皿や杯の外側はきれいにするが、内なる心は強欲と悪意に満ちている[52]。埋もれた墓と同じで、人々はそれに気づかず、そのうえを歩く[53]。愚かで哀れな者たちよ！神は外側と内側をともに作られたのではなかったか。内側をきれいにしなさい。そうすれば、あなたたちにとってすべてのものがきれいになる[54]」

すると律法家の一人が、「先生、そのお言葉はわたしたちをも侮辱しています！」と言い返した。

「あなたたち律法の専門家も哀れだ。知識の鍵を奪っておきながら、そのなかに入らないどころか、入ろうとする者の邪魔をしているのだから[55]」

イエスが立ち去られたあと、律法学者とファリサイ派の人々はイエスを陥れようと策を巡らせた。その結論が、次々と質問をぶつけて言葉尻を捉えることだった。

そうするうちに大勢の群集が集まってきて、互いの足を踏み合うほどに膨らんだ。イエスは再び教えを説かれたが、それはまず弟子に向けての言葉から始まった。

「ファリサイ派の人々のパン種に気をつけなさい。つまり偽善だ。あらゆる見せかけは見破られ、あらゆる秘密は明らかにされる。[56] わたしが密かに言ったこと、そしてお前たちが密かに話し合ったことを、恐れることなく人前で説きなさい。[57] 言っておくが、わたしの名を人前で認める者はみな、人の子であるわたしが天の父の前で、そして父の天使の前で、その者の名を認めるだろう。しかし、わたしの名を人前で認めない者はみな、わたしも父と父の天使の前でその名を認めない。

わたしの友であるお前たちよ、これも言っておく。身体を殺す者を恐れてはならない。彼らにできるのはそれだけで、魂まで傷つけることはできない。では、誰を恐れあがめるべきか話そう。それは殺したあと、その身体と魂を清めの炎に投げ込む力を持つ方だ。その方を恐れ、頭を低く垂れなさい。[58] さよう、その方を恐れなさい！　しかし、人間を恐れてはならない。五羽の雀が一アサリオンで売られているが、そのうち一羽とて、神が見過ごすものはなく、神の知らぬ間に傷つけられるものはない。雀でさえそうなのだから、何羽もの雀よりもまさっているお前たちは、髪の毛の一本一本に至るまで数えられているのだ」

そのとき、群衆の一人がイエスのもとに近づいた。

「先生、わたしに遺産を分けてくれるよう兄弟に言ってくださいませんか」

イエスは言われた。

「誰がわたしを、あなたの裁判官や調停人にしたというのか」

それから、群衆のほうを向いて続けられた。

「貪欲に気をつけなさい。どんなに富を蓄えようと、人の命を長持ちさせることはできない[59]」

そして、このことを理解させようと例え話をなされた。

「金持ちの畑が豊作だった。その金持ちは『どうしたものか。作物をしまっておく場所がない』としばらく悩んだが、やがてこう言った。『そうだ。倉を壊してもっと大きいのを建てよう。そうすれば作物だけでなく、財産をみなしまっておける。それから、自分にこう言うのだ。この先何年分もの蓄えができた。気楽に過ごして、何一つ我慢せずに楽しもう、と』

しかし、神は言われた。『愚か者め。まさに今夜、お前の命は取りあげられる。ならば、お前の富はどうなる。誰のものになるのか[60]』

富に夢中になるあまり、神への務めを忘れる者はこうなるのだ。

だから、これから起こることにしっかり備えなさい[61]。主人が婚礼から戻って来て戸を叩いても、すぐにあけられるよう待っているしもべのようになりなさい。帰宅した主人がその姿を見られるしもべは幸いだ。真夜中に戻ろうとも、あるいは明け方に戻ろうとも、主人がしもべの姿を見られるなら、そのしもべは幸いである。よいか、主人はこれらのしもべたちを食卓につかせ、自ら前掛けをして給仕するのだ。

いつ泥棒がやって来るかを知っていたら、主人は自分の家をしっかり見張り、なかに立ち入ることを許さないはずだ。あなたたちも備えていなさい。人の子は思いもよらぬときに現われる」

すると、ペテロが尋ねた。

「先生、この例え話はわたしたちのためにしておられるのですか。それともみんなのためでしょうか」

イエスは別の例え話でそれに答えられた。

「主人が自分の家のことを任せ、時間通りに食事を分け与えさせるようにした、忠実で分別のある執事はいったい誰か。帰宅した主人に、自分が仕事をしている姿を見られたなら、その執事は幸いである。主人は自分の全財産を任せるに違いない。しかしその執事が、『ご主人さまはしばらく戻らないはずだ』と言って、目下のしもべたちを虐げ、友だちと食べたり飲んだりして大騒ぎすれば、きっと不意を打たれる。つまり、主人が思いがけないときに帰ってきて、執事の立場から降ろされるのだ。そのうえ不実な者や偽善者と同じように罰せられ、辛い惨めな運命に追い込まれる。[62]

主人の意を知りながらそのために何もしない者は、厳しく罰せられる。しかし、知らずに罪を犯した者は、軽い罰で済む。多くを与えられた者は多くを求められ、託されたものが多ければ多いほど、よりたくさんのことを要求される」

イエスはさらに続けられた。

「わたしがここに来たのは、世に火を投じるためである。その火がすでに燃えていればと、どれほど願っていることか。しかし、わたしには受けねばならない洗礼がある。それが終わるまで、わたしは不安に耐えねばならぬ。[63]

あなたたちは、わたしが世に平和をもたらすために来たと思っているのか。それは違う。わたしは平和でなく、争いと不和をもたらすために来たのだ。[64] 今後、五人の家族は、二人が三人と、三人が二人と対立するようになる。父は息子と、母は娘と、姑は嫁と争う。こうして自分の家族が敵となるのだ。

わたしよりも父や母、息子や娘を愛する者は、わたしにふさわしくない。また、自分の十字架を背負わずわたしにしたがわない者も、わたしにふさわしくない。自分の命を守ろうとする者は魂を失うが、わたしのためにすべてを捧げる者はそれを得る(65)」

そして、群衆に向かってこう言われた。

「あなたたちは、西の空に雲が集まるのを見て『これから雨になる』と言い、実際そのようになる。南風が吹くと『これから暑くなる』と言い、実際そのようになる。偽善者よ、天気を見分けることはできるのに、ときのしるしを見分けられないのはどういうわけか。ときのしるしを見分けられなくとも、何が正しく何が間違いかを、なぜ自分の頭で判断できないのか(66)。裁判官のところに訴え出るとき、法廷へ入る前にまず相手と和解するよう務めなさい。さもないと、その人はあなたを裁きの場に引き出し、あなたはそこで有罪とされ、牢に投げ込まれる。言っておくが、あなたは言い渡されたときが来るまで牢から出ることができない(67)」

ちょうどそのとき、何人かの人々が来て、大勢のガリラヤ人が儀式の途中でピラトに殺されたと告げた。

イエスはこうお答えになった。

「そのガリラヤ人がそうした目に遭ったのは、他のガリラヤ人より邪(よこしま)だったからだと思うか。決してそうではない。だが、あなたたちも悔い改めなければ、同じ運命が待ち受けている。シロアムの塔が倒れたときに死んだあの十八人は、エルサレムの他の人々よりも罪深い者だったと思うか。これも違う。しかし、悔い改めなければ、同じ災難があなたたちを襲う」

それから、再び例え話をなされた。

「庭にイチジクの木を植えていたある人が、実を探してみたが一つもなっていなかった。そこで庭師を呼んでこう告げた。

『この木を見ろ。もう三年も実を探しているのに、一つも見つけられたためしがない。切り倒してしまえ。この土地は他のことに役立てる』

庭師はそれに答えて言った。

『あと一年だけ時間をください。木の周りを掘り返し、肥やしをやってみます。そうすれば実がなるかもしれません。もしならなければ、そのときは切り倒してください』」


ある安息日のこと、イエスが会堂で教えを説いておられたところ、聞き手のなかに十八年ものあいだ背骨を患っている女がいた。その腰は折れ曲がり、伸ばすことができなかった。それをご覧になったイエスは、女を呼び寄せられた。

「あなたは病から解き放たれた[68]」

イエスはそう言いながら、女のうえに手を置かれた。すると、たちまち腰がまっすぐになり、女は神を讃えだした。

しかし会堂の長は、イエスが安息日に癒やしを行なったことに激しく怒り、聴衆に向かってこう言った。

「一週間のうち、働く日は六日である。癒やされたければそのあいだに来るがよい。安息日に来てはならぬ」

イエスは答えて言われた。

「偽善者よ、お前たちは一人残らず、安息日であっても家畜を小屋から解き放ち、水を飲ませに行くではないか。この女はアブラハムの子孫なのに、十八年ものあいだサタンに縛られていたのだ。たとえ安息日であっても、サタンから解き放つべきではないのか」

こう言われた反対者はすっかり赤面したが、群衆はこぞって、イエスのなされた素晴らしい行ないに歓喜した。

第十章註

1、原典では「わたしは世の光である。わたしにしたがう者は闇のなかを歩かず、命の光を持つ」

2、原典では「自分がどこから来たのか、そしてどこへ行くのか、わたしは知っているからだ。しかしあなたたちは、わたしがどこから来てどこへ行くのか知らない」
一般的には、イエスは神のもとから来て、磔と昇天によって神のもとへ戻ることだと解釈されている。

3、原典では「あなたたちは肉にしたがって裁くが、わたしは誰も裁かない」
難解な文章である。「肉にしたがって」は「外見によって」を意味するものと思われる。つまり、キリストの外見は普通の人間と同じであり、ゆえに同じ人間だと判断される、というわけだが、この解釈には異論もある。また「わたしは誰も裁かない」は「わたしのいまの使命は人を咎めることではない」という意味だと一般的には考えられているものの、これも完璧な解釈とは言えない。

4、原典では「しかし、もしわたしが裁くとすれば、わたしの裁きは真実である。わたしは一人ではなく、わたしを遣わされた父とともにあるからだ」

5、原典では「わたしは自分の道を行く。あなたたちはわたしを捜すだろうが、自分の罪のうちに死ぬ。わたしの行くところに、あなたたちは来ることができない」

6、原典では「『わたしの行くところに、あなたたちは来ることができない』と言っているが、自ら命を絶つつもりなのか」

7、原典では「あなたたちはしたからやって来たが、わたしはうえから来た。あなたたちはこの世に属しているが、わたしはこの世に属していない。だから、あなたたちは自分の罪のうちに死ぬと言ったのだ。『わたしがある』ということを信じなければ、あなたたちは自分の罪のうちに死ぬからである」

8、原典では「初めから同じことを話しているではないか」

この一節の意味には異論があり、「なぜあなたたちに話さねばならないのか」とも解釈し得る。

9、原典では「あなたたちは、人の子をあげたときに初めて、『わたしがある』ということ、わたしが自分勝手には何もせず、ただ父から教えられたように話していることを知るだろう」

本書では広く認められた意味をより明確にすべく、「十字架に」という語を加えた。また同じ理由で、「わたしが」のあとに「キリストで」という語を加えている。ここでの「わたしがある」という語にはそうした意味があるだけでなく、ユダヤにおける実際の神の称号であると、一般的には理解されている。出エジプト記3－14を参照のこと。

10、原典では「奴隷はいつまでも家にいるわけにはいかないが、子はいつまでもいる」

11、原典では「あなたたちがアブラハムの子孫だということは知っている。だが、あなたたちはわたしを殺そうとしている。自分のなかにわたしの言葉が入る余地がないからだ」

ここでの「入る余地がない」は普通「読み取られない」「力を得られない」の意であると解釈されている。

12、原典では「わたしは父とともに見たことを話している。だが、あなたたちは父とともに見たことを行なっている」

13、原典では「あなたたちがアブラハムの子なら、アブラハムの業をするはずだ。しかしいま、あなたたちはわたしを殺そうとしている。神から聞いた真理を語るこのわたしを。アブラハムはそんなことをしなかった。あなたたちは、父の行なったことをしているのだ」

一般的に認められている意味を強調するため、本書では「自分の魂を生んだ」という一節を付け加えた。

14、原典では「そこで彼らはイエスに言った。『わたしたちは姦淫によって生まれたのではありません。わたしたちにはただ一人の父、つまり神がおります』」

15、原典では「わたしは神とともに進み、神のもとから来た」

16、原典では「なぜわたしの言っていることがわからないのか。それは、わたしの言葉を聞くことができないからだ」

この一節は、意固地になるあまり知能が曇ってしまうという、一般的な現象を指すものと理解されている。

17、原典では「あなたたちは、悪魔という父から生まれたのであって、その父の欲望を満たしてやりたいと思っている」

一般的に認められている意味を強調すべく、本書では「魂の」という語を付け加えた。また、第二節は語義通りに解釈するのが一般的だが、「悪魔が望むことをしたがっている」という解釈も可能である。
18、原典では「悪魔が嘘偽りを言うときは、その本性から言っている。悪魔は嘘つきであって、その父だからである」
19、原典では「あなたたちのうちいったい誰が、わたしに罪があると責められるのか。わたしは真実を語っているのに、なぜわたしを信じないのか」
一般的に認められている意味を強調すべく、本書ではわずかに記述を変えた。
20、原典では「神に属する者は神の言葉を聞く。あなたたちが神の言葉を聞かないのは、神に属していないからである」
21、原典では「あなたはサマリア人で、悪魔に取り憑かれていると我々が言うのも当然ではないか」
22、原典では「わたしは悪霊に取り憑かれていない。わたしは父を敬っているのに、あなたたちはわたしを軽んじている」
23、原典では「わたしは自分の栄光を求めていない。わたしの栄光を求め、裁きをなさるのはただ一人である」
24、原典では「わたしの言葉を守る者は、決して死なない」
25、原典では「あなたたちの父アブラハムは、わたしの日を見るのを楽しみにしていた。そして、それを見て喜んだ」
26、「わたしはある」という語は古代ユダヤにおける神の名であり、絶対的存在の象徴である。出エジプト記3－14を参照のこと。
27、原典では「するとユダヤ人たちは石を取りあげ、イエスに投げつけようとした。しかしイエスは身を隠し、群衆をかき分け神殿から出て行かれた」
28、ヨハネによる福音書9－4、5の記述であり、本書では同11－10のあとに移した。第十二章註5を参照のこと。
原典では「神の業がこの人のなかに現われるためである」
この男が盲目に生まれたのは、キリストが奇蹟を行なうためだとは考えられず、ゆえに本書では別の解釈を採用した。つまり男の苦難は、「神の業」、すなわち憐憫と救済の神性を万人の前で見せるためのものである。
29、原典では「神を讃えよ」
ユダヤ人の非難は、イエスが行なった癒やしではなく、男の行ないに対するものというのが一般的な解釈である。実際ユダヤ人は、癒やしが行なわれたことを否定している。
30、原典では「わたしがこの世に来たのは裁きのためである」
ここでの「裁き」は「裁く」という行為でなく、その結果を指している。キリストが来たのは「裁く」ためでなく「救う」ためであり、ゆえにキリストを拒む者は自らを罰していることになる。
31、原典では「こうして、見えない者は見えるようになり、見える者は見えないようになる」
一般的に認められている意味を伝えるため、本書ではわずかに記述を誇張した。

32、原典では「見えなかったのであれば、罪はなかったはずだ。しかしいま、『我々は見える』と言ったのだから、あなたたちの罪は残る」

33、「羊の門」の例え話。東洋における羊の囲いは、四方に巡らされた壁と、門のない出入り口から成っている。夜、羊飼いは囲いの外で火を焚き、出入り口のそばに座る。そうして自分自身が門となり、羊が囲いから出たり狼が入ったりしないようにするわけである。キリストが自分のことを門であり羊飼いであると説明したのもこのためである。次の段落も参照のこと。

34、原典では「わたしより前に来た者はみな盗人であり、強盗である。しかし羊は、その者らの声を聞かない」

難解な文章である。「わたしより前に」は通常、時間を指すものと解釈されている。その立場をとると、羊の囲いに来た者が族長や預言者であるとは考えにくく、ユダヤの支配階級に属する偽の教師が有力な解釈となり、神の本当のしもべは彼らの言うことに惑わされない、となる。また「わたしより前に」は場所を指すという解釈もあり、そう考えるなら、羊の囲いの出入り口（註31を参照のこと）にいるキリストに近づいた他の教師は偽物という意味になる。だが、いずれの解釈も満足に足るとは言いがたく、本書では第三の解釈を採用した。

35、通常は非ユダヤ人を指すものと解釈されている。

36、原典では、「わたしは命を、再び得るために捨てる」

37、「わたしは命を捨てることができ、再びそれを得ることもできる。これは、わたしが父から授かった掟である」

38、原典では「主は他の七十人を任命された」

第七章に記された十二使徒による伝道とは別であるという、広く認められている見解を強調するため、本書では「十二人の他に」という一節を挿入した。
39、原典では「だから、収穫の主に祈りなさい」
40、第七章を参照のこと。
41、原典では「平和の子がそこにいるなら、お前たちの願う平和はその人のうえにとどまる。もしいなければ、それはお前たちに戻ってくる」
42、原典では「わたしは、サタンが稲妻のように天から落ちるのを見た」
通常この文章は、弟子たちの成果によって、最終的に悪の力を打ち破る予兆がイエスにもたらされた、というように解釈されている。
43、「蛇や蠍を踏みつける」ことが比喩であるという一般的な解釈を強調すべく、本書では「言わば」という語を挿入した。
44、原典では「むしろ、お前たちの名が天に記されていることを喜びなさい」
45、原典では「天地の主である父よ、わたしはあなたに感謝いたします。あなたはこれらのことを知恵ある者や賢き者から隠し、幼子のような者に示されました。そうです、父よ。これは御心に適うことだったのです」
ここでの「知恵ある者や賢き者」は、ファリサイ派の賢人を指すと思われる。第九章を参照のこと。
46、原典では「すべてのことは、父からわたしに託されている。子が何者であるかを知る者は父の他になく、父がどういう方であるかを知る者は、子と、子が示そうと思う者の他にいない」
47、原典では「これら三人のうち、盗賊に襲われた人の隣人となったのは誰だと思うか」

本来の質問は「わたしの隣人は誰か」であり、その答えとして、真の隣人、つまり自分と同じように他人を愛する者の行ないや態度を説明したのである。

48、「山上の垂訓」に同じ記述があるため、「前にも話したとおり」という一節を追加した。第五章九一頁を参照のこと。

49、原典では「起きてあなたに何かあげることはできません」

この文章は、子どもの眠りを妨げられない、ということを意味するものではないが、前後関係からそう解釈するのが自然と思われる。

50、この一節は、マタイによる福音書の記述を「山上の垂訓」からここに移し、ルカによる福音書の記述と合成したものである。

51、原典では「それを見たファリサイ派の人は、(イエスが)食事の前にまず身を清めなかったことに驚いた」

ここでは衛生でなくユダヤの儀式が問題となっている。

52、原典では「あなたたちファリサイ派の人々は、杯や皿の外側は綺麗にするが、自分の内側は強欲と悪意に満ちている」

53、原典では「あなたたちは人目につかない墓のようなもので、うえを歩く人はそれに気づかない」

54、原典では「ただ、器のなかにあるものを施しなさい。そうすれば、あなたたちにはすべてのものが清くなる」

難解な文章である。原典では似た意味を持つ二つの動詞が混同され、「施す」は「清くする」と解釈すべき、という見解がある。本書の記述もそれによった。
55、律法の専門家は、人々が聖書を自ら解釈するのを拒むことで知恵の鍵を持ち去り、また誤った解釈や慣習を広めることで、入ろうとする者の邪魔をしている、というのが本書における見解である。
56、原典では「覆われているもので現われないものはなく、隠されているもので知られないものはない」
57、原典では「わたしが暗闇でお前たちに言うことを、お前たちは明るいところで語りなさい。耳打ちされたことを、屋根のうえから言い広めなさい」(マタイによる福音書)、「だから、お前たちが暗闇で言ったことはみな明るいところで聞かれ、奥の間で耳打ちされたことは屋根のうえから言い広められる」(ルカによる福音書)
本書では一般的に認められている意味になるよう、これら二つの記述を統合した。
58、原典では「むしろ、地獄で魂も身体も滅ぼすことのできる方を恐れなさい」(マタイによる福音書)、「誰を恐れるべきか教えよう。殺したあとで、地獄に投げ込む力を持っている方を恐れなさい。さよう、言っておくが、その方を恐れなさい」
ここでの「恐れる」は「畏れ敬いながらあがめる」という意味であり、前節の「恐れる」とは別の意味であるというのが一般的な解釈である。また「地獄」については、第五章註16のゲヘナに関する記述を参照のこと。
59、原典では「有り余るほど多くのものを持っていたとしても、人の命はどうすることもできないからである」
60、原典では「そして、わたしは自分の魂にこう言うのだ。『さあ、この先何年も生きていくだけの蓄えができた。気楽に過ごして、食べたり飲んだりして楽しめ』と」「だが、神はこう言われた。『愚か者め。今夜、お前の魂は取りあげられる』」

ここでの「魂」は「命」と同義であり、本書では現代的な思考と整合性をとるべく、「命」および「自分」と解釈した。

61、原典では「腰に帯を締め、火を灯しておきなさい」

現在では一般的な表現でないため、本書では現代的な表現に書き直した。

62、原典では「しかしそのしもべが、主人の戻りは遅いと思い、下男や女中を殴ったり、食べたり飲んだりして酔うようなことがあれば、そのしもべの主人は予想もしない日、思いもかけない時刻に戻って来て、彼を厳しく罰し、偽善者（不信心者）と同じ目に遭わせる。そこで泣きわめき、ひどく歯ぎしりするだろう」

63、原典では「わたしが来たのは、地上に火を投じるためである。その火がすでに燃えていればと、どんなに願っていることか。しかし、わたしには受けねばならない洗礼がある。それが終わるまで、わたしはどれだけ苦しむことだろう」

キリストがこの世界に現われたことで無数の厄災が解き放たれ、受難の原因となった聖別を経なければならなかった、というのが一般的な解釈である。

64、原典では「わたしが来たのは地上に平和をもたらすためだ、と考えてはならない」（マタイによる福音書）、「あなたたちは、わたしが地上に平和をもたらすために来たと思っているのか」（ルカによる福音書）

争いは、キリストが到来した目的ではなくその結果であるというのがこの一節の一般的な解釈であり、本書でもその点を強調した。

65、原典では「自分の十字架を背負ってわたしにしたがわない者は、わたしにふさわしくない。自分の命を見つける者はそれを失い、わたしのために自分の命を失う者はそれを見つける」

第八章註27を参照のこと。

66、原典では「あなたたちは、何が正しいかをなぜ自分で判断しないのか」

67、原典では「あなたを訴える人と一緒に役人のところへ行くときは、途中でその人に赦してもらうよう努めなさい。さもなくば、その人はあなたを裁判官のもとへ連れて行き、裁判官はあなたを看守に引き渡し、看守はあなたを牢に放り込む。言っておくが、最後の一レプトンを支払うまで、決してそこから出ることはない」

68、原典では「女よ、あなたは病から解き放たれた」

本書では「女よ」を省略した。第二章註10を参照のこと。

第十一章　大いなる例え話

その後すぐ、イエスは奉献祭の行なわれるエルサレムに戻られた[1]。季節は冬。神殿の境内にあるソロモンの回廊を歩いておられると、ユダヤ人がイエスを取り囲んで言った。

「いつまでわたしたちを思い悩ませるのか。あなたがキリストなら、はっきりそう言ってほしい」

イエスはお答えになった。

「前にも言ったが、あなたたちは信じようとしなかった。わたしが父の名で行なう業がその証だ。これもすでに言ったことだが、あなたたちが信じないのはわたしの羊でないからである。わたしの羊はわたしの声に耳を傾ける。わたしは彼らを知っており、わたしにしたがう彼らに永遠の命を与える。彼らは決して滅びず、誰一人としてわたしの手から奪うことはできない。彼らをわたしにくださった父は、すべての者の主である。誰も父の手から奪うことはできない。そして、父とわたしはその心において一つである[2]」

これを聞いたユダヤ人は石を取りあげ、イエスに投げつけようとした。

「わたしは父の力によって、多くのよき業をあなたたちに示した。そのうちどの業のために、あなたたちはわたしを石で打ち殺そうというのか」

「よき業のために打ち殺そうというのではない。神を冒瀆したからだ。単なる人のくせに、自分を神だと言い張っているからだ」

「ならば、あなたたちの聖書にはこう記されているのではなかったか。『わたしは言った。あなたたちは神か』と。つまり、神の言葉を伝えられた人々が『神』と呼ばれているのだ。それに、聖書が決して書き換わらないのであれば、父から聖なる者とされてこの世に遣わされたこのわたしが、「神の子」を名乗ったからとて神を冒瀆したことになるのか。[3] わたしが父の業を行なっていないのであれば、わたしを信じなくてよろしい。だが行なっているのであれば、わたしを信じなくとも、わたしの行ないの証を信じよ。そうすれば、父がわたしとともにあり、わたしが父とともにあることを、あなたたちもはっきり知るようになるだろう[4]」

ユダヤ人はまたもイエスを捕らえようとしたが、イエスは彼らの手を逃れ、ヨルダン川の向こう側へ行かれた。そして、ヨハネが最初に洗礼を受けた場所へ赴かれ、そこにしばらく滞在なされた。いつものように群衆があとにしたがったので、イエスは彼らに教えを説かれ、病人を癒やされた。

人々は言った。

「ヨハネはなんの奇跡も行なわなかったが、この方について言ったことはみな本当だった」

イエスはその地方の町や村で教えを説かれながら、エルサレムのほうへ戻って行かれた。

すると、イエスにこう尋ねる人がいた。

「先生、伝道はうまくいっておられますか。多くの者が救われていますか[5]」

イエスはお答えになった。

「狭い戸口から入るよう、必死に努力しなさい。入ろうとしても入れない者は多い。家の主人が立ちあがって戸を閉めてしまえば、外から戸を叩いてなかに入れてくれるよう頼み込んだとしても、『わたしはお前たちのことなど知らない』[6]と言われるまでだ。

そこであなたたちは、『あなたと食卓をともにしましたし、それによき教えのしたで暮らしているではありませんか』[7]と言うだろう。

すると、こんな言葉が返ってくる。『いいか、わたしはお前たちのことなど知らない。不義を行なう者どもよ、この場を立ち去れ』

あなたたちは、アブラハム、イサク、ヤコブ、そしてすべての預言者が神の国にいるのに、自分たちが除かれたことを知って大いに嘆き、歯ぎしりする。そのあいだにも人々が東や西から、あるいは北や南からやって来て、神の国に入る。そこでは、あとから来て先に入る者もいれば、先に来たのに最後まで待たされる者もいる[8]」

それを聞いたファリサイ派の一人が、神の国はいつ来るのかとイエスに訊いた。

「神の国は見えない形で来るのであって、『ほら、ここに来た』とか『見ろ、あそこに来た』とか言えるものではない。言っておくが、神の国はすでにあなたたちのうちにある[9]」

すると、他のファリサイ派の人々がイエスのもとに近づき、こう告げた。

「この国から離れてください。ヘロデがあなたを殺そうとしています」

「行って、あの悪賢い男にこう言いなさい。わたしはいましばらく悪霊を追い出し、病人を癒やす。きっとすぐに終わるはずだ、と。しかしそのあいだにも、わたしはエルサレムに向かって進む。預言者がエルサレム以外のところで死ぬなどあり得ないからだ[10]。

ああ、エルサレム、エルサレム！　預言者を殺し、自分のもとに遣わされた人々を石で打ち殺す者よ、雌鳥が羽のしたに雛を集めるように、わたしはお前の子どもたちを何度集めようとしたことか。なのにお前は、わたしにそうさせようとはしなかった。よいか、神はお前を神殿のなかに取り残す。言っておくが、『ようこそ、主の名のもとに来られる方よ』と言える日が来るまで、わたしの姿を見ることはない[11]」

ある安息日のこと、イエスはファリサイ派の有力者から昼餐に招かれた。そこには水腫を患った人がいて、律法家やファリサイ派の人々がイエスの様子をじっと見ていた。しかし、イエスは彼らの考えを見抜いてこう言われた。

「教えていただきたい。安息日に病人を癒やすことは、律法で許されているのか、それともいないのか」

一同は何も答えなかった。そこでイエスは病人の手をとり、病を癒やしてお帰しになった。そして再び、律法家とファリサイ派の人々を向いて言われた。

「自分の家畜が井戸に落ちたとき、安息日だからといって引きあげてやらない者がいるだろうか」

一同はまたも無言だった。

すると今度は、招待客が上座を争っているのに気づき、こう忠告なされた。

「婚礼の宴に招待されたとき、上座につこうとしてはならない。より高貴な人が招かれているかもしれず、あなたを招いた人から上座を空けるよう言われるはずだ。結局あなたは恥をかき、末席に座ることになる。そうではなく、招かれたときは末席につきなさい。あなたを招いた人がそれを見て、『さあ、もっと上座に座ってください』と言うだろう。そうなれば、あなたは一同の前で面目を施すことになる。自分を立派に見せる者は低く見られ、自分を低く見せる者は立派に見られる」

そこまで言うと、招待客に向かって続けられた。

「午餐や晩餐の会を催すときは、友人や、兄弟や、親戚や、近所の金持ちだけを招いてはいけない。その人たちは、お返しにあなたを招くかもしれないからである[12]。そうではなく、宴を催すときは、貧しい人や、身体の不自由な人や、足の不自由な人や、目の見えない人を招きなさい。そうした人たちは、お返しにあなたを招くことができない。その代わり、あなたは祝福を受ける。正しい者が復活するとき、あなたは報われる」

それを聞いていた招待客の一人が、「神の国で宴に加わる人は幸せだ！」と声をあげた。

イエスは例え話でそれに答えられた。

「ある人が宴を催そうとして、大勢の人を招いた。やがて宴の時間になったので、招待客のところにしもべを送り、『用意ができましたのでおいでください』と伝えさせた。ところが、招いた人全員に断られたというではないか。

最初の人は『畑を買ったばかりで見に行かなければなりません。どうか失礼させてください』と言った。

二番目の人は『二頭の雄牛を五組買ったので、行って調べなければなりません。申し訳ありませんがよろしくお伝えください』と言った。

また別の人は『わたしは結婚したばかりですので、残念ながら行くことができません』と言った。

しもべがこのことを報告すると、主人はひどく腹を立ててこう命じた。

『急いで町外れに行き、貧しい人や、身体の不自由な人や、目の見えない人や、足の不自由な人を連れてくるように』

戻ってきたしもべは主人にこう言った。『仰せのとおりにいたしましたが、まだ席が残っております』

『ならば、さらに遠くの場所に行って、無理にでも人を連れてこい。そうしてこの家を一杯にするのだ。言っておくが、最初に招いた者どもは、誰もわたしの食事を味わえない』」

大勢の群集があとにしたがったが、やがてイエスは彼らに向かって話を始められた。

「わたしのもとに来ながら、父、母、妻、子、兄弟、姉妹、さらには自分の命をわたしのために捨てる用意のない者は、決してわたしの弟子にはなれない[13]。また自分の十字架を背負ってわたしにしたがう者でなければ、決してわたしの弟子にはなれない。塔を建てようと思いながら、完成させるのに十分な費用があるかどうか、腰を据えてじっくり計算しない者がいるだろうか。そうでなければ、土台を築いただけで残りを建てることができず、それを見ていた人々に『あいつは建て始めたが、完成させることはできなかった』などと言われるまでだ。これと同じく、兵を率いて他の王と戦おうとしている国王が、二万の兵で進撃してくる敵を、自分の一万の兵で迎え撃つことができるかどうか、腰を据えてじっくり考えないことがあるだろうか。自信を持てなければ、敵が遠くにいるあいだに使節を送り、和を求めるはずだ。だから、自分の持ち物をわたしのために残らず捨てる気持ちがなければ、わたしの弟子になることはできない[14]。これを聞いた者は、しっかり心にとどめなさい」

すると徴税人や罪人が、イエスの話を聞こうとやって来た。これを知ったファリサイ派の人々や律法学者は、「この男は邪な者どもを迎え入れただけでなく、食事まで一緒にしているではないか」と非難した。

イエスは例え話でそれに答えられた。

「あなたたちのなかに、百頭の羊を持っている者がいて、そのうち一頭が群れからはぐれたとする。あなたは残りの九十九頭を荒れ野に残して丘の向こうへ行き、見失った一頭を見つけ出すまで捜すはずだ。見つけ出したらあなたは喜び、羊を肩に担いで家に戻る。そして友人や近所の人を招き、ともに幸運を祝うだろう。群れに残った他のすべての羊よりも、この一頭のほうにより大きな喜びを感じるのだ。これと同じく、天にましますあなたたちの父は、自分のしもべのうち、もっとも卑しい者であってもこれを失うことをお望みにならない[15]。このように、悔い改める必要はないと考えている九十九人よりも、悔い改めた一人のほうについて、より大きな喜びが天にはある[16]。

今度は、銀貨を十枚持っている女がいたとしよう。そのうち一枚を無くしたとすれば、火を灯して床を掃き、見つけ出すまで丹念に捜すはずだ。そうして見つけたら、友達や近所の人々を呼んで見つけたことを祝うに違いない。このように、悔い改めた一人の罪人について、神の天使たちのあいだに喜びがある」

そこでイエスは別の例え話をなされた。

「ある人に息子が二人いて、弟のほうが父に、いつかは自分のものとなる財産を前もって分けてくれるよう頼んだ。それを聞いた父親は、自分の財産を二人に分けた。

ほどなくして、弟は自分の分け前を金に換え、外国へ旅立った。その若者は放蕩の限りを尽くし、金を無駄遣いしてしまう。そうして何もかも使い果たしたとき、深刻な飢饉がその地方を襲った。かくして若者は食べる物にも困るようになる。そこでその地方の人に雇われ、畑に送られ豚の世話をすることになった。若者は、たとえ豚の餌でも食べられればありがたいと思ったが、誰もそれすら与えてくれなかった。

ついに若者は我に返り、父親が雇っている使用人のことを思い浮かべてこう考えた。『向こうには有り余るほど多くの食べ物があるのに、こちらはいまにも飢え死にしそうだ。そうだ、家に戻ろう。そしてこう言うのだ。「お父さん、わたしはあなただけでなく神に対しても罪を犯しました。もう息子と呼ばれる資格はありません。しもべの一人にしてください」と』若者はそう考えて家に帰ったが、父親は遠くに息子の姿を認めるなり愛情がこみあげてきて、走って出迎えたかと思うと息子を抱きしめ、口づけをした。息子はあらかじめ考えたとおりに話しだした。

『お父さん、わたしはあなただけでなく神に対しても罪を犯しました。もう息子と呼ばれる資格はありません――』

ところが父親はそれを遮り、使用人を呼んで言いつけた。『急いで一番いい服を持ってきて、この子に着せてやりなさい。それから指輪と靴も持ってくるんだ。今夜は宴だから、太った子牛を殺すように。息子は死んでいたのに生き返った！　失っていたのに見つかった！』

そのとき、兄のほうは畑に出ていたが、家に戻ると音楽や踊りの声が聞こえてきた。そこで使用人の一人を呼び、これは何事かと訊いた。

『弟さんが帰ってこられたんですよ。無事元気に戻ったというので、お父さまが太った子牛を殺したのです』

それを聞いた兄は腹を立て、家に入るのを拒んだ。すると父親が出てきて、息子をなだめた。

兄はこう言い返した。

『わたしはもう何年もここでずっと働いています。それなのに父さんは、友だちをもてなすために子羊一頭くれなかったではないですか。ところが、娼婦に金を使い果たしたあの息子のために、太った子牛を殺しておやりになるとは』

父親は言った。

『息子よ、お前のことは一瞬たりとも忘れていない。わたしのものはすべてお前のものだ。しかし、お前の弟は死んだのに生き返った。失っていたのに見つかったんだ。宴をするのも当然じゃないか』」

イエスは弟子たちにも別の例え話をされた。

「ある金持ちの地主のところに、一人の管理人がいた。その男が主人の財産を無駄遣いしていると告げ口する者があったので、地主は管理人を呼んで言った。

『お前について聞いたのだが、いったいどういうことだ。これまでの帳簿を持ってきなさい。これ以上お前を管理人として雇うわけにはいかない』

管理人は考えた。

『さて、どうしたものか。こうなっては仕事を取りあげられるのだろうか。身体が強くないから力仕事は難しいし、物乞いをするのもまっぴらごめんだ。そうだ、仕事を取りあげられても、わたしを迎え入れてくれる家を見つければいいんだ』

そこで管理人は、主人に借りがある者を一人一人呼び出した。

『わたしの主人にいくら借りているのか』と、一人目に尋ねる。

『油を百樽ほど』

男がそう答えると、管理人は言った。

『これがお前の証文だ。急いでここに座り、五十樽と書き直しなさい』

そして二人目に向かって『お前はいくら借りている』と訊く。『小麦を千枡』と答えたので、管理人は『これが証文だ。八百枡と書き直しなさい』と言った。

地主は不実な管理人の悪だくみを褒めた。世慣れた人間というのは、光を受けた者が自分の魂に気を配るよりも、将来の富についてよりよく注意するからだ。[17] だからわたしは、たとえそれがどれほど汚れていようと、この世の富で友人を作るよう勧める。つまり、金持ちがもはや手を貸さなくなっても、お前たちを永遠の国に迎え入れてくれる者を友とするのだ。[18] 小さなことで信用できる者は、大きなことでも信用できる。だが些細なことで人を騙す者は、大きなことにも誠実でない。仕事や金銭のことで信用できない者に、神の本当の富を託す人間などいるだろうか。他人の財産を守れない者に、本当はその人のものだった富を引き渡す人間などいるだろうか[19]」

金に執着するファリサイ派の人々は、それを聞いてイエスを嘲笑った。

するとイエスは言われた。

「あなたたちは自分が正しいと人前で言い張るが、神はあなたたちの心を知っておられる。人が褒め称えるものを、神は嫌うものだ。

昔、高価な衣服を身にまとい、豪華な暮らしを送る金持ちがいた。その門前にラザロという腫れ物だらけの物乞いがいて、犬がやって来てはその腫れ物を舐めていた。他人の食卓から落ちた食べ屑であっても、ラザロにとってはありがたかったはずだ。

やがて、金持ちもラザロも死んだ。ラザロのほうは天使によってアブラハムのふところに運ばれ、一方の金持ちは盛大な葬儀が執り行なわれた[20]。

冥府(よみ)に着いた金持ちは苦痛に苛まれることとなった。見あげると、アブラハムに抱かれたラザロの姿が遠くに見えるではないか。

そこで金持ちは声をあげた。

『父アブラハムよ！　わたしに憐れみを！　ラザロをここによこし、指先を水に浸して、わたしの舌を冷やさせてください。わたしはこの炎のなかで苦しんでいるのです」

アブラハムは答えた。

『息子よ、お前は生きているあいだにありとあらゆる恵みを受けたが、そのどれもラザロには与えられなかった。いまはその帳尻を合わせているのだ[21]。それだけではない。わたしたちとお前のあいだには大きな溝がある。ここからそちらへ渡ろうとしても渡れないし、そちらからここへ来ることもできない』

『それでは父よ、どうかラザロをわたしの父親の家に遣わしてください。わたしには五人の兄弟がいますが、こんな恐ろしい場所に来ることがないよう、本当のことをよく言い聞かせてほしいのです」

『お前の兄弟にはモーゼと預言者がいる。彼らの言うことに耳を傾けさせればよい』

『父アブラハムよ、それだけでは足りません』男はなおも請い願った。『死者のなかから兄弟のもとに使いが行けば、彼らもきっと生き方を改めるでしょう』

だがアブラハムはこう答えた。

『モーゼや預言者の言葉に耳を傾けないような者なら、たとえ誰かが死者のなかから蘇っても、その言うことを聞きはしない[22]』」

第十一章註

1、原典では「そのころエルサレムで奉献記念祭が行なわれた」

病気の女を癒やした直後に記念祭が行なわれたこと、およびイエスがエルサレムに戻ったことは、原典には記されていない。一連の出来事の順序には疑問が残るものの、本書の記述は多くの権威が認める内容であり、もしそれが正しいのであれば、いずれの挿入も正当化されると思われる。なお上記二つの記述を追加したのは、前章との整合性を保つためである。

2、原典では「わたしと父とは一つである」

ここでの「一つ」は意思や力、あるいは行ないを指すのであって、実体が一つであることを意味しない、というのが一般的な解釈である。ゆえに本書では「その心において」という語句を付け加えた。

3、原典では「あなたたちの律法にも、『わたしは言う。あなたたちは神である』と書かれているではないか。神の言葉を受けた人たちが神と呼ばれ、そして聖書が廃れることはあり得ないのであれば、父から聖なる者とされてこの世に遣わされたわたしが、『わたしは神の子である』と言ったからとて、『神を冒瀆している』と言われるのはなぜか」

4、原典では「そうすれば、父がわたしのなかにおられ、わたしが父のなかにいることを、あなたたちも知り、そして信じるだろう」

5、原典では「すると、『主よ、救われる者は少ないのでしょうか』と言う者がいた」

原典の時制は現在形である——つまり、「いま救われつつある者」ということだ。この文章はキリストによる現在の結果を指すものであって、将来の可能性を指すものではない、というのが一般的な解釈である。本書でもその解釈を採用し、意味を強調するため表現を修正した。
6、原典では「お前たちがどこの者か、わたしは知らない」
7、原典では「あなたとご一緒に食べたり飲んだりしました。それに、わたしたちの広場で教えを説かれました」
筆者は原典からかけ離れるのではと思い、この箇所を現代的に書き直すことに躊躇した。
8、原典では「よいか、そこでは最後の者が最初となり、最初の者が最後となることもある」
9、原典では「神の国は、見える形では来ない。また『見よ、ここだ』とか『見よ、あそこだ』とか言えるものでもない。神の国はあなたたちのうちにある」
「あなたたちのうちにある」という表現は、信者各人の精神的な暮らしぶりこそが神の国である、あるいは、イエスがそう語るあいだにも、神の国はこの世ですでに育ちつつある、という意味のどちらかだと思われる。本書では後者の解釈を採用した。
10、原典では「行って、あの狐にこう言いなさい。『わたしは今日と明日、悪霊を追い出し、病を癒やす。そして三日目にすべてを終える』と。だが、わたしは今日も明日も、またその次の日も、自分の道を進まなければならない。預言者がエルサレムの外で死ぬことはあり得ないからだ」
専門家のほとんどは、この「三日間」を文字通りに解釈すべきではなく、「短い期間」を表わすものだとしている。本書でもその解釈を採用した。
11、原典では「見よ、お前たちの家は見捨てられる。言っておくが、『主の名によって来られる方に祝福あれ』と言うときが来るまで、お前たちはわたしを見ることがない」
12、原典では「晩餐や午餐の会を催すときは、友人も、兄弟も、親類も、近所の金持ちも呼んではならない。その人たちも、あなたを招いてお返しするかもしれないからである」

この一節は、裕福な友人を招いてはならない、と解釈しないのが一般的である。つまり、時制が現在形であるので、そのような人たちを頻繁に招いてはならない、という意味である。本書ではその点を強調するため、「だけ」という語を挿入した。

13、原典では「もし、わたしのところに来るとしても、自分の父、母、妻、子ども、兄弟、姉妹、さらには自分の命までも憎むのでなければ、わたしの弟子にはなれない」
ここでの「憎む」は一般的にいうところの「憎悪」を指すのではなく、利害が衝突した場合、何より先にキリストにしたがうべきであって、他の繋がりを顧慮してはならない、というのが広く認められた解釈である。本書でもその点を強調するよう努めた。

14、原典では「だから、同じように、自分のものをすべて捨てないのであれば、あなたたちの誰もわたしの弟子になることはできない」
この一節を一読すると、一切の所有物を無条件に捨てることを指すと思われる。しかしそれは、キリストの教え全般とは真逆の考えであり、本書でも広く認められている解釈と合致するよう修正を施した。註13を参照のこと。

15、原典では「だとしても、これら小さな者のうち一人でも滅びることがあれば、それは天の父の御心ではない」

16、原典では「このように、悔い改めるひとりの罪人については、悔い改める必要のない九十九人の正しい人についてよりも、さらに大きな喜びが天にはある」
後段は皮肉ととるのが一般的であり、本書でもその点を強調するよう努めた。

17、原典では「主人は、この不正な管理人の賢いやり方を褒めた。この世の子らは、自分の仲間に対して、光の子らよりも賢い」

難解な文章である。主人が褒めているのは管理人の不実ではなく、その抜け目のなさと賢さであって、神の子らは神の国の物事を処理するにあたり、同じ抜け目のなさと賢さを示すべきである、というのが含意と思われる。

18、原典では「言っておくが、邪なる富で友だちを作りなさい。そうしておけば、その富がなくなったとしても、彼らは永遠の住まいにあなたたちを迎え入れてくれる」

これも難解な文章である。神に尽くそうとしている者を助けるために富を使うべきであり、それによって現世にとどまらない友情を築くことができる、という意味だと思われる。

19、原典では「ごく小さなことに忠実な者は、大きなことにも忠実である。ごく小さなことに誠実でない者は、大きなことにも誠実でない。だから、邪なる富に忠実でなければ、誰があなたたちに本当の富を託すだろうか。それに、他人のものに忠実でなければ、誰があなたたちのものを与えるだろうか」

難解な文章が続く。神から託された現世の富を誠実かつ責任を持って扱うのでなければ、より優れた神からの霊的な贈り物を得ることはできない、という意味だと思われる。

20、原典では「やがて、この物乞いは死んで、天使によってアブラハムのふところへ運ばれた。金持ちも死んで葬られた」

「アブラハムのふところ」はユダヤの概念であり、普通は楽園を指すものと考えられている。すなわち祝福された者が復活に至る前の、中間の段階である。

21、原典では「子よ、思い出すがよい。お前は生きているあいだによいものを与えられ、ラザロは逆に悪しきものを与えられていた。しかしいま、ラザロはここで安らぎを得て、お前は苦しみのなかにいる」

「帳尻を合わせている」という表現が的確かどうかは定かでない。

22、文字通りに捉えれば、この例え話は難解なものの一つとなる。ゆえに、富に依存することへの警告というのが一般的な解釈であり、「アブラハムのふところ」へ行くのを妨げるのは富それ自体ではなく、持ち主の性格であるということが、最後の部分で示されている。また、キリストはここで具体的な出来事を述べているのではなく、ユダヤの一般的な観念を用いて教訓を伝えている、というのが広く認められた見解である。したがって、「炎」は「良心」の意であるかもしれない。

第十二章　エルサレムへ最後の旅

そのころ、ベタニアに住むマリアとその姉妹マルタからイエスのもとに伝言が届いた。このマリアこそ、のちにイエスの頭と足に香油を塗り、髪でイエスの足を拭った女である。[1] 伝言にはこう記されていた。

「主よ、わたしたちの兄弟、あなたの愛しておられるラザロが病気なのです」

イエスはそれを読んで言われた。

「その病は死で終わるものではない。神への賛美と、神の子の栄光を高めるものとなる」[2]

イエスは三人のことを深く愛しておられたが、二日のあいだ、その場所からお離れにならなかった。それからようやく、弟子たちに言われた。

「ユダヤへ戻ろう」

だが弟子たちは反対した。

「先生、ユダヤ人は先生を石で打ち殺そうとしているのに、それでもお戻りになるとおっしゃるのですか」

「昼間は十二時間あるではないか。昼に歩いていれば、つまずくことはない。自分の行く手が見えるからだ。しかし、夜に歩けばつまずく。自分のなかに光がないからだ。[3] わたしは、わたしを遣わされた方の業を昼のうちに行なわねばならない。夜が来れば誰も業を行なうことはできない。[4] わたしはこの世にいるあいだ、人に光を与える」[5] そこでひと息ついて続けられた。「わたしたちの友、ラザロは眠りについているが、わたしが目覚めさせる」

弟子たちはそれを聞いて言った。

「眠っているのであれば、命は助かるはずです」

つまり弟子たちは、ラザロがただ眠っているだけだと思ったのだが、イエスが話されたのは友の死についてだったのである。そこでイエスは、はっきりと告げた。

「ラザロは死んだ。わたしがそこに居合わせなかったのは、お前たちのためにもよかった。お前たちの信仰が強くなるからだ。[6] さあ、彼のところへ行こう」

すると、ディディモ、つまり「双子」と呼ばれているトマスがつぶやいた。

「そうだ。わたしたちも行こう。一緒に死のうじゃないか」[7]

そこに着かれたイエスは、ラザロが四日も前に墓へ葬られたことをお知りになった。イエスが来られたことを聞いたマルタは出迎えに行ったが、マリアは残り、家のなかで座っていた。

マルタはイエスに言った。

「先生、あなたがここにいてくださいましたら、わたくしの兄弟はきっと死ななかったでしょう。ですが、わたくしはいまも、あなたが神にお求めになるものはすべて、神から与えられるものと信じております」

「あなたの兄弟は蘇る」イエスはそう言われた。

マルタはそれにうなずいた。

「最後の日の復活のとき、兄弟は蘇るものと存じております」

「わたしは復活であり、命である。わたしを信じる者は、その肉体が死を迎えても、永遠に生きる。誰であっても、肉体が生きているうちにわたしを信じるならば、その霊が死ぬことは決してない[8]。あなたはこのことを信じるか」

「はい、先生」マルタは答えた。「あなたはこの世に来られるはずのキリスト、神の子であると、わたくしは固く信じております」

そしてマルタは家に帰り、姉妹のマリアを呼んだ。

「先生がおいでになって、あなたをお呼びです」

マリアはすぐに立ちあがり、イエスのもとに行った。イエスは町の外、先ほどマルタとお会いになった場所におられた。ベタニアはエルサレムに近く、わずか数マイルしか離れていないので、マルタとマリアのところには、兄弟を失った二人を慰めようと大勢のユダヤ人が来ていた。家のなかで一緒に嘆き悲しんでいた者たちは、マリアが出かけるのを見て「墓に入って泣くのだろう」と言い、彼女のあとを追った。

イエスのもとに来たマリアは、そのお姿を見るなり足元にひれ伏し、姉妹と同じくこう言った。

「ああ、先生。あなたがいらっしゃれば、兄弟は死ななかったでしょうに」

マリアの泣き声とユダヤ人の悲嘆の声を耳にされたイエスは、深く悲しまれた。

そして「どこに葬ったのか」とお訊きになった。

「こちらに来てご覧ください、先生」一同はそう答えた。

イエスは涙を流されていた。

「見ろ、どんなにラザロを愛していたことか」ユダヤ人たちは声をあげた。

その一方で、「盲人の目を見えるようにしたこの人が、ラザロを死なないようにすることはできなかったのか」と口にする者もいた。

イエスはいまだ悲嘆にくれたまま、墓に来られた。それは洞穴で、巨大な石が入口をふさいでいた。

それを見たイエスは、一同に「この石をどけよ！」と命じられた。

すると、死んだラザロの姉妹マリアが反対した。

「先生、きっと腐敗が始まっています。もう死んで四日が経つのですから」

イエスはそれを聞いてお答えになった。

「言ったではないか。信じさえすれば、神の栄光を見られると」

その言葉に、人々はようやく石をどかした。

イエスは天を仰いで言われた。

「父よ、わたしの願いを聞いてくださり感謝いたします。わたしの願いをいつも聞いてくださることを、わたしは知っています。しかし、わたしが感謝申しあげるのはこの人たちのためであって、わたしが本当にあなたから遣わされたことを、信じるようにするためなのです(9)」

そして、威厳に満ちた声で命じられた。

「ラザロよ、出て来なさい！」

その瞬間、死んでいた人が姿を見せた。腕と脚には包帯が巻かれ、顔は布で覆われている。

イエスは人々に「包帯と布を取ってやり、自由に行かせなさい」と告げられた。

マリアを慰めに来たユダヤ人の多くは、これを見てイエスを信じた。しかしなかには、ファリサイ派の人々のもとへ行き、何があったか告げ口する者もいた。そこでファリサイ派の人々は議会を招集し、その場に祭司長を呼んだ。

「いったいどうしたものか」一同は口々に言い合った。「この男が驚くべき奇蹟を行なったのは間違いない。そのままにしておけば、みなこの男を信じるようになる。するとローマ人が介入して、我々をいまの立場から追い出すだけでなく、この国そのものを滅ぼすはずだ」

すると、その年の大祭司を務めるカイアファが言った。

「あなたたちは、自分が何を言っているのかまるでわかっていない。国全体が滅びるくらいなら、万人のため一人の人間に死んでもらうほうが、我々にとって好都合であると考えはしないのか」

カイアファは自分の考えからそう話したのではなかった。イエスは国のために死ぬ、いや、国のためだけでなく、散り散りになった神の子を一つに集めるために死ぬと、大祭司の立場から預言したのである。

その瞬間、イエスは死なねばならぬということで、一同の意見は一致した。そこで彼らは布告を発し、イエスの居所を知る者は届け出るよう命じた。イエスを捕らえるためである。そのため、イエスは姿をお隠しになってその地方を離れ、荒れ野にほど近いエフライムという町に行き、弟子たちとともに滞在された。

それから少し経ったころ、使徒たちがイエスにこう頼んだ。

「先生、わたしたちの信仰を強くしてください」

すると、イエスはお答えになった。

「お前たちにからし種一粒ほどの信仰があれば、この桑の木に『地面から抜け出て、海に根を下ろせ』と命じても、木は言うことを聞くはずだ。[10] お前たちの誰かに、畑を耕す使用人がいたとしよう。その使用人が畑仕事から戻ってきたとき、すぐ食事の席につきなさいと言う者が、お前たちのなかにいるだろうか。むしろ、『わたしの食事を準備し、わたしが食事を済ませるまで給仕しなさい。それから自分の食事をとりなさい』などと言うのではないか。それに、自分の命令にしたがったからといって、使用人に感謝することがあるだろうか。それと同じで、神に命じられたことをすべて果たしたら、『わたくしどもはしもべにすぎません。しなければならないことをしただけです[11]』と言いなさい」

そしてイエスは、辛抱強く祈らなければならないことを示すために、例え話をなされた。

「ある町に、神の正義を畏れず、人の意見にも耳を貸さない裁判官がいた。またその町には一人のやもめがいて、自分の敵を裁いてくれるよう絶えず裁判官に頼んでいた。裁判官は、しばらくはそれに取り合おうとしなかったが、やがてこう考えた。『わたしは神も人も畏れはしないが、あのやもめはうるさくてかなわない。だからあの女の望みどおりにしてやろう。さもないと、わたしのほうがまいってしまう』と。

すると主は『この汚れた裁判官の言うことに耳を傾けよ』と言われた。こうした人物でさえそうなのだから、ましてや神は、昼も夜も自分に泣き叫んでいる人々を救いに来て、絶えず彼らを慈しむのではないか[12]。言っておくが、神はすぐに彼らを救ってくださる。だが人の子が来るとき、果たしてこの世に信仰を見つけるだろうか[13]」

イエスは続いて、自惚れと他人の粗探しを戒めるべく、別の例え話をなされた。

「二人の男が祈りを捧げに神殿へ行った。一人はファリサイ派の人、もう一人は徴税人である。ファリサイ派の人は立ちあがり、こう祈った。『神よ、他の者どもと違っていることに感謝いたします。わたしは詐欺師でもぺてん師でも、あるいは邪なる者でもなく、この徴税人のような人間でもありません。わたしは週に二度食を断ち、全収入の十分の一を捧げております』

しかし徴税人のほうは、どこか遠いところに立ったまま、目を天に向けることもせず、自分の胸を叩きながらこう祈った。『神よ、わたしを憐れんでください。わたしは罪多き者なのです』

言っておくが、赦されて家に帰ったのはこの男である。自らを誇る者は卑しくされ、慎ましやかな者は讃えられる」

さて、ファリサイ派の人々がイエスのもとに来て、罠にかけようとずる賢い質問をした。

「どんな理由であれ、夫が妻を離縁するのは許されるでしょうか」

イエスはお答えになった。

「それについて、モーゼはなんと命じたか」

「夫が離縁状を書き、それを妻に渡せば、モーゼは離縁を許されました」

「あなたたちの心が卑しいので、モーゼはそのように命じたのだ。あなたたちは読んだことがないのか。主は天地創造のとき、人を男と女とにお造りになり、こう言われたではないか。『それゆえ、人は父母を離れてその妻と結ばれ、二人は一体となる』と。だから、二人はもはや別々でなく、一つである。したがって、神が結びつけたものを、人は切り離してはならない」

イエスが家のなかに戻られるや否や、弟子たちはこの話を持ち出した。

「夫婦を切り離してはならないのであれば、なぜモーゼは、離縁状を渡せば離縁できると命じたのでしょうか[14]」

「さっきも言ったが、モーゼが条件つきで離縁を許したのは、人々の心が卑しかったからだ。しかし、初めからそうだったわけではない[15]。言っておくが、不貞以外の理由で妻を離縁し、その後別の女と再婚する者は、姦通の罪を犯したことになる。離縁された女を妻に迎える者、夫を離縁して別の男と再婚した女もそれと同じだ」

するとと弟子たちは、「そういうことなら結婚しないほうがましです」と言った。

イエスはそれに対してこう説明された。

「この教えは誰にでも当てはまるものではなく、必要な素質を持つ者だけに授けられたものだ[16]。生まれつき男女の区別を持たない者もいれば、他の人によってそうされた者もいるし、天の国のために自らそうなった者もいる。この教えが自分にふさわしいと思う者は、それを受け入れなさい」

このとき、イエスに手を置いて祈っていただくために、何名かの人々が幼い子どもを連れて来た。しかしそれを見た弟子たちは、彼らの願いを拒んだ。

イエスはそれに気づいて立腹され、こう言われた。

「その子らをわたしのところに連れて来なさい。拒んではならない。天の国を成すのはこのような子どもたちである。言っておくが、子どものように神の国を受け入れる者だけが、そこに入るのを許される」

言い終えたイエスは子どもたちをお呼びになり、一人一人腕に抱いて手を置かれ、彼らを祝福された。そして、その地を離れられた。

道を歩くイエスのもとに若い高官が駆け寄り、目の前でひざまずいた。

「善き人である先生、どうかお教えください。永遠の命を得るにはどんな善きことをするべきでしょうか」

「あなたはなぜ、善きことについてわたしに尋ねるのか。それに、わたしを『善き人』と呼ぶのはどういうわけか。善き方は神お一人だけである。永遠の命を得たいのならば、掟を守りなさい[17]」

「どの掟でしょうか」と、高官は訊いた。

「あなたがよく知っている掟、『人を殺すな、姦淫するな、嘘をついたり騙したりするな、父母を敬え、隣人を自分のように愛せ』という掟だ」

「その掟のことですか。わたしは子どものころから、そういうことをすべて守ってきました。これ以上何が必要でしょうか」

イエスはその男を見つめながら、深く慈しまれた。

「一つだけ欠けていることがある。完全になりたければ、行って自分の持ち物を売り払い、貧しい人に施しなさい。そうすれば天で富を得られる。それからわたしのもとに来て、あとにしたがいなさい[18]」

するとその高官は顔を伏せ、ひどくがっかりした様子で立ち去った。かなりの財産を持っていたからである。

イエスは弟子たちのほうを向いて言われた。

「言っておくが、金持ちが神の国に入るのは、何にも増して難しい」

弟子たちはそれを聞いて驚いた。

イエスは続けて言われた。

「善き人であるお前たちよ、富を信じる者が神の国に入るのは、なんと難しいことか。はっきり言おう。金持ちが神の国に入るよりも、ラクダが針の穴を通るほうがまだ簡単だ[19]」

弟子たちはさらにわからなくなり、こう訊いた。

「それでは、いったい誰が救われるのでしょうか」

イエスは再び彼らのほうを向いて言われた。

「人間から見た場合、救いというのはあり得ないが、神はなんでもおできになる[20]」

するとペテロが尋ねた。

「わたしたちはすべてを捨ててあなたについてきました。その報いはなんでしょうか」

「よいか、新しい世が来て人の子が栄光の座につくとき、わたしにしたがってきたお前たちは、イスラエルの十二の部族を治める十二の座につくこととなる[21]。わたしのため、そして神の国のために自分の家や妻、兄弟、姉妹、両親、子どもたち、そして財産を捨てた者は、いまいるこの世で迫害も受けるが、兄弟にせよ、姉妹にせよ、母親にせよ、子どもたちにせよ、そして財産にせよ、捨てたものの百倍を受け取る[22]。そして、次の世では永遠の命を与えられる。しかし、先頭にいると思しき多くの者があとになり、あとにいる者が先になるだろう[23]。

神の国は次のように例えられる。ある地主が、ぶどう園で働く人手を雇うため、夜の明けきらぬうちに出かけていった。すると、一日につき銀貨一枚で働くという者たちがみつかったので、地主は彼らをぶどう園に送った。九時ごろ再び市場へ行ってみると、何もせずにぼんやり立っている人たちがいた。そこで地主は声をかけた。

『わたしのぶどう園で働きなさい。ちゃんと賃金を払ってやるから』

するとその人たちはぶどう園に行った。

地主は正午と三時にも市場へ出かけ、同じようにした。五時ごろにもう一度行ってみると、またしてもあたりをぶらついている人たちがいた。

地主が『なぜ一日中、ここにぼんやり立っているのか』と訊いたところ、『誰も雇ってくれる人がいなかったからです』という答えが返ってきた。

『ならば他の人たちと同じように、わたしのぶどう園に行って働きなさい』

そして六時になり、地主は管理人を呼んで言った。

『働き手を呼び集めて、賃金を払ってやりなさい。最後に働き始めた者からまず払ってやって、それから順に、最初に働き始めた者へと払っていくように』

まず五時に働き始めた人たちが来て、それぞれ銀貨一枚を受け取った。その後、最初に雇われた人たちが来て、自分らはもっと多くもらえるだろうと思いながら、管理人のところに来た。しかし彼らが受け取ったのは、同じく銀貨一枚だった。そのため、最初に雇われた人たちは地主に不満をぶつけた。

『最後に来た連中は一時間しか働いていないのに、焼けるような暑さのなか、一日中働いたわたしたちと同じ賃金をもらえるとは、いったいどういうことですか』

それに対して主人は答えた。

『友よ、わたしはあなたを不当に扱ったりはしていない。あなたはわたしに、銀貨一枚で働くと約束したではないか。自分の賃金を受け取って帰りなさい。最後に来た者にもあなたと同じ賃金を支払うというのが、わたしの考えなのだ。自分の金を好きなように使ってはいけないのか。わたしの気前のよさを妬むのか』

このように、いま最後を走る者の多くが先頭になり、それまで先頭を走っていた者が最後になるのだ[24]」

そのころ、ユダヤの過越祭の時期が近づいており、それに先立ち清めの儀式を行なうために、多くの人々がエルサレムへ集まりだしていた。彼らはイエスを捜しながら、神殿の境内に集まり話し合った。

「いったいどう思う。あの人は祭りに来ないのだろうか」

しかしイエスは、一団を率いてエルサレムに向かう途中だった[25]。その途中、イエスは恐ろしいまでの高揚感に満たされ、それが弟子たちを不安にさせた[26]。やがて十二人の使徒をそばへ呼び寄せると、来るべき出来事についてお話しになった。

「いま、わたしたちはエルサレムに向かっている。人の子について預言者が述べたことは、すべて現実のものとなるだろう。人の子は祭司長と律法学者の手に引き渡される。彼らは人の子に死刑を言い渡し、異邦人に引き渡す。異邦人は人の子を嘲笑い、唾を吐き、乱暴に扱い恥をかかせる。そして鞭打ち、十字架にかけて殺す。だが三日後、人の子は再び蘇る」

しかし、使徒たちはイエスの言われたことを理解できなかった。真理は彼らの手の届かぬところにあり、イエスの言葉の意味がわからなかったのである。

そのとき、ゼベダイの子ヤコブとヨハネが、母親とともにイエスのもとへ近づいた。兄弟はイエスの前で頭を垂れると、いまから自分たちが願うことを叶えてほしいと頼んだ。

イエスは「何をしてほしいのか」とお訊きになった。

すると、母親が息子たちに代わって答えた。

「あなたの国に行かれましたら、息子たちに命じてあなたの両側に座らせてください」

二人の息子も言った。

「そうです、そのようにさせてください」

だが、イエスはこうお答えになった。

「お前たちは、自分が何を頼んでいるのかわかっていない。このわたしが飲もうとしている苦しみの杯を飲み、わたしが受けようとしている試練の洗礼を受けることができるというのか[27]」

「はい、できます」兄弟は答えた。

「確かに、お前たちはわたしの杯から飲み、わたしと同じ洗礼を受けることになる。しかし、わたしの右と左に誰が座るかは、わたしが決めることではない。それは、わたしの父によって定められた人たちが決めるのだ」

このやり取りを聞いた他の十人は、ヤコブとヨハネに腹を立てた。そこでイエスは彼らを近くに呼ばれた。

「お前たちも知っているように、異邦人のあいだでは、支配者が民を苦しめ、その権力によって民を支配している。だが、お前たちのあいだでそうあってはならない。偉くなりたいと思う者はみなに尽くし、うえに立ちたいと思う者はみなに仕えなければならない。人の子も、仕えられるためでなく仕えるために、また、多くの人たちの身代金として、命を捧げるために来たのだ」

長い旅路の途中、一行はエリコに着いた。その町にはザアカイという、徴税人の頭を務める金持ちがいて、イエスがどんな人か見たいと思っていた。しかし背が低かったため、群衆に遮られてその姿を見られなかった。そこでザアカイは走って先回りし、一行が通りかかろうとしている桑の木に登った。

その場所にさしかかったイエスは見あげ、声をおかけになった。

「ザアカイよ、すぐに下りてきなさい。今日はあなたの家に泊まりたい」

それを聞いたザアカイはすぐに木を下り、大喜びでイエスを迎えた。しかし、周囲の群衆は腹を立てて口々に言い合った。

「あの人は悪党の家に泊まろうとしている」

すると、ザアカイは一同の前に立ち、こう言った。

「先生、わたしはこれより財産の半分を、貧しい者に施します。また、余分な取り立てをすることがあれば、その四倍を返すと約束します」

イエスはそれを聞いてお答えになった。

「今日、救いがこの家を訪れた。ザアカイがアブラハムの本当の子孫として振る舞ったからである。[28]人の子は、失われたものを捜し、救うために来たのだ」

イエスが弟子たちとともにエリコを離れられると、大勢の群集がこの小さな一団のあとを追った。そのとき、ティマイの子で、名をバルティマイという目の見えない物乞いが道端に座っていた。[29]群集のざわめきを耳にしたバルティマイは、いったい何が起きているのかと訊いた。すると、ナザレのイエスがここを通りかかっているという答えが返ってきた。

それを聞いたバルティマイは叫びだした。

「ダビデの子イエスよ！　わたしに憐れみを！」

群集の先頭にいる人たちが叱りつけて黙らせようとしたものの、バルティマイはさらに大声をあげた。

「ダビデの子よ、わたしに憐れみを！」

それを聞いたイエスは立ち止まって言われた。

「あの人をわたしのところに連れてきなさい」

群衆はバルティマイに告げた。

「もう大丈夫だ。お前をお呼びだぞ」

バルティマイは矢も盾もたまらず上着を脱ぎ捨て、跳びあがってイエスのもとに向かった。

「あなたはわたしに何をしてほしいのか」イエスはお尋ねになった。

「先生、どうか目を見えるようにしてください」

イエスは深く憐れんで、相手の目に触れながらこう言われた。

「見えるようになり、好きなところへ行きなさい。あなたの信仰があなたを癒やした」

すると、たちどころにバルティマイの目が見えるようになり、彼は神に感謝しながらイエスにしたがった。この奇蹟を見た群衆も、神を祝福し讃え始めた。

さて、エルサレムが目前に迫ったこともあり、イエスは例え話をなされた。神の国がいますぐにもこの世で勝利するという、人々の誤解を正すためである[30]。

「ある身分の高い人が、遠い国の王座につき、のちに帰ってくるべく旅立った。出発する直前、その人は十人の召使いを呼んでそれぞれに銀貨百枚[31]を渡し、自分がいないあいだこれで商売をするようにと言った。

さて、王座について帰ってきたその人は召使いたちを呼び、渡した銀貨でどれほどの利益をあげたか訊いた。

一人目の召使いは言った。

『ご主人様、わたくしは銀貨百枚を千枚にいたしました』

『よろしい、よくやった。お前はこんな些細なことにも誠実だったから、十ヵ所の町を任せよう』

次に二人目の召使いが言った。

『わたくしは銀貨百枚で五百枚を稼ぎました』

『お前には五つの町を任せる』主人はそう答えた。

だが次の召使いはこう言った。

『ご主人さま、ここにあなたさまからお預かりした銀貨百枚をお持ちしました。布に包んで大切にしまっておいたのです。銀貨を失ってはいけませんので、商売はいたしませんでした。ご主人さまは、預けていないものを取り立て、種を蒔いていないものまで刈り取ってしまう厳しい方ですので[32]』

『この役立たずめ。その言葉のためにお前を裁いてやろう。わたしが、預けていないものを取り立て、種を蒔いていないものまで刈り取る厳しい人間だと、お前は知っていた。ならば、わたしの金をなぜ銀行に預けなかったのか。そうすれば利息つきでわたしに銀貨を返せたのに』そしてまわりの人たちに向かい、『この男から銀貨を取りあげ、千枚稼いだ召使いにくれてやれ』と命じた。すると他の召使いたちは、『あの男はすでに銀貨千枚持っております』と言った[33]」

イエスはそこで言葉を切ってから、こう続けられた。

「さて、何に気をつけるべきか、しばらく考えてみなさい。言っておくが、自分の才能を見事に活用した者はそれをさらに高め、より有能で立派な人間になるだろう。しかし好機を見逃す者は、自分が持っている力まで失ってしまう[34]。

話を元に戻そう。その身分の高い人だが、国民は彼を憎んでおり、使者を送って『あなたを王にいただくつもりはない』と伝えさせた。帰ってきたその人はこう命じた。

『わたしが王になることを望まない敵どもを、わたしの前に引き出して殺せ！[35]』」

例え話を終えたイエスは再び一同の先頭に立ち、エルサレムへの道を進まれた。

第十二章註

1、原典では「この女は、主に香油を塗ったマリアである」香油の一件は、ラザロの復活以降に起きた出来事と思われるので、それを強調すべく「のちに」という語を挿入した。

2、ラザロの復活こそ、キリストの逮捕と死、およびその後の復活を引き起こし、また人類をして精神的な生き方に目覚めさせた最終的な原因である。ゆえにそこから、神および神の子の栄光へと繋がってゆく。

3、原典では「昼のうちに歩けば、つまずくことはない。この世の光を見ているからだ。しかし、夜に歩けばつまずく。その人のうちに光がないからだ」

つまり、日光の代わりとなるものはその人のうちにない、ということである。「この世の光」とは太陽を指すものとされているが、「その人のうちにある光」は神の導きと解釈するのが一般的である。難解な一節であり、神は人間が仕事をする（業を行なう）時間を定め、その後は仕事をできないようにさせた、というのが解釈の一つである。

4、ここでの「昼と夜」は、「生と死」と解釈するのが一般的である。前節と同じく、「いま働きなさい（業を行ないなさい）。死んだら働けないのだから」という意味だと思われる。

5、原典では「わたしは世にいる限り、世の光である」

熟慮の末、ヨハネによる福音書9－4および9－5の記述を、同11－10と11－11のあいだに移動した。その主たる理由は、冗長な説明を行なわない限り、生まれつき目の見えない男のエピソードにそれらを組み入れるのが難しいためである。そうすれば物語に混乱をきたすのは間違いない。だがその一方で、ユダヤへの帰還、およびラザロに行なおうとしている奇蹟とのつながりで、イエスの弟子たちに対する言葉と結びつけるのがふさわしいと思われる。ただこれは著者の見解に過ぎず、正しいとは言い切れない。

6、原典では「あなたたちが信じるようになるためである」

この一節は新たな信仰を生み出すためというより、いまある信仰を強めるためというのが一般的な解釈であり、それを強調するために語句を多少修正した。

7、原典では「わたしたちも行って、一緒に死のうではないか」

8、原典では「わたしは復活であり、命である。わたしを信じる者は、死んでも生きる。生きていてわたしを信じる者はみな、決して死ぬことがない」

広く認められている意味を強調するために、本書では「肉体」「永遠」「霊」の各語を挿入した。

9、原典では「父よ、わたしの願いを聞き入れてくださり感謝いたします。わたしの願いをいつも聞き入れてくださることを、わたしは知っております。しかし、わたしがこう申しあげたのは、まわりにいる人々のためです。あなたがわたしを遣わされたことを、彼らが信じるようにするためなのです」

キリストはこう感謝を述べることで、自分が行なおうとしていることは神の力によるものだと公言した、という解釈がある。ゆえにその奇蹟が成功するか否かによって、キリストの代理人なのか、あるいは神の名を騙る者なのかが証明される、ということである。

10、この一節は一種の諺と考えられており、極めて難しいことの例えである。第十三章註7を参照のこと。

11、原典では「わたくしどもは取るに足らないしもべです。しなければならないことをしたまでです」

「取るに足らない」という語は多くの版で省略されており、本書でもそのようにした。その語が省略されていない場合でも、「価値のない」という意味ではなく、「普通の仕事をしたまで」という意味だと解釈されるのが普通である。

12、原典では「そして主は言われた。『この不正な裁判官の言うことを聞きなさい。まして神は、昼も夜も自分を叫び求める、選ばれた人たちのために裁きを行なわず、彼らを長いあいだ苦しんだままにしておかれることがあるだろうか』」

この例え話の一般的な解釈を強調するため、本書では「こうした人物でさえそうなのだから」という語句を挿入した。また「彼らを長いあいだ苦しんだままにしておかれることがあるだろうか」という一節は難解であり、本書のような解釈もあれば、神はご自身の人々の過ちを裁くにあたり、それをあえて遅らせているという解釈もある。また、神は敵対する者に容赦しないという解釈も存在する。

13、原典では「しかし、人の子が来るとき、果たして地上に信仰を見いだすだろうか」

やもめが裁判官に対してしたような、絶えず神を悩ませるほどの信仰が見つかるだろうか、という意味だと思われる。また、この問いは一種の修辞であり、「それはあなたがた次第である」というのが答えだとする解釈もある。

14、原典では「それならば、なぜモーゼは……命じたのでしょうか」

本書においては「それならば」の意味を明確にするため、「夫婦を切り離してはならないのであれば」という語句をつけ加えた。

15、原典では「イエスはお答えになった。『あなたたちの心が頑ななので、モーゼは妻を離縁することを許したのだ。しかし、初めからそうだったわけではない』」

16、原典では「誰もがこの言葉を受け取るのでなく、与えられた者だけである」

離婚に関するキリストの教えは非常に教条的だが、その一方で誰にでも当てはまるものではないとはっきり断っている。難しい主題であり、この註で扱うには大きすぎるテーマである。

17、この一節をキリストによる善の否定と理解してはならない。むしろ、この若者の激情に対する戒めか、彼の信仰を試す言葉と解釈すべきである。

18、この一節も、一般的な法則というより一種の修辞だと思われる（註16を参照のこと）。自分の所有物を残らず売り払うべきというのがキリストの意図だとは考えられず、そう命じられたときにそのような意志を持つべき、というのが含意だと思われる。

19、ここでいう針の穴は大きな門のそばにある小さな門であり、現代でいうところのくぐり戸であって、ラクダが通るのも難しいには違いないが不可能ではない、という解釈があり、この一節のイメージがそう説明される場合もある。しかし、大半の識者はこうした説明を否定しており、門の例えは逆説的な思考に対する東洋独特の愛着に過ぎないとしている。

20、原典では「人間にできることではないが、神にはできる。神はなんでもできるからだ」（マルコによる福音書）、「人間にはできないことも、神にはできる」（ルカによる福音書）

この一節は、人間の視点から見た場合、金を持つこととイエスにしたがうことは相容れないが、金持ちであっても神の力によって救われる、と解釈するのが一般的である。

21、第十五章註7を参照のこと。

22、転向した者が集団に受け入れられ、その成員と新たに結びつくことで実現される。

23、原典では「しかし、先にいる多くの者が後になり、後にいる者が先になる」

本書で示した解釈の他に、先に弟子となった者がより上位に立つとは限らない、あるいは、いま物事の頂点にあっても、いつかそこから降りることもある、という解釈が存在する。

24、「このように、後にいる者が先となり、先にいる者が後となる」

この例え話の教えは一読しただけではわかりにくいが、この世における罪からの救いと、来世における永遠の命は神からの贈り物であり、人の努力によって贖（あがな）うことはできない、というのが一般的な解釈である。
25、人々がイエスの出現を話し合っていたまさにそのとき、イエスはエルサレムに向けて歩いていた、ということは原典には記されていない。しかし、全体の意味を変えるものではないため、本書では前後の関係を明確にすべくこの一節を挿入した。
26、原典では「そして、一行がエルサレムにのぼっていく途中、イエスは先頭に立って進んで行かれた。それを見て弟子たちは驚き、したがう者は恐れた」
マルコによる福音書の記述は誤っており、「驚いた（高揚感で満たされた）」のはイエスであって弟子たちではない、というのが一般的な解釈である。本書でもその解釈を採用したが、そうでないとすると、キリストの決然たる態度もしくは振る舞いによって、したがう者たちが驚きと恐れで満たされた、という解釈もあり得る。
27、原典では「お前たちは、わたしが飲もうとしている杯を飲み、わたしが受ける洗礼を受けられるのか」
28、原典では「今日、救いがこの家を訪れた。この人もアブラハムの息子なのだから」
難解な一節である。ザアカイはユダヤ人であるため、イエスがユダヤ人にもたらそうとしている祝福を彼も受ける権利がある、という意味だと思われる。イエスがすべての民族に祝福をもたらしたのは事実だが、ここで語りかけている相手はユダヤ人であり、徴税人であるザアカイもユダヤ人に変わりはない、ということを人々に思い出させようとしているのかもしれない。また別の解釈として、ザアカイの行為こそアブラハムの本当の子の行ないだとするものもある。本書ではこちらの解釈を採用し、意味を明確にすべく「として振る舞った」という語句を加えた。

29、本書の記述のようにこの奇蹟を一つのものとして捉えるならば、マタイ、マルコ、ルカによる各福音書のあいだには、細かな点で相違が見られる。マタイによる福音書では、イエスがエリコを離れた直後に奇蹟が行なわれ、盲人も二人いたとされている。これがマルコによる福音書になると、奇蹟の行なわれたタイミングこそ、イエスがエリコを離れた直後と同じだが、盲人は一人である。またルカによる福音書によると、奇蹟が行なわれたのはイエスがエリコにさしかかったときであり、盲人の数は一人である。これらの相違は、目撃者の記憶が曖昧なことによるものと思われ、今日の警察捜査などでもよく観察される現象である。第十六章註8を参照のこと。

30、原典では「人々がこれらのことに耳を傾けていると、イエスはさらに一つの例え話をされた。エルサレムに近づいておられ、また神の国はすぐに現われるものと、人々が思い込んでいたからである」

本書では「人々がこれらのことに耳を傾けていると」の一節を省略した。バルティマイの目を癒やした一件を、以前の（ザアカイとの）やりとりと、この例え話とのあいだに挿入したからである。そのほうが時系列的に適切だと思われる。また「エルサレムに近づいておられ」というのは、イエスがご自身の受難と死に近づいたことを意味するものと考えられる。

31、実際の額は現在の貨幣価値でおよそ五ポンドだと思われるが、ここで正確な金額は問題でなく、現代の読者が理解しやすい額を記述するのが適切だと考えた。

32、原典では「あなたは厳しい方なので、わたしは怖かったのです」

主人の厳しい罰が待っているという理由から、商売で銀貨を失うことを恐れた、というのが一般的な解釈である。本書もそれを採用し、意味を強調すべく修正を加えた。

33、原典では「すると召使いたちは、『ご主人さま、あの男は十ポンドを持っています』と言った」これを、他の召使いによる穏やかな抗議ととる向きもある。つまり「ご主人さま、あいつはすでに十ポンドを持っているではありませんか！」というわけだ。だが本書では、十ポンドをすでに持っていた召使いは内気な人間であり、他の召使いが彼に注意を惹きつけようとした、と解釈した。

34、原典では「だから、どう（あるいは何を）聞くべきかに気をつけなさい。言っておくが、持っている人はさらに与えられて豊かになるが、持っていない人は持っているものまで取りあげられる」一読してわかるように難解な文章である。恐らくは精神の領域で、自然の力を使ったことによる成長、およびそれを無視したことによる退化を指すものと解釈するのが一般的である。本書でもその解釈を採用し、意味を強調するために修正を加えた。

35、ルカによる福音書19－11～17の内容を包含するこの一節は、一つの完全な例え話と、節14および17に含まれる第二の例え話の断片から構成されている、と解釈するのが一般的である。本書では節14の内容を節26と27のあいだに移し、前後をつなぐ短い文章を加えることで、二つの挿話の分離を試みた。

第十三章　聖なる一週間の始まり

過越祭が始まる前の土曜日[1]、イエスはエルサレムへ向かう途中ベタニアに立ち寄られた。一度は死んだものの、イエスによって蘇ったラザロが、姉妹のマリアおよびマルタと一緒に住む町である。

その夜[2]、らい病を患うシモンがイエスのために晩餐の会をひらいた。ラザロも他の客たちとともに席についたが、マルタは給仕をしていた。一同が食事をしていると、マリアが、極めて高価な香油の入った石膏の壺を持ち出し、封を破ってイエスの頭と足に香油を振りかけた。それから自分の髪でイエスの足をぬぐい、家中を香油の香りで満たした。

これを見たイエスの弟子たちはひどく腹を立てた。そして、のちにイエスを裏切るイスカリオテのユダが、マリアに対する一同の不満を口にした。

「なぜこんな無駄遣いをするのですか。売れば銀貨十五枚以上になるだろうし、それを貧しい人に施せるのに」

しかし、ユダがそう言ったのは、貧しい人を思ってのことではなかった。イエスら一行の金銭袋を管理しながら、その中身をごまかし自分のものにしていたのである。イエスはその場の様子に気づき、弟子たちをお叱りになった。

「なぜこの女を責めるのか。よいことをしたのだから、するがままにさせておきなさい。お前たちはいつも貧しい人々と一緒にいて、自分の好きなときに彼らを助けてやれるが、いつまでもわたしと一緒にいるわけではない。この女は自分にできる限りのことをしてくれた。つまり、わたしの身体に香油を振りかけ、葬る準備をしたのだ。言っておくが、世界のどこであっても、この福音が教え説かれる場所では必ず、いまの行ないが語られるだろう。だから、彼女は決して忘れられない」

このとき、イエスのおられることを知った大勢の群集が、イエスと、死から蘇ったラザロの姿を見ようと家に押し寄せた。だが祭司長たちは、大勢のユダヤ人がイエスにしたがうべく自分のもとから離れていったことを恨みに思い、イエスとラザロをともに殺そうと謀り始めた。

次の日、エルサレムへの旅を続けるイエスは、オリーブ山近くのベトファゲに来たところで二人の弟子をお呼びになった。

「あの村に行きなさい。村に入るとすぐ、一頭のロバと、誰も乗ったことのない子ロバが繋がれているのが見つかる。その子ロバをほどき、わたしのもとに連れてきなさい。[3] 誰かに何か言われたら、『主がお望みなのです。すぐに返します』と答えるように。そうすればすぐに引き渡してくれるはずだ」

弟子たちが村に赴いたところ、ある家屋の裏庭に続く小道の途中で、戸口に子ロバが繋がれているのを見た。それをほどいていると、持ち主が現われ彼らを問いつめた。

「なぜ子ロバをほどいているのか」

「主が望んでおられるのです」

それを聞いた持ち主は、すぐに子ロバを引き渡した。弟子たちはそれをイエスのもとに引いてきて、外套を脱いで鞍の代わりにした。するとイエスはそれに乗られた。

イエスがラザロを蘇らせたときその場にいた人々は、自分たちが目の当たりにしたことをすでに言い広めていた。そのため、エルサレムに向かわれていることがすぐに知れ渡ったため、祭りのためにエルサレムを訪れていた大勢の人たちがイエスを出迎えに行った。その途中、エルサレムへの下り坂が始まるオリーブ山のふもとで、彼らはロバを先頭に進む小さな一団と出会った。イエスにしたがっていた者たちは自分の衣服を道に敷き、また葉の茂った枝を木から切り落として道にばら撒く者もいた。エルサレムから出迎えに来た人たちはナツメヤシの葉を振りかざし、自分たちが見たことについて神を讃えだした。

「ダビデの子にホサナ！　主の名によって来られる方に祝福あれ！　天に平和を、至高の方に栄光を！　我らの父ダビデの国に祝福あれ！　至高の方にホサナ！」

このようにして、次の預言が実現されたのである。

「シオンの娘に告げよ。『恐れるな。見よ、お前の王がお前のもとを訪れる。優しき方、ロバに乗り、ロバの子にさえお乗りになる」

すると、群衆のなかにいたファリサイ派の人たちがイエスのもとに近づき、「先生、お弟子たちをお叱りください」と言った。

イエスはお答えになった。

「言っておくが、この者どもが黙ったところで、石が叫びだす」

最初、弟子たちはこれらの出来事に首をひねったが、その後イエスが死から蘇られたとき、それらが預言者によって預言されていたことを思い出した。

やがてエルサレムが近づくと、イエスは眼前に広がるその街をご覧になり、涙を流された。「この最後のときに、お前が本当の平和への道を悟っていれば……しかし、お前にはそれが見えていない。やがて、敵がお前のまわりに土塁を築き、お前を取り囲んで四方から攻め寄せる。敵はお前を跡形もなく打ちこわし、石を残らず突き崩し、お前の人々を皆殺しにするだろう。神がお前のもとに来られることを悟らなかったからだ」

イエスがエルサレムに入られると街中が大騒ぎになっていて、誰もが「これは何者だ」と言い合っていた。

すると、イエスにしたがっていた者たちが「この方は、ガリラヤのナザレからお越しになった預言者、イエスだ」と答えた。

イエスは通りを歩いて神殿へお入りになり、昼のあいだあたりの様子をご覧になってから、日暮れを待って十二人とともにベタニアへ戻られた。

日が変わって月曜日の朝、一行は再びベタニアを発ってエルサレムに向かった。その途中、イエスは空腹を覚えられた。すると、葉の茂ったイチジクの木が遠くに見えたので、実がなっていないかとそちらへ近づかれた。しかし、まだその時季ではなかったので、葉のほかには何もついていない。それをご覧になったイエスは、弟子たちが聞いているなか、このように言われた。「今後決して、誰もお前から実を食べないように」(4)

エルサレムに入られたイエスは、再び神殿へ赴かれた。そこではいつものように売り買いが行なわれていて、商人は羊や牛や鳩を売り、両替商は台に座って商いをしている。イエスはその光景に腹を立て、神殿から出て行くよう全員に命じられた。そして両替商の台をひっくり返すと、硬貨をあたりにばら撒かれた[5]。

それから、鳩を売っていた商人にこう言われた。

「これらのものをいますぐ持ち出せ。わたしの父の家を市場になどしてはならない。聖書にもこう記されているではないか。『わたしの家は、すべての民の祈りの家と呼ばれるべきである』と。しかしお前たちは、それを盗人の巣にしてしまった」またイエスは、神殿を通路として使うことも禁じられた。

これを見たイエスの弟子たちは、「汝の家を思う熱情が、わたしを食い尽くした」という預言を思い出した。

このあと、イエスは神殿で教えを説かれ、目の見えない人や足の不自由な人がやって来ると、それらの人々を癒された。

一方、祭司長や律法学者たちは、イエスがなされたことを知り、また神殿で子どもたちが叫んだ「ダビデの子にホサナ」という声を聞いてひどく憤慨した。そこで、イエスのもとに行ってこう問いつめた。

「子どもたちがなんと叫んでいるか、あなたに聞こえるか」

イエスはお答えになった。

「聞こえる。あなたたちのほうこそ、『赤子や幼子の口から、汝は賛美を歌わせた』というのを読んだことがないのか」

これを聞いたファリサイ派の人々は口々に言い合った。

「見たか、我々にはどうしようもない。誰もが奴に夢中ではないか」

次いで彼らは、このようなことをするからには、どんな証を我々に見せてくれるのかと訊いた。

イエスは答えて言われた。

「この神殿を打ち壊しなさい。三日のうちに建て直してみせよう」

「この神殿は建てるのに四十六年かかった。なのに、あなたは三日で建て直せるというのか」

しかしイエスが言われたのは石造りの建物のことでなく、ご自身の肉体という神殿のことだった。のちにイエスが死から蘇られたとき、弟子たちはそれを思い出してイエスの言葉と聖書への信仰を確かめた。

祭司長と律法学者、それにエルサレムの有力者たちはイエスを恐れ、殺そうと謀ったものの、民衆がみなイエスの教えに魅了され、その言葉を聞こうと強く願っていたので、どうすることもできなかった。

その夜、イエスはエルサレムを離れてベタニアへお戻りになり、そこで朝まで過ごされた。それまで、イエスは神殿で毎日教えを説かれていたが、それを聞こうと大勢の人々が朝早くから訪れた。そして日が暮れると、ベタニアのオリーブ山で夜を過ごされたのである。

火曜日の朝、イエスら一行はエルサレムに戻る途中、イエスが前日呪いをおかけになったあのイチジクの木を通りかかった。それが枯れているのを見て、弟子たちは驚いた。(6)

「こんなに早く枯れてしまうとは」

すると、ペテロが言った。

「ご覧ください、先生。呪いをおかけになったイチジクの木が枯れています」

イエスはお答えになった。

「神を信じなさい。言っておくが、神を信じ疑わなければ、わたしがイチジクの木にしたことを、お前たちもすることができる。それだけではない。この山に向かって『ここを去って海に飛び込め』と言い、必ずそうなると固く信じれば、そのとおりになる。[7]だから、何かを願いそのために祈るときは、すでに与えられたと信じなさい。そうすれば、きっとそうなる。しかし、お前たちが祈るときは、自分を傷つけた者を必ず赦すように。それによって、お前たちの天の父も、きっとお前たちをお赦しになる」

弟子たちとともにエルサレムへ戻ったイエスは、再び神殿に赴かれた。人々に教えを説き福音を宣べ伝えながら境内を歩かれていると、祭司長と律法学者、そして長老たちがイエスに近づいてきた。「なんの権威があって、このようなことをしているのか」彼らは問いつめた。「誰がそうした権威を与えたのか」

「では、こちらも一つ質問しよう。それに答えたら、なんの権威があってこうしたことをしているのか、あなたたちに教えるつもりだ。ヨハネの洗礼は何か。それは神から来たものか、それとも人から来たものか。さあ、答えなさい」

祭司長たちは話し合った。

「『神から来たものだ』と答えたら、『ならば、なぜヨハネを信じなかったのか』と反論するだろう。だが『人から来たものだ』と答えれば、我々はきっと石を投げつけられる。ヨハネは預言者だったと、みな信じているからだ」

そこで彼らは答えた。

「我々にはわからない」

イエスは言われた。

「ならば、なんの権威があってこうしたことをしているのか、わたしも言うまい。ところで、あなたたちはこれをどう思うか。ある人に二人の息子がいて、長男にこう言った。『息子よ、今日はぶどう園に行って働きなさい』そう言われた長男は『いやです』と答えたが、あとで考え直して出かけた。それから次男にも同じことを言った。すると次男は『わかりました、お父さん』と答えたが、出かけなかった。二人の息子のうち、父親の望みどおりにしたのはどちらのほうか」

「長男のほうだ」祭司長と律法学者たちは答えた。

すると、イエスはこう返された。

「言っておくが、詐欺師や売春婦たちのほうが、あなたたちよりも先に神の国へ入るだろう。高潔なるヨハネが善の道を教えたのに、あなたたちは信じようとしなかった。しかし詐欺師や売春婦たちは、ヨハネの言葉を信じた。あなたたちはそれを見ても自分の過ちを認めず、ヨハネを信じなかった。

もう一つの例え話をしよう。ある家の主人がぶどう園を作って柵で囲い、ぶどうを搾る場所を掘り、見張りのやぐらを建てた。それからぶどう園を農夫たちに貸し、しばらく旅に出た。やがて主人は、地代を取り立てようと使いを送った。しかし、農夫たちは地代の支払いを拒んで使いを打ちのめし、主人のもとへ送り返した。そこで主人は二人目の使いを送ったが、これも同じ結果になった。この使いは頭を殴られ、ひどく侮辱された。主人はさらに何名かの使いを送ったものの、ある者は殴られ、ある者は殺された。その結果に、いったいどうしたものかと考えた。そして『まだもう一人、使いがいる』とひらめいた。『愛する息子がいるじゃないか。息子なら、少なくとも敬ってくれるだろう』だが農夫たちは、息子が来るのを見て言った。『跡取りが来るぞ。いっそのこと殺してしまおう。

そうすれば遺産は我々のものだ』

農夫たちは息子を捕まえて殺し、死体をぶどう園から放り出した。[8] さて、旅から戻った主人はどうするだろうか。そう、悪しき農夫たちを殺し、ちゃんと地代を払う別の者にぶどう園を貸し与えるはずだ」

その言葉に祭司長と律法学者たちは声をあげた。

「そんなことがあっていいわけはない」

イエスは彼らの顔をじっと見つめて言われた。

「あなたたちは聖書を読んだことがないのか。そこにはこう書いてある。『家を建てる者が捨てた石は、隅の要石となる。これは主のなされたことであり、我々の目には驚きに映る』この石のうえに落ちる者は打ち砕かれ、またそれが誰かのうえに落ちれば、その人は押しつぶされて塵となる。だから言っておくが、選ばれた人々という霊的な特権はあなたたちから取りあげられ、よりふさわしい民に与えられる[9]」

これらの例え話を聞いた祭司長と律法学者たちは、自分たちのことを言っているのだと気づいた。そこでイエスを捕らえようとしたものの、イエスを預言者と信じる群衆を恐れ、そうすることができなかった。
イエスはさらに別の例え話をされた。[10]
「天の国は、息子のために婚礼の宴を催す王に例えられる。王は家来を招待客のもとに遣わし、宴が始まることを告げさせたが、誰一人として姿を見せなかった。そこで王は別の家来を呼んでこう命じた。『招待客にこう伝えよ。「宴の準備が整いました。家畜を殺して、何もかも用意できております。王も、皆さまが来られるのを楽しみにしておられます」と』しかし、客たちはみなそれを無視し、自分の畑に出かける者もいれば、仕事に出かける者もいた。また別の者たちは王の家来を捕らえ、侮辱してからこれを殺した。王は怒り、軍勢を送ってこれらの人殺しを処刑し、その町を根こそぎ略奪した。そして家来たちに言った。『宴の準備は整っているが、招いた客はどれもふさわしくなかった。町の大通りに出て、道行く人を宴に招くんだ』家来たちは命じられたとおりに出かけ、様々な人たちを連れてきたので、宴の席はすべて埋まった。

やがて王が、客に挨拶すべく姿を見せた。すると、婚礼の礼服を来ていない者が一人いた。王はその人に尋ねた。『友よ、礼服も着ないでここに入るとは、いったいどういうことだ』その人が黙ったままなので、王は家来に命じた。『この者を縛りあげて外の暗闇に放り出せ。そこで泣きわめき、歯ぎしりするだろう。招かれる人は多いが、受け入れられる人は少ないのだ』」

ファリサイ派の人々はイエスを罠にかけるべく鳩首して策を巡らせた。そして、自らの門弟をヘロデ派の人々とともにイエスのもとへ遣わした。彼らは正直者を装いながら、イエスを騙してその言葉尻を捕らえようと試みた。イエスを捕らえ、総督に引き渡すためである。そうして機会を探りつつ、まずはこのように訊いた。

「先生、あなたは立派な方で、神の道についての真理を教えながら、誰も恐れず、贔屓せず、またおもねってもいないことを、わたしたちは知っています。ならば、どうかお教えください。皇帝に税を納めるのは正しいことですか。支払うべきでしょうか、それとも拒むべきでしょうか」

しかし、イエスは彼らの悪意を見抜かれていた。

「偽善者たちよ、なぜわたしを罠にかけようとするのか。税として納めるものを見せなさい」

彼らは硬貨を渡した。

「これは誰の肖像と銘か」

「皇帝のものです」

「ならば、皇帝のものは皇帝に、神のものは神に納めなさい」

それを聞いた一同は驚き、人々の前でイエスの言葉尻を捕らえることができなかったので、黙り込むより他になかった。

同じ日、死後の復活を認めないサドカイ派の人々がイエスのもとに来て、別の質問をぶつけた。

「先生、モーゼはわたしたちにこう教えています。ある人が子どもをもうけないまま死んだ場合、その弟は兄嫁と結婚し、兄の跡取りをもうけなければならない、と。さて、わたしたちの近くに七人の兄弟が暮らしております。長男は妻を迎えたものの、子どもがいないままこの世を去りました。次男が兄嫁と結婚しましたが、これも子どもをもうけることなく死にました。そして三男も他の兄弟たちも、同じようになってしまったのです。そして最後に、その女も死にました。ならば復活の日、その女は誰の妻になるのでしょう。何しろ、七人全員がその女と結婚したのですから」

「あなたたちはありもしない質問をわたしにぶつけている[11]」イエスはお答えになった。「あなたたちは聖書も神の力も知らないから、過ちを犯しているのだ。この世の男女は結婚して夫婦となるが、次の世と死後の復活にふさわしいとされる人たちは、娶ることも嫁ぐこともない。彼らは天使に等しい者であり、復活を通じて神の子となるのだから、再び死ぬことがないのだ[12]。

だが死後の復活について、あなたたちはモーゼの書の『芝』に関する箇所で、神がなんと言ったか読んだことがないのか。そこには『わたしは汝らの父の神、アブラハムの神、イサクの神、そしてヤコブの神である』と記されている。神は死者の神でなく、生きている者の神なのだ。神にとっては誰もが生きているのだから。あなたたちは大変な思い違いをしている」

そのあまりの説得力に、群衆は言葉を失った。律法学者のなかにはこう言ってイエスを讃える者もいた。

「先生、あなたのお答えは素晴らしい」

サドカイ派の人々がイエスに反論できなかったことを知ったファリサイ派の人々は、別の企みを実行に移した。
「先生」と、ある律法家がイエスに尋ねる。「律法のなかで第一の掟はなんでしょうか」
イエスはお答えになった。
「第一の掟はこれだ。『聞け、イスラエルよ。わたしたちの神である主は、唯一の主である。汝は心を尽くし、魂を尽くし、力を尽くして、汝の神である主を愛せ』
第二の掟はこれである。『汝、自分と同じように隣人を愛せ』
この二つにまさる掟は他になく、律法全体と預言書はそれらを基に築かれたのだ」
「おっしゃるとおりです、先生。神はただ一つであり、他に存在しないというのは、まったく素晴らしいお答えです。また、心と魂と力を尽くして神を愛し、自分と同じように隣人を愛するというのは、どんな捧げものや生けにえにもまさるものです」

イエスはこの律法家の適切な答えをお聞きになって「あなたは神の国から遠くない」と言われ、今度はファリサイ派の人々に質問なされた[13]。

「あなたたちはキリストのことをどう考えているのか。キリストは誰の子なのか」

「ダビデの子だ」ファリサイ派の人々は答えた。

「律法学者もそう言っている。ならば、ダビデが精霊を受け、キリストを主と呼んでいるのはどういうことか。聖書の詩篇で、ダビデ自らこう言っている。『主は、わたしの主にこう言われた。「わたしの右に座りなさい。わたしが汝の敵を、汝の足台にするそのときまで」』このように、ダビデがキリストを主と呼んでいるなら、そのキリストがダビデの子であるのはどういうことか」

その言葉に誰一人として言い返せる者はおらず、そのときからイエスに質問をぶつける者は現われなかった。しかし他の人たちは、イエスの教えを大いに喜んだ。


過越祭の礼拝に訪れた群衆のなかには、ギリシャ人も大勢混じっていた。彼らは、ガリラヤのベテスダ出身のフィリポを見つけ、ぜひイエスのお姿を一目見たいと言った。フィリポはまずそのことをアンドレに話し、次いで二人してイエスに伝えた。

だが、イエスは直接お答えにならなかった。

「人の子が栄光を受けるときが来た。言っておくが、麦の一粒は、地面に落ちて死なない限り、実を結ぶことはない。しかし、死ねば多くの実を結ぶ。自分の身体の命を惜しむ者はそれを失うが、この世で自分の命を捧げる者は永遠にそれを保つ。わたしに仕えようと願う者は、このようにしてわたし

にしたがわねばならぬ。そうしてわたしが至るところに彼も至り、わたしの父に讃えられる。(14)

わたしの心はいま思い悩んでいる。わたしをこの試練から救ってくださいと、父に頼もうか。いや、わたしはこの試練に耐えるために来たのだ。むしろこう言おう。『父よ、御名の栄光のために、わたしを犠牲にしてもあなたの御心を満たしてください(15)』と」

そのとき、天から声が聞こえた。

「わたしはすでに栄光を現わした。再びそれを現わそう」

その声を聞いた群衆は雷に違いないと言ったが、なかには、天使がイエスに語りかけたのだと言う者もいた。

イエスはこう言われた。

「この声はわたしのためでなく、あなたたちのために聞こえたのだ。いまこそこの世は裁きを受け、この世の王は追放される」

そしてご自分がどのような死を遂げるか示そうと、話をお続けになった。

「わたしは地上からあげられるとき、すべての人を自分のもとに引き寄せる。モーゼが砂漠で蛇をあげたように、人の子もあげられねばならない。信じる者がみな永遠の命を得るために」

それを聞いた群衆はこう言葉を返した。

「わたしたちは聖書で、キリストは永遠におられるということを知りました。ですがあなたは、人の子は死んであげられねばならないとおっしゃいました。ならば、人の子とは誰のことでしょうか」

「それは神のただ一人の御子である。(16)神はその御子を捧げるほどに、人間を深く愛された。だから、神を信じる者は永遠の命を得て、死ぬことがない。(17)神が御子をこの世に遣わされたのは、人を裁くためでなく、御子によって人が救われるようにするためである。神の子を信じる者は裁かれない。しかし神の子を信じない者は、すでに裁きを言い渡されている。神のただ一人の御子の名を信じていないからだ。光が世に現われたのに、人々は邪なことを行なっていたため、闇のほうを好んだ。そのせいで裁かれたのである。悪を行なう者は光を憎み、自分の行ないが明るみに出るのを恐れ、光を避ける。しかし、正しいことを行なう者は光のもとに来る。自分の行ないが神に導かれていることを示すためだ。いましばらく、光[18]はあなたたちのあいだにある。何かを行なうときは、あなたのなかにある光にしたがいなさい。さもなくば闇があなたを覆い尽くす。闇のなかを歩く者は、自分がどこに向かっているかわからない。光のあるうちに、光を信じなさい。光があなたの命の導きとなるように[19]」

そこでイエスは一段と声を高められた。

「わたしを信じる者は、わたしだけでなく、わたしを遣わされた方をも信じている。わたしを見る者は、わたしを遣わされた方をも見ている。わたしは光としてこの世に来た。わたしを信じる者が闇に囚われることがないようにするためだ。わたしの言葉を聞いてそのとおりにしない者がいたとしても、わたしはその人を裁かない。わたしは人を裁くためでなく、人を救うためにこの世へ来たからだ。しかし、わたしを拒み、わたしの教えを聞き入れない者に対しては、裁きがある。最後の日、わたしの教えがその人を裁くのだ。なぜなら、わたしは自分勝手に語ったのではなく、わたしを遣わされた父のお言葉どおりに語ったからである。父の命ずることが永遠の命を与えると、わたしは知っている。だから、父から命じられたままに語るのだ」

語り終えたイエスはその場から脱け出し、群衆のなかに姿を隠された。数多くの奇蹟を目の当たりにしたにもかかわらず、彼らはイエスを信じなかった。こうしてイザヤの預言は実現されたのである。

「わたしたちの知らせを誰が信じましたか。主の御腕は誰に示されましたか」

また人々が信じるに至らなかった理由を、イザヤは次のように説明している。

「神は彼らの目を塞ぎ、心を頑なにされた。自分の目で見ず、自分の心で悟らず、振り返らず、またわたしから癒やしを得ないようにするためである」

その一方で、イエスを信じる者が支配者のなかにも数多くいたが、ファリサイ派の人々から破門されることを恐れてそれを秘密にした。これらの人たちは神から認められるよりも、人から是とされるほうを好んだのである。

第十三章註

1、この聖なる一週間の具体的な曜日について、原典では言及されていない。しかし物語の流れを明確にすべく、本書では曜日の特定を試みた。当然ながら、その正確性は近似に過ぎない。一例を挙げると、聖ヨハネは、キリストがベタニアに到着したのを過越祭の六日前、すなわち土曜日としているが、多くの専門家は金曜日の夜だと考えている。だが少なくとも、週末ごろに到着したのは間違いない。

2、註1を参照のこと。キリストのベタニア到着が金曜日の夜だったにせよ、あるいは土曜日だったにせよ、晩餐の会が催されたのは土曜日の夜だったと思われる。

3、聖マタイによると、キリストは弟子たちに対し、ロバと子ロバを連れてくるよう命じ、自分はその二頭に跨って旅をすると言ったとのことである。一方、マルコとルカは子ロバにしか触れていない。またヨハネはロバの子どもと記している。

水がめを運ぶ男のエピソードと同じく、この出来事も超自然的な現象ではなく、あらかじめ手はずが整えられていたものと思われる。

4、この箇所は、註6の箇所と併せて理解すべき内容である。解釈の難しいエピソードであり、脚色された一種の例え話と考えられている。つまり、数々の外面的な儀礼（葉）を求めながら、内的な精神性（果実）がほとんど伴っていない、当時のユダヤ教を非難するものと解釈すべき、ということである。さらに、木が枯れたことは、エルサレムが破壊されたときのユダヤ人の運命を象徴しているという説もある。

5、この出来事に関し、マタイ、マルコ、ルカは福音書のこの箇所で記述しているが、ヨハネはキリストによる伝道の最初期に起こったものとしている（ヨハネによる福音書2－14～22）。どちらが正しいのかは明らかでなく、また二つの異なる出来事だったか否かも定かでない。本書では一つの出来事と解釈し、キリストによる伝道の末期に起こったものとした。

当時の聖職者はこうした商売で巨利を得ていた。ゆえにキリストは、それら聖職者が有する特権だけでなく、懐の中身をも攻撃したのである。キリストの行為は、聖職者たちの憎しみをかき立てる出来事の一つだった。

6、註4を参照のこと。

7、極めて難しいことの例えとして、ユダヤ人が好んだ表現。並外れた影響力を持つ人は「山を動かす人」と呼ばれた。

8、マタイとルカは、農夫たちは息子をぶどう園から放り出したあとで殺したとしており、一方マルコは、息子をぶどう園のなかで殺してから外に放り出したとしている。本書ではこの例え話の持つ意味を鑑み、聖マルコの記述を採用した。

9、原典では「神の国はあなたたちから取りあげられる」「神の国」が持つ意味はこの一節に表されているという解釈がある。

10、聖マルコはここに「そして彼ら（祭司長たちとファリサイ派の人々）はイエスをその場に残して立ち去った」という一節を挿入しているが、マタイの福音書にはイエスがそのとき（祭司長たちとファリサイ派の人々に）語ったという婚礼の宴の例え話が含まれていない。マルコによる福音書の一節を含めるとストーリーの一貫性が保てなくなるため、本書では省略した。

11、原典では「あなたたちは聖書も神の力も知らないから、思い違いをしている」（マタイによる福音書）、「あなたたちは聖書も神の力も知らないから、そんな思い違いをしているのではないか」（マルコによる福音書）

聖書の教えにそのような内容はなく、また神の力は、この世の状況と適合させるにはあまりに強大である、というのがキリストの返答の含意だと示唆されている。

12、原典では「復活の子であり、神の子である」本書の記述は解釈の一つである。

13、聖マタイは、キリストはこの問いかけをファリサイ派の人々に対して行なったとしている。一方聖マルコは、「どうして律法学者たちは、キリストはダビデの子だと言うのか」という、一般的な問いかけと解釈している。

本書ではマルコによる解釈を、「律法学者もそう言っている」という一節を挿入することで補強した。

14、原典では「わたしに仕えようとする者は、わたしにしたがえ。そうすれば、わたしのいるところに、わたしに仕える者もいることになる」

キリストは自分の命を喜んで捧げよという意味で「わたしにしたがえ」と言った、またその人のいる場所こそその人の国である、という解釈がなされている。本書ではその意味を強調すべく、「このようにして」および「至る」という語句を加えた。

15、原典では「わたしはまさにこのときのために来たのだ。父よ、御名の栄光を現わしてください」

本書ではキリストの含意とされているものを強調すべく語句を補強した。

16、ヨハネによる福音書第三章の記述をこの箇所に持ってくるという着想は、『モファット新約聖書注解』の「ヨハネによる福音書」の章から得たものである。またそこでは、ヨハネによる福音書3－14～30の記述箇所が不適切ではないかという指摘もされている。つまり3－22～30の内容を同じ章の後半に移動したうえで、同14～21の内容を削除すべきと主張しているのである(本書第二章註15を参照のこと)。

さらに、3－14および15の内容は論理的に12－32に続くものであり、また同節では言及されていない、人の子についての記述を含んでいるこれらの節は、同34に記載されている「人の子とはいったい誰でしょう」という群衆の問いかけに続くものと考えるほうがより自然である。

原典どおりの順序ではこの問いかけに答えが与えられないこととなり、次の12－35が、キリストこそ世の光であるという、まったく無関係な新しい話題で始まることとなってしまう。しかし12－34と35のあいだに3－16～21を挿入することで、まず12－34の問いかけに答えが与えられ、キリストこそ世の光であるという次の話題、および同35の内容により自然な形で移ることができる。

本書では『モファット新約聖書注解』の著者らに敬意を表わすべく、前記の解釈を採用した。

17、原典では「神は、その独り子をお与えになったほどに、世を愛された。独り子を信じる者が誰一人死ぬことなく、永遠の命を得るためである」

ヨハネによる福音書12－34の問いかけに対するよりふさわしい回答とすべく、本書では多少の書き換えを行なった。註16を参照のこと。

18、（註16を参照のこと）本書ではキリストを表わす「光（Light）」と、単なる物理的な「光（light）」を区別する試みを行なった。

19、原典では「光のあるうちに、光を信じなさい。光の子となるために」

第十四章　キリストの非難と警告

神殿に戻ってすぐ、イエスは弟子たちと群衆に向かって話をされた。

「律法学者に気をつけなさい。律法学者たちとファリサイ派の人々はモーゼの後継者なので、彼らの命じることにはしたがうように。しかし、彼らの行ないを真似てはならない。教えを説くだけで実行しないからだ。さよう、彼らはうんざりするような重荷を一つにまとめ、人の肩に載せはするが、自分では指一本触れず、決して背負うことをしない[1]。彼らは人目を引くことだけが望みなのであって、そのために仰々しい記章を身につけたり、麗々しく仕立てた祭服を着たりする[2]。通りでは敬意を払われるのを喜び、会堂では前の席に、宴では上座につくのを好む。そして、その肩書きで呼ばれることに喜びを感じている。彼らは律法を一言一句守りながら、弱く無力なる者を欺く[3]。その一方で、長々とした祈りをもったいぶって捧げているのだ。だから、彼らに対する罰は人一倍重くなる。

偽善に満ちた律法学者とファリサイ派の人々よ、あなたたちはなんと憐れなことか。自分らの教えによって、人々が神の国に入る道を覆い隠しているからだ。あなたたちは自分で入らないばかりか、入ろうとする人を入らせようとしない[4]。

偽善に満ちた律法学者とファリサイ派の人々よ、あなたたちはなんと憐れなことか。あなたたちは一人を改宗させようとして陸や海を探し歩くが、改宗者を得ると、その人を自分よりも倍悪い地獄の子にしてしまう。

　信心家ぶった案内人よ、あなたたちはなんと憐れなことか。あなたたちは言う、『神殿にかけて誓うことは無効だが、神殿の黄金にかけて誓うならば、その誓いは必ずや果たされる』と。目の見えない愚か者よ。黄金と、黄金を聖なるものとする神殿と、尊いのはどちらか。さらにあなたたちは言う、『祭壇にかけて誓うことは無効だが、祭壇に置かれた捧げ物にかけて誓うならば、その誓いは必ずや果たされる』と。目の見えない愚か者よ。捧げ物と、捧げ物を聖なるものとする祭壇と、尊いのはどちらか。祭壇にかけて誓う者は、祭壇だけでなく、そのうえにある一切のものにかけて、神殿にかけて誓う者は、神殿だけでなく、そこに住んでおられる方にかけて誓っているのだ。さらに、天にかけて誓う者は、神の玉座とそれに座っておられる方とにかけて誓っているのだ。

　偽善に満ちた律法学者とファリサイ派の人々よ、あなたたちはなんと憐れなことか。あなたたちは取るに足らない薬草に財産の十分の一を捧げるが、律法のもっとも大切な掟、すなわち神への愛と正義の実行、そして慈悲とよき信仰をないがしろにしている。しかし、これこそが行なうべきことなのだ。確かに、十分の一の捧げ物をないがしろにしてはならない。だが、目の見えない案内人よ、あなたたちは蠅一匹でさえこれを漉して取り除くが、その一方で駱駝を呑み込んでいるのだ。

　偽善に満ちた律法学者とファリサイ派の人々よ、あなたたちはなんと憐れなことか。あなたたちは杯や皿の外側はきれいにするが、その内側を暴利と強欲で満たしている。目の見えないファリサイ派の人々よ。まずは内側をきれいにせよ。そうすれば全体がきれいになる。

　偽善に満ちた律法学者とファリサイ派の人々よ、あなたたちはなんと憐れなことか。あなたたちは白く塗られた墓石のようなものだ。見栄えは立派だが、内側は死者の骨やあらゆる汚れ（けが）で満ちている。

だからあなたたちも、見かけこそ高潔で正直だが、内側は偽りと悪意で満ちているのだ。

偽善に満ちた律法学者とファリサイ派の人々よ、あなたたちはなんと憐れなことか。あなたたちは預言者や聖者の碑を建てたり、彼らの墓を花輪で飾ったりしている。あなたたちの先祖に殺された人の墓をだ。なのにあなたたちは言う、『我々があのころ生きていたとしても、罪を犯した先祖の側にはつかなかっただろう』と。そのようにして、自分の血に人殺しの汚れが混じっていることを、自ら認めているのだ。そしていま、あなたたちは先祖にしたがおうとしている。[5] あなたたちの魂は先祖の魂と同じだからだ。蛇よ、蝮の子らよ。あなたたちは地獄の罰から決して逃れられない。

だからこそ、知恵ある神もこう言われている。『見よ、わたしは預言者や使徒、賢者や律法学者を彼らのもとに遣わすが、彼らはそのなかのある者を拷問の末に殺し、別の者を神殿のなかで鞭打ったうえ、町から町へと追い回して迫害する』と。こうして、正しい人アベルの血から、聖所と祭壇のあいだで殺されたバラキアの子ゼカルヤの血に至るまで、あなたたちによって流された無実なる者の血は、すべてあなたたちが責任を負わねばならない。繰り返して言うが、これらの罪の責任はすべて、いま生きているあなたたちが負わねばならない」


このようにして律法学者たちとファリサイ派の人々を非難されたあと、イエスは賽銭箱の向かいに座り、人々が献金するのを眺められた。大勢の金持ちが気前よく献金したが、そこに貧しいやもめがやって来て、小さな銅貨を二枚入れた。

それをご覧になったイエスは弟子たちに言われた。

「言っておくが、あのやもめは、他の人たちの分をすべて合わせたよりも多く献金した。金持ちは失ってても惜しくない分しか献金しなかったが、あの人は、自分の暮らしに必要な分まで捧げたのだ」

イエスが境内を出て行かれると、建設中の神殿の建物のことが話題になった。[6]

「見事な建物ではありませんか、先生」と、弟子の一人が言った。「ご覧ください。あの素晴らしい石造り、それにあの立派な奉納物の飾りを」

イエスは言われた。

「お前はこれらの巨大な建物を見ているのか。言っておくが、すべての建物が一つ残らず崩れ去るときが来る。石の一つたりとも、他の石のうえに残ることはないだろう」

それからイエスはオリーブ山に登り、神殿の向かいに腰を下された。すると、ペテロ、ヤコブ、ヨハネ、アンドレの四人がやって来て、密かに尋ねた。

「先生、どうかお教えください。それはいつ起きるのでしょうか。また、そのことすべてが現実になり、先生がお戻りになって世の終わるときには、どういう予兆があるのでしょうか」

イエスはお答えになった。

「まず、人の子は大きな苦しみに晒され、いまの時代の人々から拒まれる。[7]そして、ダニエルの言う憎むべき破壊者[8]が聖なる場所に立ち――読者よ、この意味を正しく解釈せよ――、軍勢がエルサレムの周りに集まるのを見るとき、その滅びと破壊が間近に迫っていることを知る。そのとき、ユダヤにいる人々は、山に逃げなさい。街のなかにいる人々は、そこから逃れなさい。田舎にいる人々は、そこへ避難しようとしてはならない。屋根のうえにいる者は、家のなかにあるものを持ち出そうとして、そこから降りてはならない。畑にいる者は、外套を取りに戻ってはならない。ロトの妻のことを思い出しなさい。自分の命を守ろうとする者はそれを失い、自分の命を捧げようとする者はそれを保つ。

予言されたことがみな実現する、報復のときだからだ。

そのとき、この地の苦しみと人々の嘆きは大きなものとなる。身重の女や乳飲み子を持つ女は不幸だ。逃げるのが冬や安息日にならないよう祈りなさい[9]。苦しみは耐えがたいものとなり、この世の始まりからいままでに起きたことがなく、また今後も決して起こらないほど大きくなる。そうした恐るべき月日が万が一にも縮まらなければ、誰一人として生きてはいまい。しかし神は、選ばれた人たちのためにそれを短くしてくださる。人々は戦いのうちに殺され、奴隷として他の国々に連れて行かれる。そしてエルサレムも、異邦人による支配の期間が終わりを迎えるまで、その足元にひれ伏すことになる。言っておくが、これらのことはみな、いまの時代の人々が生きているあいだに起こる」


イエスはさらに続けられた。

「だが、人に騙されないよう気をつけなさい。偽りの指導者が数多く現われ、大勢の人々を誤った方向に導くからだ。わたしの名を騙る者が大勢来て、『我こそキリストである。終わりの日は近い』などと言うだろう。それに多くの人が惑わされる。しかし、その言うことにしたがってはならない。誰かがお前たちに、『見よ、ここにキリストがいる』とか『いや、あそこだ』などと言っても、それを信じてはならない。偽のキリストや偽りの預言者が現われ、不思議な証や行ないを見せ、選ばれた人たちをも惑わそうとするからである。お前たちにはあらかじめ言っておく。だから、キリストは荒れ野にいると誰かが言うのを聞いても、行ってはならない。また、奥の部屋にいると言われても、それを信じてはならない。東の空で光った稲妻が瞬く間に西のほうへ閃き渡るようにして、人の子も現われるからだ。死体のあるところにハゲタカが集うのと同じくらい、これは確かなことだ[10]。

戦争の騒ぎや戦いの噂を聞いても、慌てないように。民や国のあいだで戦いが起き、様々なところで地震や疫病が発生する。これらのことは必ず起こるのだが、世界の終わりはまだ来ない。産みの苦しみの始まりに過ぎないのだ。

やがて悪がはびこり、そのため多くの人の愛が冷める。人々は思い違いを起こし、互いに裏切り憎しみ合う。そのときは注意を怠らないように。お前たちの迫害が始まるからだ。お前たちはわたしのために、あらゆる場所で憎まれる。捕らえられて牢に入れられ、王や総督の前に引き出されたうえ、会堂に引き渡されてひどく鞭打たれる。わたしにしたがう者だと言ったがために、お前たちは拷問の末に殺される。さらには親兄弟、子ども、親族や友人にまで罵られる。お前たちはそれに苛まれ、ついには死を迎えるだろう。

これらのことはすべて、ユダヤ人や異邦人の前でわたしのために証をする機会を、お前たちに与えるものだ。裁きを受けるときは、審問官にどう答えようかと思い悩んではならない。審問官の誰一人として反論も対抗もできないような言葉と知恵を、わたしがお前たちに授けるからだ。お前たちでなくお前たちの聖霊が語るのだ。お前たちは髪の毛一本失わず、最後まで耐える者は救われる。お前たちは忍耐によって魂を勝ち取るのだ。

恐怖に満ちたその日々が過ぎれば、空に兆しが現われ、太陽は暗くなり、月は光を放たず、星は天から流れ落ち、天体は揺り動かされる(11)。地上ではすべての民が苦しみ、轟く海と荒れ狂う波に恐れおののく。そして人々は、この世がどんな恐怖で覆われるのかと怯え、恐ろしさのあまり気を失うだろう。

やがて、神の国がこの地上に現われるという福音が、この世のあらゆる民への証として宣べ伝えられ、そして終わりが来る。そのとき、人の子の証が空に現われ、大いなる力と栄光を伴いながら雲に乗って来るのを見て、人々は嘆き悲しむ。やがて、響き渡る喇叭の音とともに、人の子は天使を遣わす。天使は天のあらゆるところから、あるいは天地の果てから選ばれた人々を呼び集める。これらのことが起こり始めたら、頭をあげて天を見なさい。お前たちの救いが近づいているからだ」

そこでイエスは例え話をなされた。

「イチジクや他の木から学びなさい。芽吹き、葉が出始めると、夏の近づいたことがわかる。だから、これらの出来事が起きつつあると知ったなら、神の国が戸口に近づいていると悟りなさい。そのときは誰も知らない。天にいる天使たちも子も知らない。ただ父のみがご存じである。だから絶えず気をつけ、目を見張って祈りなさい。お前たちの主がいつ現われるのか、お前たちにはわからないからだ。天地は終わりを迎えるが、わたしの言葉は永遠に残る。

人の子が来るときは、ノアの時代と同じようになる。洪水の前、人々はいつものように振る舞い、飲んだり食べたり、娶ったり嫁いだりしていた。やがてノアは箱舟に乗り、人々は何が起きたか気づく間もなく、襲い来る洪水に飲み込まれてしまった。ロトの時代もこれと同じだ。人々は飲んだり食べたり、売ったり買ったり、あるいは植えたり建てたりしていたが、ロトがソドムを離れた日、火山の炎と硫黄が天から降り注ぎ、一人残らず滅ぼされてしまった。人の子が来るときにもこれと同じことが起こる。言っておくが、その日寝台に二人の男が寝ていれば、あるいは畑に二人の男が出ていれば、一人は連れて行かれ、もう一人は取り残される。二人の女が粉挽き場で臼をひいていたとしても、一人は連れて行かれ、もう一人は取り残される。

それはちょうど、これから旅に出る人が出発に先立ち、使用人たちにあらかじめ仕事を割り振り、門番にはきちんと見張るよう言いつけておくことに似ている。だから、お前たちもしっかり目をひらきなさい。家の主人がいつ帰ってくるのか、夜なのか、真夜中なのか、日の出ごろなのか、それとも朝遅くなのか、お前たちにはわからないからだ。そのためにも、放縦や飲酒、あるいは生活の煩いのために、心が乱されないよう気をつけなさい。さもないと、その日が突然お前たちに襲いかかり、罠にかけるかもしれない。その日は、この地上に住むあらゆる者を襲うからだ。お前たちはいつも目を見ひらき、来るべき恐怖から逃れ、人の子の前に堂々と立てるよう祈りなさい。わたしはお前たちに語ることを、すべての人に伝える。目を覚ましていなさい。人の子が来たとき、眠っている姿を見られないように」


イエスはさらに続けられた。

「天の国は十人の若い娘に例えられる。彼女らはともし火を持って花婿を出迎えに行ったのだが、そのうち五人は浅はかで、他の五人は賢かった。

浅はかな娘たちは、ともし火を持っていたものの、油の用意をしていなかった。一方、賢い娘たちは、油を壺に入れて持ってきていた。ところが花婿を待つあいだ、娘たちは眠気に襲われ眠り込んでしまった。やがて真夜中になり、『花婿だ。迎えに出なさい』と叫ぶ声が聞こえた。それを聞いた娘たちはみな目を覚まし、それぞれのともし火を整えた。

そのとき、浅はかな娘たちが賢い娘たちに言った。

『油を分けてください。ともし火が消えそうなのです』

だが、賢い娘たちはこう答えた。

『分けてあげられるほど油はありません。それより、店に行って自分の分を買ってきたらどうです』浅はかな娘たちが油を買いに行っているあいだに、花婿が到着した。準備が整っていた娘たちは花婿と一緒に婚礼の宴へ向かい、そして戸が閉められた。

やがて他の娘たちが戻ってきて、『ご主人さま、ご主人さま、どうかあけてください』と声をあげた。

しかし主人は、『はっきり言うが、わたしはお前たちを知らない』と答えるだけだった。

だから、しっかり目を覚ましていなさい。お前たちはその日もそのときも知らないのだから。

これと同じような話がある。旅に出ようとする人が出発に先立ち、使用人を呼んで財産を託した。それぞれの能力に応じて、一人に五タラントン、一人に二タラントン、そしてもう一人に一タラントン[12]を預け、旅に出かけた。

五タラントンを預かった者は早速それで商売をして、さらに五タラントン儲けた。二タラントンを預かった者も同じ額を儲けた。しかし、一タラントンを預かった者は地面に穴を掘り、そこに主人の金を隠した。

それからかなりの月日が経ち、主人が帰ってきて金の精算をした。まず五タラントンを預かった者が、『ご主人さまから五タラントンをお預かりしましたが、さらに五タラントンを儲けました』と報告した。

それを聞いて主人は言った。

『忠実なしもべよ、よくやった。お前はこの小さなことにも忠実だったから、もっと大切なことを任せよう。一緒に喜ぼうではないか』

次に二タラントンを預かった者が言った。

『ご主人さまから二タラントンをお預かりしましたが、さらに二タラントンを儲けました』

『忠実なしもべよ、よくやった。お前はこの小さなことにも忠実だったから、もっと大切なことを任せよう。一緒に喜ぼうではないか』

最後に一タラントンを預かった者が主人の前に進み出た。

『ご主人さまは種を蒔かないところから刈り取り、穀物を散らさないところから集めるような厳しい方だと存じておりましたので、地面に金を隠しておきました。これがそうです』

するとと主人は言った。

『この怠け者め。わたしが種を蒔かないところから刈り取り、穀物を散らさないところから集めるような人間だと知っていながら、どうして銀行に金を預けなかったのか。そうすれば利息と一緒に返せたのに。この男から金を取りあげ、五タラントンを儲けた者にくれてやれ。それからこの役立たずを暗闇に放り出すんだ。そこで泣きわめいて歯ぎしりするだろう。己の才能を尽くす者はさらに力を与えられ、才能を使わない者はそれを失うのだ[13]』


そして、イエスは次のように言われた。

「人の子は、栄光に輝きながらすべての天使を率いて来るとき、その栄光の座につく。この世のすべての人々がその前に集められると、羊飼いが羊と山羊を分けるように、一人一人より分けてから、羊を右に、山羊を左に置く。

すると王は、右にいる人たちに言う。

『さあ、わたしの父に祝福された人々よ、この世の始まりからお前たちのために用意されていた国を受け継ぐのだ。お前たちは、わたしが腹を空かせていたときに食べさせ、喉が渇いていたときに飲ませ、見知らぬ地を旅していたときに宿を貸し、裸のときに服を着せ、病のときに世話をし、牢にいたときに訪ねてくれたからだ』

正しい人たちがそれに答えて言う。

『主よ、わたしたちはいつ、あなたが飢えておられるのを見て食べ物を差しあげ、喉が渇いておられるのを見て飲み物を差しあげたのでしょう。見知らぬ地を旅しておられるのを見て宿を貸し、裸でおられるときに服を差しあげたのはいつのことでしょう。それに、わたしたちはいつ、病であったり牢におられたりしていたあなたのお世話をしたというのでしょう』

すると王はこう答える。

『はっきり言っておこう。お前たちが、わたしの兄弟のうちもっとも小さな者にしたことは、わたしにしてくれたということなのだ』

それから王は左にいる人たちに言う。

『呪われた者ども、いますぐここを去り、悪魔とその手下のために用意された永遠の火に飛び込め。お前たちは、わたしが腹を空かせていたときに食べさせず、喉が渇いていたときに飲ませず、見知らぬ地を旅していたときに宿を貸さず、服を与えず、病であったり牢にいたりしたときも、わたしを訪ねてくれなかった』

すると彼らも答える。

『主よ、わたしたちはいつ、あなたが腹を空かせたり、喉が渇いたり、見知らぬ地を旅していたり、裸でいたり、病気であったり、牢に入っているのを見て、お世話をしなかったというのでしょう」

王は言う。

『はっきり教えてやろう。お前たちが、わたしの兄弟のうちもっとも小さな者にしなかったことは、わたしにしてくれなかったということなのだ』

こうしてこの者どもは永遠の罰を受け、正しい人たちは永遠の命を得る」

第十四章註
1、原典では「彼らは背負いきれない重荷を一つにまとめ、人の肩に載せるが、自分では指一本触れることなく、それを動かそうとしない」
2、原典では「聖句箱を大きくしたり、衣服の房を長くしたりする……そして、裾の長い衣服で歩くことを好む」
聖句箱は、聖書の文章を入れた革張りの箱であり、腕や額に巻きつける。「聖句箱を大きくする」、「衣服の房を長くする」、そして「裾の長い衣服で歩く」ことは、信心が極めて深いことを示すための行為である。
3、原典では「やもめの家を食い物にする」
現代的な表現にすべく書き換えを行なった。
4、原典では「人々の前で天の国を閉ざすからだ。自分が入らないばかりか、入ろうとする人をも入らせない」
律法学者やファリサイ派の人々は数多くの堅苦しいしきたりを設けることで、よき人生の単純明快な精神的本質を覆い隠している、というのがこの一節の含意だと思われる。

5、原典では「こうして、自分たちが預言者殺しの子孫であることを、自ら証明している。ならば先祖の悪事を仕上げたらどうか」

難解な文章であり、本書の記述は解釈の一つに過ぎない。

6、原典に神殿が建設中であるとは記されていないが、他の文献から確認されている。弟子の言葉をより強調するため、本書ではその旨を記載した。

7、前文で弟子たちが発した質問に対するキリストの回答は、聖書でもっとも難解な記述の一つである。実際のところ、弟子たちは二つの質問をしている。つまり、（a）神殿の壊滅につながる出来事はいつ起こるのか、（b）キリストの復活と世の終わりはいつのことなのか、である。キリストはこのいずれにも答えを与えている。まず最初の質問に対しては、包囲軍がエルサレムに迫ったとき、と答えた。また二番目の質問については、正確なときを知るのは父以外にないものの、数多くの予兆が現われると答えている。

しかし、いずれの質問に対する回答も極めて難解なため、それぞれの記録が混ざり合ってしまっている、という説もある。初期の聖書で頁の順番が狂っていたとすれば、これは十分あり得ることである。

本書では試行錯誤の末、エルサレムの滅亡を指すと思われる記述と、世の終わりに関係する記述を分離しようと試みた。この試みは二つの事実を根拠としている。すなわち、（a）キリストの回答を記した箇所の順番が、ルカによる福音書と、マタイおよびマルコによる福音書とで異なっており、確かに並び替えが行なわれたこと、そして（b）最後の晩餐におけるキリストの会話について、同様の並び替えを行なうことが望ましいと広く認められていること、である。一方のケースで許されるのなら、もう一つのケースでも許されるはずだ。

当然ながら、本書で行なった並び替えが正確であるとも完全に満足できるものとも主張するつもりはないが、努力にふさわしい結果を生んだものと自負している。

8、「憎むべき破壊者」は一般的に反キリスト者と解釈されており、より具体的に言えば神殿の冒瀆である。異教のしるしが祭壇に置かれた例は数多く存在する。

9、ユダヤ教の律法では、安息日に旅することのできる距離が制限されている。ゆえに逃げるのが安息日であれば、敬虔なユダヤ教徒は信仰を捨てるか自分の命を捨てるかの選択を迫られる。よって、このジレンマから逃れられるよう祈るべきなのである。

10、原典では「死体のあるところには、ハゲタカが集まるものだ」

これは避けられない運命を指すユダヤの諺だと思われる。本書ではその意味を強調すべく「これは確かなことだ」という語句を加えた。

11、空に現われた兆し、荒れ狂う波といった表現は、人間世界の様々な激動を表わすユダヤの常套句である。よって、この一節は文字通りに解釈するのでなく、一種の比喩として考えるべきというのが一般的な見解である。

12、原典の五タラントン、二タラントン、一タラントンは現在の貨幣価値でそれぞれ千二百ポンド、四百八十ポンド、二百四十ポンドに相当する。（原書の本文ではきりのよい数字ということでそれぞれ五百ポンド、二百ポンド、百ポンドと記述しているが、本訳書では原典通りの表現を用いた）

この例え話は、ルカによる福音書でなされた例え話（第十二章二四四頁を参照のこと）と同種のものと思われるが、本書ではそれぞれ別の機会に話されたものとして解釈した。

13、原典では「誰でも持っている人はさらに与えられて豊かになる。しかし持っていない人は持っているものまで取りあげられる」

人間の力は使い方次第で大きくもなれば衰えもするという法則を述べたものであり、特に精神的な力を指しているものと考えられる。

第十五章　最後の晩餐

　これらを語り終えたイエスは、別の話を始められた。世にいる弟子たちへの愛情は言葉にできぬほど限りなく、そしていま、この世を去って父のもとへ行くべきときが来たことを悟られていた。イエスは、弟子たちに言われた。

「お前たちも知っているだろうが、過越祭まであと二日しかない。そのとき人の子は、十字架にかけるために引き渡される」

　そのころ、大祭司の屋敷では会合が行なわれていた。この大祭司は名をカイアファといい、祭司長や律法学者や民の長老たちとともに、イエスを捕らえ処刑すべく、もっともらしい罪状を見つけようと鳩首していたのである。しかし、民衆のあいだで騒ぎになってはいけないからと、過越祭のあいだは手を出さないことにした。

　だがそのとき、イスカリオテのユダ――十二人の使徒の一人――が悪魔に取り憑かれた。そして彼は祭司長たちや神殿の守衛長たちのもとへ赴き、どのようにしてイエスを売り渡そうかと相談を持ちかけた。

「イエスをあなたたちに引き渡せば、いくらくれるでしょうか」

　それを聞いた祭司長たちは大いに喜び、銀貨三十枚[1]を支払うと約束した。ユダはその金額を受け入れ、そのときから機会を狙い始めた。イエスが群衆から離れた隙に、これを捕らえさせようと考えたのである。[2]

やがて、過越のいけにえを捧げる除酵祭の一日目となった。イエスはペテロとヨハネを呼んで言われた。

「行って、わたしたちが食べる過越の食事[3]を用意しなさい」

「どこに行けばよろしいでしょう」二人は尋ねた。

「エルサレムに入ると、水がめを持った男に出会う。[4]その人は家に入るから、ついて行ってその家の主人にこう言いなさい。『わたしのときが来たので、過越の前[5]にこの家で食事をさせてもらうと先生が申しております』と。そのうえで、わたしたちが食事できる客間はどこか尋ねなさい。そうすると主人は、すでに席の整った二階の広々とした部屋を見せてくれるはずだ。そこで食事の準備をしなさい」

弟子たちはイエスに命じられたとおりエルサレムへ出かけた。するとイエスの言われたとおりになったので、さっそく食事の準備をした。

そして夕方、食事の時刻を迎えたイエスと十二人の弟子たちは、その家へと赴いた。しかし、弟子たちがそれぞれの席を選んでいると、席次についての言い争いが始まった。[6]

イエスは、父が自分にすべてを委ねられたこと、そして自分が神の御許(みもと)から来て、そこへ戻ることを悟られ、食事の席から立ちあがって上着を脱ぐと、手ぬぐいを身体に巻かれた。そして、たらいに水を汲んで弟子たちの足を洗ってから、手ぬぐいでそれをお拭きになってゆく。やがて、ペテロことシモンの番になった。

ペテロは言った。

「先生、わたしの足を洗ってくださるのですか」

「わたしが何をしているか、いまはわからないだろうが、あとでわかるようになる」

「わたしの足など、洗わないでください」

ペテロのその言葉に、イエスはこうお答えになった。

「わたしがお前を洗わなければ、お前はわたしとなんの関係もなくなってしまう」

「先生、ならば、わたしの足だけでなく、手も頭も洗ってください」

「すでに身体を洗った者は足だけを洗えばよい。他のところはきれいなのだから。それに、お前たちは清いが、全員というわけではない」

イエスが「全員というわけではない」と言われたのは、悪魔がイスカリオテのユダに取り憑き、イエスを裏切れと彼の心に吹き込んだことを知っておられたからである。

足を洗い終えたイエスは、衣服をまとって席に戻ってから、こう続けられた。

「わたしがしたことの意味を、お前たちはわかっているのか。お前たちはわたしを『先生』あるいは『主』と呼ぶ。それは正しい。わたしはそうだからだ。ならば、お前たちの先生であり主であるわたしがお前たちの足を洗ったのだから、お前たちも互いの足を洗い合うべきではないか。わたしは見本を示した。わたしがお前たちにしたように、お前たちもしなさい。

言っておくが、しもべが主人にまさることはなく、遣わされた者が遣わした者にまさることもない。異邦人の王は民を支配し、権力を持つ者が守護者と呼ばれる。しかし、お前たちがそうであってはならない。お前たちのなかで偉い者は若者のようになり、うえに立つ者はしもべのようになりなさい。

食事の席につく人と、それに給仕する人とでは、どちらが偉いか。食事の席につく人のほうではないか。しかしわたしは、給仕する人としてお前たちのなかにいる。よいか、わたしが遣わした者を受け入れる人は、わたしを受け入れることになり、わたしを受け入れる人は、わたしを遣わされた方を受け入れることになる。お前たちがこのことを悟り、そのとおりに行なうならば、幸いである。

しかし、わたしが受けた試練にもかかわらず、お前たちはずっとわたしにしたがってくれた。だから、わたしの父がわたしに託してくださったように、わたしもお前たちに国を託そう。お前たちはわたしの国で食事の席についてともに飲み食いをし、玉座に座ってイスラエルの十二の部族を治めることになる。(7)

だがわたしは、お前たち全員のことを言っているのではない。わたしは誰を選んだか、よく知っている。しかしそれは、『わたしと一緒にパンを食べる者が、わたしを裏切った』という聖書の預言が実現するためなのだ。現実のものとなる前に、それを言っておく。それが起こったとき、わたしが本当は何者かを、お前たちが知るようにするためだ(8)」

話し終えたイエスはひどく心を悩まされているご様子だったが、やがて食事をしている弟子たちに向かい、こう断言された。

「言いたくないが、お前たちの一人がわたしを裏切ろうとしている。食卓のうえ、わたしの手のそばに自分の手を置き、わたしとともに食事をしている人間だ。人の子は預言どおりに去って行くが、人の子を裏切るその者にとってははなはだ不幸だ。かえってこの世に生まれなかったほうが、その者のためにはよかった」

それを聞いた弟子たちは激しく動揺し、互いに顔を見合わせながら、イエスが言っておられるのはにこう尋ねた。

誰のことだろう、自分たちの誰がそんなことをするのだろうと、密かにささやき合った。そして口々

「それはわたくしのことでしょうか、先生」

するとイエスはお答えになった。

「十二人のうちの一人、わたしとともに食事をしたことのある人間[9]が、わたしを裏切るのだ」

イエスのすぐ隣には、弟子のなかでも特に深く愛されていた者が、イエスにもたれるように座っていた。ペテロことシモンはその者に合図を送った。

「誰のことを言っておられるのか訊いてくれ」

その弟子はイエスの胸に寄りかかり、小声で尋ねた。

「先生、それは誰のことでしょう」

「わたしが、このパン切れを浸して与える者だ」

イエスはそう言うと、パン切れを皿のなかに浸してから、イスカリオテのシモンの子ユダに与えた。

「先生、まさかこのわたしが」

「お前でないというのか」イエスはそうお答えになった。

ユダがパン切れを口に含むと、悪魔が再び取り憑いた。

事態を悟ったイエスは、こう言われた。

「しようとしていることを、ただちにせよ」

他の弟子たちは誰一人として、なぜイエスがユダに対してそう言われたのか理解できなかった。金入れを預かっていたので、過越祭の宴に必要なものを買ってきなさいとか、あるいは貧しい人に施し

てきなさいとか言われ、遣わされたのではないかと考える者もいた。ユダはパン切れを食べ終えるとすぐ、外の夜闇へ姿を消した。

ユダが出て行ったあと、イエスは話を続けられた。

「いま、人の子は栄光を受け、神も人の子のうちに栄光をお受けになった。そして神は、ご自身のうちに人の子へ栄光をお授けになる。それもいますぐに。わたしは、苦しみを受ける前にお前たちとこの過越の食事をともにしたいと、心から願っていたものだ。しかし言っておくが、それによって予兆されていることが神の国で実現されるまで、わたしはこの過越の食事をとることはない[10]」

そして弟子たちが食事を続けるあいだ、イエスはパンを手にとり、感謝の祈りを唱えてからそれを裂き、弟子たちに手渡された。

「受け取って食べなさい。これは、お前たちに与えられるわたしの身体である[11]。わたしの思い出として、そのようにしなさい」

食事のあと、今度は杯を手にとり、先ほどと同じく感謝の祈りを唱えてから弟子たちに手渡された。

「みんな、この杯から飲みなさい。これは、お前たちのために、そして多くの者たちが罪を赦されるために流されたわたしの血、新たな契約の血である[12]。これを飲むときは、わたしの思い出としてそのようにしなさい」

弟子たちはみなそれを飲んだ。

イエスは続けられた。

「神の国が来るまで、わたしはこのぶどうの絞り汁を飲むことはない。わたしの父の国で、お前たちとともに新たなぶどう酒を飲むまでは」

イエスの話はさらに続く。

「さて、ここでお前たちに新たな掟を授けよう。[13] 互いに愛し合いなさい。わたしがお前たちを愛したように、お前たちも互いに愛し合わねばならない。そうすることで、お前たちがわたしの弟子であることを、みな知るようになる。つまり、お前たちが心のなかに相手への愛を抱いていることを。

父がわたしを愛されたように、その愛にとどまっている。わたしもお前たちを愛した。わたしの愛にとどまるように。わたしは父の掟を行ない、その愛にとどまっている。だからお前たちも、わたしの掟を行なえば、わたしの愛にとどまる。わたしがそう言うのは、わたしの感じた喜びをお前たちも感じ、お前たちの幸せが満たされるようにするためだ。

もう一度言う。わたしがお前たちを愛したように、お前たちも互いに愛し合うこと。これが掟だ。友のために命を捨てること以上に大きな愛はない。わたしの掟を行ないに移せば、お前たちはわたしの友となる。わたしはお前たちをしもべとは呼ばない。しもべは、主人が何をしているか知ることはないからだ。その代わりにお前たちを友と呼ぶ。わたしが父から聞いたことはすべて、お前たちにも伝えたからだ。お前たちがわたしを選んだのではなく、わたしがお前たちを選んだ。そして、出かけて行って実を結ぶよう命じた。つまり、お前たちがわたしの名によって父に願うものはなんでも与えられるよう、いつまでも残る実を結べと、わたしがお前たちに任せたのだ。互いに愛し合いなさい。これがわたしの掟だ」

イエスは続けられた。
「わたしは真のぶどうの木、そして父は農夫である。わたしと繋がりながら実を結ばない枝は父によって切り落とされるが、実を結ぶ枝はすべて、さらに多くの実を結ぶよう父が刈り揃えてくださる。わたしの教えと証によって、お前たちはきれいに刈り揃えられた。わたしに繋がっていなさい[14]。わたしもお前たちに繋がっている。ぶどうの木に繋がっていない限り、枝が自分で実を結ぶことはない。だから、お前たちもわたしに繋がっていないかぎり、実を結ぶことはできない。わたしと繋がり、またわたしが繋がっている者は誰でも実を結ぶが、わたしと離れていれば何もできない。わたしと繋がっていなければ、その人は木から切り落とされ、そのまま枯れてしまう。こうした枯れ枝は集められ、火にくべられる。しかし、わたしと繋がり、わたしの言葉と教えを行なえば、なんでも望むことができ、それらはいずれも叶えられる。お前たちが多くの実を結べば、わたしの父は栄光をお受けになり、お前たちもこうしてわたしの弟子となる。

世がお前たちを憎むなら、すでにわたしを憎んでいたことを思い出しなさい。お前たちが世に属していたのであれば、世はその身内を愛するはずだ。しかし、わたしによって選び出されたお前たちは、世に属していないがゆえに、世から憎まれる。わたしが言ったことを憶えているか。しもべが主人にまさることはないという言葉を。わたしが迫害されたのなら、お前たちも迫害される。わたしの教えが守られたのなら、お前たちの教えも守られる。人々はわたしの名のゆえに、これらのことをお前たちにする。わたしを遣わされた方を知らないからだ。わたしが来て教えを宣べ伝えなければ、彼らは責を負っていなかった。しかしいまは、自分たちの罪について弁解の余地はない。それに、いまだかつて誰もしたことがないような業を、わたしが彼らのあいだで行なっていなければ、彼らに罪はなかったはずだ。しかし、彼らはそれを見て、わたしとわたしの父を憎んだ。わたしを憎む者はわたしの父をも憎むことになるからだ。そのようになったのは、『人々は理由もなくわたしを憎んだ』という、彼らの律法に書かれていることが実現するためなのだ。

これを話したのは、そうしたことが現実のものとなったとき、お前たちが不意を突かれないようにするためだ。人々はお前たちを会堂から追放するだろう。そのうえ、自分は神に奉仕していると考えながら、お前たちを殺そうとする者が現われる。しかし、人々がそうするのは、父のこともわたしのことも知らないからである。このようなことを言うのは、そのときになって、わたしが語ったことをお前たちが思い出すようにするためだ。初めから言わなかったのは、お前たちと一緒にいたからである。しかし、わたしはいま、自分を遣わされた方のもとへ戻ろうとしている。それでもお前たちは、わたしがどこに向かおうとしているのか尋ねなかった。むしろ、わたしが語ったことのために、心が悲しみで満たされている。

とは言え、わたしがお前たちに語ったことは真実であり、わたしが去り行くほうがお前たちにとっていいのだ。もしわたしが行かなければ、父に先立つ方である擁護者⑮、つまり真理の霊であるところの聖霊がお前たちのもとに来ないからだ。しかし、わたしが行けば、わたしはその霊を遣わす。その方が来たとき、罪について、正義について、そして裁きについて、世に確信をもたらす。つまり罪については、わたしを信じない者が誤っていることを*とき*が示すことで、人々に確信を持たせる。正義については、わたしが父のもとへ行った代わりに聖霊が来たことにより、わたしが父に受け入れられたのを示すことで、人々に確信を持たせる。そして裁きについては、わたしの受ける苦難によって悪魔とすべての邪なる者が打ち負かされることで、人々に確信をもたらす[16]。

言うべきことは他にもあるが、お前たちにはまだ理解できない。しかし真理の霊が来たとき、それはお前たちを導いて一切の真理を悟らせる。その霊は自分の言葉を語るのでなく、自分が聞いたことを語り、これから起こることをお前たちに明かすだろう。真理の霊はわたしの証を行ない、わたしに栄光を授ける。と言うのは、わたしから真理を悟り、それをお前たちに明かすからだ[17]。父がお持ちのものはすべてわたしのものである。だから、真理の霊はわたしから真理を悟り、お前たちに明かすと言うのだ。お前たちも最初からわたしといたのだから、同じく証をすることになる。

しばらくすると、お前たちにわたしの姿は見えなくなるが、またしばらくすれば、再びわたしを見ることになる」

イエスの最後の一言に、弟子の何人かは首をひねった。

「いったいどういう意味だろう。『しばらくすると、お前たちにわたしの姿は見えなくなるが、またしばらくすれば、再びわたしを見ることになる』とか『父のもとへ行くからだ』とかいうのは。まるでわからない」

イエスは、弟子たちが尋ねたがっていることに気づかれ、こう言われた。

「『しばらくすると、お前たちにわたしの姿は見えなくなるが、またしばらくすれば、再びわたしを見ることになる』と言ったことで、わたしがいったい何を伝えようとしているのか、お前たちは不思議に思っているようだ。言っておくが、お前たちが涙を流して嘆き悲しむ一方で、世は大いに喜ぶ。お前たちは悲しみで満たされようが、その悲しみは喜びに変わる。女は子どもを産むときにひどく苦しむが、いったん子どもが生まれれば、子を世に送り出した喜びでその苦痛を忘れる。お前たちもいまは悲しんでいるが、再びわたしと会って心を大いに喜ばせる。その喜びをお前たちから奪い去る者は誰もいない。そのときお前たちは、わたしに何も尋ねない。はっきり言っておくが、お前たちがわたしの名で父に何かを願うならば、父は必ずお与えになる。いままでお前たちは、わたしの名で何も願わなかった。求めなさい。そうすれば与えられる。そして、お前たちは喜びで満たされる。わたしはこのことを例え話で伝えてきたが、父のことは例え話によらないで話そう。そのとき、お前たちはわたしの名で願うことになる。わたしがお前たちのために、父に願うというのではない。父はわたしのとりなしがなくとも、お前たちを愛しておられる。お前たちがわたしを愛し、わたしが父のもとから来たことを信じたからだ。わたしは父のもとから来て世に現われた。そしていま、世を去って父のもとに帰ろうとしている」

するると弟子たちが言った。

「先生はいま、例え話を用いないで話しておられます。先生がなんでもご存知で、お話しになっても質問する必要のないことが、いまわかりました。先生が神のもとから来られたことは、これでわたしたちに明らかとなったのです」

イエスはお答えになった。

「やっと信じたか。言っておくが、お前たちが散り散りになって自分の家に帰り、わたしを一人きりにするときが来る。いや、すでに来ている。しかし、わたしは一人きりでない。父が一緒にいてくださるからだ。こう話すのは、お前たちがわたしを通じて平和を得るためである。お前たちはこの世で苦しむが、挫けてはならない。わたしは世にまさっている」

イエスは続けられた。

「不安に苛まれてはならない[18]。お前たちは神を信じているはずだ。ならば、わたしも信じなさい。わたしの父がおられるところには、安息の場所が数多くある。そうでなければ、わたしがお前たちにそう教えていたはずだ。わたしはいまからそこに行って、お前たちのために場所を用意しておく。しかし、用意が済んだら戻ってきて、お前たちをわたしのもとに迎え入れる。こうして、わたしがいるところにお前たちもいるようになる。わたしがどこへ行くのか、どれがその道なのか、お前たちは知っているのだ」

するとトマスが言った。

「先生、あなたがどこへ向かわれるのか、わたしたちは存じておりません。ならば、そこへ通じる道をどうして知ることができましょうか」

イエスはお答えになった。

「わたしは道であり、真の道であり、生ける道である。わたしを通らなければ、誰も父のもとへたどり着くことはできない。お前たちがわたしを知っているなら、わたしの父をも知っているはずだ。お前たちはいまここで父を知る。そしてすでに、父を見ている」

「先生」次にフィリポが言った。「わたしたちに御父をお示しください。それ以上は何も望みません」

「フィリポよ、お前はいままでずっとわたしといて、わたしが誰か悟らなかったのか。わたしを見た者は、神を見たのだ。ならば、『わたしたちに御父をお示しください』などとなぜ言うのか。わたしが父と繋がり、父がわたしと繋がっておられることを、お前は信じないのか。わたしの言葉は自分自身のものではなく、わたしと繋がっておられ、あらゆることをなさる父のお言葉なのだ。わたしが父と繋がり、父がわたしと繋がっておられるというわたしの言葉を信じなさい。それを信じないのなら、わたしが行なった業によって信じなさい。はっきり言っておくが、わたしを信じる者はわたしと同じ業を行なうだけでなく、より優れた業を行なうようになる。わたしはこれから父のもとへ行く。お前たちがわたしの名によって願うものはなんでも、わたしが叶えよう。それによって、父は子のなかに栄光をお受けになる。繰り返して言うが、わたしの名によって願うものはなんでも、わたしが叶えよう」

イエスは続けられた。

「お前たちがわたしを愛しているなら、わたしの掟にしたがうはずだ。わたしは父に祈ろう。そうすれば、父は別の聖霊をお前たちにお与えになり、いつまでも一緒にいさせてくださる。世は真理の霊を見もしなければ知りもしないので、受け入れることができない。だが、お前たちはその霊を知っている。お前たちとともにあり、これからもお前たちのなかにあるからだ。わたしはお前たちを、孤児(みなしご)のように取り残したりはしない。きっとお前たちのもとに戻ってくる。しばらくのあいだ、世はわたしの姿を見なくなるが、お前たちはわたしを見る。わたしが生き、お前たちも生きるからである。そのときお前たちは、わたしが父とともにあり、自分たちがわたしとともにあり、そしてわたしが自分たちとともにあることを知る。わたしの掟を心にとどめ、それを行なう者は、わたしを愛する人である。わたしを愛する者は、わたしの父に愛される人である。そして、わたしは父を愛し、父に知られるようにする」

イエスのお言葉を聞いて、イスカリオテでないほうのユダがこう訊いた。

「先生、御父に知られるようにする、とはどういうことでしょう。なぜ、世に知られるようにする、とおっしゃらないのですか」

「わたしを愛する人は、わたしの教えを行なう。そうすれば、わたしの父はその人を愛し、父とわたしとでその人のもとへ行って、心のなかに住まう。わたしを愛さない人はわたしの言葉を守らない。だが、これらの言葉はわたしだけのものでなく、わたしを遣わされた父ご自身のお言葉である。お前たちといられるうちに、このことを話しておく。しかし、父がわたしの代理として遣わされる聖霊[19]は、お前たちにすべてのことを教え、わたしが話したことを残らず思い出させてくださる。

わたしはお前たちに平和を残し、わたしの平和を与える。しかし、世が贈り物をするときのような、自分勝手なやり方で与えるのではない[20]。恐れてはならない。怖がってはいけない。

わたしはお前たちのもとから去り行くが、また戻って来ると言ったのを覚えているか。お前たちがわたしを愛しているならば、わたしが父のもとへ行くことをきっと喜ぶ。なぜなら、父はわたしにまさっておられるからだ。そのときお前たちの信仰が強まるように、わたしはいまそれを話しておく。これ以上は多くを語るまい。この世の王が来て、わたしと争うからだ。しかし、王はわたしをどうすることもできない[21]。わたしは父から命じられたことを行なう。わたしが父を愛していると、世に知らしめるために」

これらのことを語り終えたイエスは天を見あげて言われた。

「父よ、ときは来ました。あなたの子に栄光をお与えください。子があなたの栄光を讃えるようにするために。あなたは子に、すべての人を支配する力をお授けになりました。そうすることで、子はあなたから託されたすべての人に、永遠の命を与えることができるのです。永遠の命とは、唯一の真なる神であるあなたを知り、あなたが遣わされたイエス・キリストを知ることです。わたしは、あなたから託された使命を果たすことで、地上であなたの栄光を讃えました。父よ、いまあなたのいる前で、わたしに栄光をお与えください。世の始まる前から、わたしがあなたに抱いていたあの栄光を。

あなたがこの世から選び出し、わたしに託してくださった人々に対し、わたしは御名を知らしめました。その人々はあなたのものでしたが、このわたしに託してくださったのです。彼らはあなたの教えにしたがい、あなたがわたしにくださったものはすべて、あなたから生まれ出でたということを悟ったのです。わたしはあなたから授かった教えを彼らに伝え、彼らはそれにしたがいました。そうして、わたしがあなたのもとから来たことを信じ、あなたがわたしを遣わされたことを信じたのです。わたしは彼らのために祈ります。世のために祈るのでなく、あなたがわたしに授けられた人々のために祈るのです。彼らはあなたのものです。わたしのものはすべてあなたのもの、あなたのものはすべてわたしのものです。彼らはわたしに栄光をもたらしました[22]。

いま、わたしはあなたのもとに戻ります。もはや世にはおりませんが、彼らはここに残ります。聖なる父よ、わたしに授けてくださった御名の力によって、わたしたちと同じように、彼らを一つにお繋ぎください。わたしはこの世で彼らと一緒にいるあいだ、御名の力によって彼らを守りました。わたしが守ったことによって、永遠の滅びを運命づけられた者のほかは、誰一人失われることがなかったのです。こうして、聖書の預言は実現されました。いま、わたしはあなたのもとに戻りますが、この世にいるあいだにまずこれを語ったのは、わたしとおなじ喜びで彼らを満たすようにするためです。わたしは彼らにあなたの教えを伝え、そのために世は彼らを憎みました。わたしが世に属していないのと同じように、彼らもまた世に属していないからです。わたしは、彼らを世から連れ出してくださいと願うのではなく、彼らを悪からお守りくださいと願います。わたしと同じく、彼らは世に属していません。あなたの教えによって彼らを聖なる者としてください。あなたの教えこそが真理だからです。あなたがわたしを世に遣わされたのと同じく、わたしも彼らを世に遣わしました。そして彼らのために、わたしは自分自身を捧げます。彼らもまた、真理によって自らを捧げられるようにするために。

わたしはこれらの人々のためだけでなく、彼らの教えを受けてわたしを信じる人々のためにも祈ります。父よ、あなたがわたしとともにおられ、わたしがあなたとともにあるのと同じように、すべての人を一つにお繋ぎください。そうすれば、彼らもみなわたしたちと一つになり、あなたがわたしを遣わしたと世に示せるからです。あなたがわたしに授けられた栄光を、わたしは彼らに伝えました。わたしたちが一つであるように、彼らも一つになるためです。わたしが彼らとともにあり、あなたがわたしとともにおられるのは、彼らが完全に一つになるためであり、こうして世は、あなたがわたしを遣わされたこと、そしてあなたがわたしを愛しておられたのと同じく、彼らをも愛しておられたことを知るのです。

父よ、あなたがわたしに授けてくださった人々を、わたしがいまいる場所でともにあることをお許しください。そして、世の始まる前からわたしを愛してくださったために授けられた栄光を、彼らにお見せください。

正しき父よ、世はあなたを悟りませんでしたが、わたしはあなたを知っており、これらの人々は、あなたがわたしを遣わされたことを知っております。わたしは御名を彼らに告げましたし、これからもそのようにいたします。わたしが彼らとともにあるのと同じように、あなたのお示しになった愛が彼らの心にとどまるようにするためです」

祈り終わったイエスは弟子たちのほうを向き、声をかけられた。

「さあ、立ちなさい。ここを出よう」

こうして一同は、賛美歌を歌いながら出かけていった。

第十五章註

1、法律では一人の奴隷を失った場合の賠償額として、四ポンド十六シリングと定められていた。

2、原典では「群衆のいないときにイエスを引き渡そうと、機会を狙った」

この一節は通常、本書の記述通りに解釈されている。

3、最後の晩餐が行なわれた時期について、マタイ、マルコ、ルカは過越祭当日としており、ヨハネは過越祭前日の夜としている。

両者の差異についてはこれまで様々な説明がなされているが、本書の記述の根拠をここで簡単に述べておく。なお、ユダヤ教の一日は日没を起点とすることに注意。

（a）最後の晩餐（以下「聖餐」）が過越祭当日だったとは考えにくい。理由は以下の通り。

（1）もし過越祭当日だったのであれば、キリストは実際の過越祭の日に十字架にかけられたことになる。だが、これはユダヤの律法に反することであり、指導者たちもそれを避けようとしたはずである（マタイによる福音書26－5、マルコによる福音書14－2）。

(2)聖餐の詳細に関する記述は数多くあるが、そのどれも、過越を象徴する羊、および四杯のぶどう酒について触れていない。そうしたものがあったなら、必ず言及されていたはずである。
(3)聖餐ではパンとぶどう酒の祝福が食事の最後に行なわれたが、過越においては最初に行なわれる。
(4)多くの者が信じるように、ルカによる福音書22-15および16の記述が、過越の食事を弟子たちとともにとりたいが、自分は死ぬので不可能だとイエスが言ったことを意味するのであれば、その食事は過越の日に行なわれなかったことになる(註10を参照のこと)。
(5)聖餐が過越祭当日だったなら、記念日となっていたはずである。
(6)聖餐が過越祭当日だったなら、ユダは食料を買いに行ったのだと弟子たちが考えたことの説明がつかない。

(b)宗教的な晩餐は、安息日や、過越などの祭の前夜に行なわれる。これはキッドゥーシュと呼ばれ、最後の晩餐で描かれているように、一杯のぶどう酒が供される。最後の晩餐がキッドゥーシュだったのであれば、各種の記述に見られる相違のすべてが説明できる。
(c)キリストの時代、八日間の祭のあいだに行なわれるすべての催しを指して、過越と呼ぶのが習慣となった。ヨセフス(ユダヤの歴史家、将軍。『ユダヤ戦記』『ユダヤ古代誌』などの著書がある。三七?~一〇〇)などの注意深い著述家もそれにしたがっている。
(d)これらの理由により、本書ではヨハネによる記述を採用した。最後の晩餐は過越ではなくキッドゥーシュであり、マタイ、マルコ、ルカは一般的な慣用にしたがってそれを過越と呼んだのである。

4、事前に知らされていたと思われる。水を運ぶのは主に女性の仕事だったので、男性が水がめを運んでいたというのは特徴的である。しかし特筆するほどではない。

5、註3を参照のこと。

6、原典では「また、使徒たちのあいだで、自分たちのなかで一番偉いのは誰だろうかという議論も起こった」

各福音書には、弟子たちが席を選んでいるあいだにこの議論が始まったとは記されておらず、またそれを示唆する記述もない。さらに、議論の原因もなんら説明されていない。しかし、議論が始まったこと自体は広く認められており、かつエピソード全体をより明確にすべく、本書ではそのような記述とした。

7、この文章は文字通りに解釈しないのが一般的である。つまり「イスラエルの十二の部族」とは、キリストの信奉者がのちに構成する共同体のことを指す、というのが広く認められた解釈である。

8、原典では「事が起こったとき、『わたしは彼である（I am he）』ということを、お前たちが信じるようになるためである」

ここで「彼」というのはおかしく、元々は「わたしはある（I am）」だったのではないかと考えられる。つまり、すべてのユダヤ人が信じていたところの神の名である。とは言え、これも絶対に確かではなく、また現在の読者の便を図るため、「わたしが本当は何者かを」と言い換えた（第十章註26を参照のこと）。

9、原典では「わたしとともに、手で食事を皿に浸している（浸した）者」

聖ヨハネは、その食事でソップ、すなわち皿に浸したパン切れをイエスから与えられた者こそ裏切り者だと記している。しかし本書では、この一節がそのとき行なわれていた食事を指すのでなく、過去の出来事全般を指しているという見解を採用している。よってこの箇所は、「わたしと食事をともにしたことのある人間」と解釈した。

10、原典では「苦しみを受ける前に、お前たちとこの食事をともにしたいと切に願っていた。言っておくが、神の国で過越が成し遂げられるまで、わたしがそれを食べることはない」（註3を参照のこと）

最後の晩餐が過越祭当日だったなら、キリストが弟子たちとともにそれを食すことを楽しみにしていたと解釈できるが、そうなると後半部分の解釈が難しくなる。本書では最後の晩餐が過越でないと解釈しており、時制を「願っていた」から「願っていたものだ」と書き換えた。また一般的な解釈を反映すべく、「それによって予兆されていること」という一節を追加している。

11、本節の「である（is）」は、かなり以前から激しい議論の対象とされてきた。文字通りの意味だという主張もあれば、本当は「象徴である（represents）」という意味だとする主張もある。またこの両者のあいだで様々な解釈を行なう者もいる。

著者はその論争に一石を投じるつもりはないが、キリストは「である」という動詞を「〜を象徴する」「〜によって象徴される」という意味で頻繁に用いた、という事実は指摘しておきたい（「種は神の言葉である」〔ルカによる福音書8－11〕、「わたしはぶどうの木、お前たちはその枝である」〔ヨハネによる福音書15－5〕）。

12、註11を参照のこと。

13、キリストによる他の二つの偉大な説教、すなわち山上の垂訓、およびエルサレムの破壊と世界の終わりに関する説教と同じく、本書では多少の並べ替えを行なった。その根拠として、ヨハネによる福音書の一部は、初期の筆写本の各頁が入れ替わってしまったため、あるいは同じ一つの出来事について複数の記録を組み合わせたため、本来の順序と異なってしまったという、多くの識者が表明している意見をまず挙げておく。次に、同福音書の第十四章の配置場所は適切でなく、本当は第十六章のあとに来るべきものだという、極めて広く認められた見解があることを挙げる。

著者は熟慮の末、次の順序を採用した。つまり、聖餐の始まり、および神の国が来るまでぶどう酒を飲まないというキリストの言葉に続き、新たな掟を授ける（ヨハネによる福音書13－34、35）ことから本来の説教が始まる。またヨハネによる福音書（15－9～17）に記された同じ主題の内容もここに統合し、次いでぶどうの木と枝の例え話（ヨハネによる福音書15－1～8）を挿入した。そして、キリストとその信者に対する世の憎悪というテーマの説教がそれに続き、先に触れたヨハネによる福音書第十四章の記述を除いて、残りは同福音書の順番にしたがった。

14、「わたしのうちにある」という福音書の表現は、本書では「繋がっている」と変更した。いずれも、祈りによってキリストに絶えず近づくこと、キリストの道徳的規範を絶えず忘れないこと、そしてそれらにしたがって生きるよう絶えず努力することを意味している、というのが一般的な解釈である。

15、「擁護者（the Comforter）」という単語は本来の「慰める人」という意味からもはや外れており、仲裁者、すなわち他者のために請願する者、ないし被告を弁護する者、という意味を含むようになっている。また代理人および後援者の意味も帯びている。

16、原典では「その方が来れば、罪について、義について、また裁きについて、世の誤りを明らかにする。罪についての誤りは、彼らがわたしを信じないからである。義についての誤りは、わたしが父のもとへ行き、お前たちがこれ以上わたしの姿を見ないからである。そして裁きについての誤りは、この世の支配者が断罪されたためである」

難解な文章であり、通常の解釈を反映すべく、多少の誇張を行なった。

17、原典では「その方はわたしに栄光を授けてくださる。わたしのものを受けて、お前たちに告げるからである」

「わたしのもの」は「キリストが持っている真理」と解釈するのが一般的であり、本書でもそれを採用した。

18、先行する記述と繋がりをもたせるべく、ヨハネによる福音書14－1には「ゆえに」という語句を挿入すべきである、という意見がある。すると「わたしは世にまさっている。ゆえに（お前たちは）不安に苛まれてはならない」という意味になる。しかし、文意をここまで大きく変えるのは適切ではないだろう。

19、原典では「父がわたしの名によって遣わされる方」

「わたしの名によって」は普通、「わたしに代わって」と解釈されている。つまり、この世でキリストに代わり、キリストの業を行なう者ということである。ゆえに、本書ではこの語を「わたしの代理として」と解釈した。

20、原典では「わたしはこれを、世が与えるように与えるのではない」

キリストは自ら苦しむことで得たものを惜しみなく与えるが、世は無償で手に入れたものを与える代わり、それと同じ価値のものを求める、というのがこの文章の含意だとされている。本書ではその意味を強調すべく、「自分勝手なやり方で」という語句を挿入した。

21、原典では「世の支配者が来るからである。だが、彼はわたしのなかに何も持たない」本書ではこの一節の一般的な解釈を採用した。

22、原典では「彼らはあなたのものだからです。わたしのものはすべてあなたのもの、あなたのものはすべてわたしのものです。わたしは彼らのうちに栄光を与えられるのです」

第十六章　裁判

一同はいつものようにオリーブ山に向かった。

すると、イエスが弟子たちに言われた。

「お前たち、わたしはあともう少ししか一緒にいられない。お前たちはわたしを探すだろうが、かつてユダヤの民に言ったことをここで繰り返す。わたしの行くところにお前たちは来られない」

「先生」ペテロことシモンが口をひらく。「これからどこへ行かれるのですか」

だが、イエスは同じ言葉を繰り返された。

「わたしの行くところにお前たちはまだ来られない。しかし、あとでなら来ることができる」

ペテロはなおも言った。

「先生、なぜいまは行くことができないのですか」

「シモン、シモンよ。いまサタンは、麦をより分けるが如くお前たちを試したいと願い、その許しを与えられた。だがわたしは、お前たちの信仰が挫けることのないよう祈った。だから、信仰を取り戻したなら、仲間たちを力づけてやるように」

そして、他の弟子たちに向かって続けられた。

「今夜、お前たちはみなわたしから離れる。これは、『わたしは羊飼いを殺す。すると、羊の群れは散らばってしまう』という預言があるからだ。しかし、わたしは復活したあと、お前たちに先立ってガリラヤへ行く」

「先生」ペテロが言った。「他のみんなが先生から離れようと、わたしは決して離れません。牢のなかへも喜んでご一緒しますし、あなたのためなら命を捧げます」

「本当に、わたしのために命を捧げるつもりか」イエスはお答えになった。「言っておくが、お前は今夜、雄鶏が二度鳴く前に、三度（みたび）わたしのことを知らないと言う」

そのお言葉に、ペテロは口調をいっそう強めた。

「たとえ先生と一緒に死ぬこととなっても、あなたのことを知らないとは決して言いません」

これを聞いた他の弟子たちも、ペテロと同じように約束した。

すると、イエスは言われた。

「金入れも袋も靴も持たせずにお前たちを遣わしたとき、何か足りないものがあったか」

「いいえ、ありませんでした」

「ならばいまは、金入れを持っている者はそれを持って行き、袋を持っている者も同じようにしなさい。剣を持っていない者は、上着を売ってそれを買いなさい[1]。言っておくが、『その人は罪人の一人に数えられた』という預言は、わたしにおいて必ず実現する。わたしについての預言はすべて実現するからだ」

そのとき、弟子たちが「ご覧ください、先生。剣が二本あります」と指差しながら言ったので、イエスは「よろしい、それで十分だ」と答えられた。

やがて一行はケデロンの谷を渡り、ゲッセマネの園へ入った。イエスは弟子たちとそこへ赴かれることが多かったので、イエスを裏切ろうとしているユダもその場所はよく知っていた。

イエスは言われた。

「わたしが向こうへ行って祈っているあいだ、ここに座っていなさい」

そうしてペテロと、ゼベダイの子ヤコブとヨハネを伴われたが、やがてひどく恐れ苦しみだされた。

「死にそうなほどの悲しみに心が押しつぶされそうだ。ここにいて、わたしから目を離さないでほしい」

そして、イエスはそこから数ヤード進み、地にうつ伏せになって祈られた。神の御心に反するのでなければ、この苦しみから逃れさせてほしい、と。

「父よ、あなたにできないことはありません。できることなら、この杯をわたしから遠ざけてください。それと同じく、わたしの願うことでなく、あなたのお決めになることが叶いますように」

それから弟子たちのところへお戻りになると、三人とも眠りについていた。

イエスはペテロに言われた。

「シモンよ、なぜ眠っているのか。たった一時間でも目を覚ましていられなかったのか。目を見ひらいて祈りなさい。試練のときが来ても挫けないように。心が強くとも、身体は弱いものだ」

そして、再び弟子たちから離れ、同じ祈りを捧げられた。

「父よ、わたしが飲むまでこの杯が遠ざからないのであれば、あなたの御心どおりになりますように」

すると、ひざまずくイエスのもとに天から天使が現われ、イエスを力づけた。イエスは苦しみのなか、いっそう切に祈られた。いまやその汗は、血のしずくとなって地面に落ちている。

やがて祈りを終えて立ちあがり、弟子たちのもとへ戻られた。だが、三人とも悲しみと不安のあまり疲れ果て、またも眠りに落ちていた。

「なぜ眠っているのか。目を覚まして祈りなさい。お前たちの試練のときはもうすぐだ」

それを聞いた弟子たちは、言葉につまり何も答えられなかった。

イエスは三度その場を離れ、同じ言葉で祈られた。そして戻ってみると、やはり三人とも眠っていた。

「また眠っているのか。再び休んでいるのか。もうよい。ときは来た。人の子は裏切られ、敵の手に(2)引き渡される。見よ、わたしを責める者が来た。目を覚まして会いに行こう」

その言葉が終わらないうちに、イエスのもっとも愛した十二人の一人であるユダが、兵士と祭司の一団を率いてやって来た。みなともし火とたいまつを持ち、剣や棒を手にしている。群衆が一団のあとに続き、そのなかには祭司長や律法学者もいた。彼らは祭司長や律法学者や長老たちからユダに委ねられた人々であり、そのユダはイエスを他の者から見分けて捕らえるべく、前もって合図を決めていた。

「わたしが接吻する人、それがその人だ。それを捕らえ、逃がさないように連れて行け」

ユダはイエスに近づいた。

「どうも、先生」そう言って挨拶し、接吻する。

すると、イエスは言われた。

「我が友ユダよ。お前は接吻で人の子を裏切るのか。まあよい。するべきことを済ませなさい」

ご自分の身に起ころうとしていることをすべて知っておられたイエスは、一歩進み出て群衆に話しかけられた。一方のユダは後ろに下がった。

「あなたたちは誰を捜しているのか」

「ナザレのイエスだ」

「それはわたしである」

それを聞いて一団はあとずさり、地面にかがみ込んだ。イエスは再び訊かれた。

「誰を捕らえに来たのか」

一団は先ほどと同じく、「ナザレのイエスだ」と答えた。

「わたしであると言ったではないか。捜しているのがわたしならば、他の者たちは自由にしてやりなさい」

イエスがそう言われたのは、「あなたの与えてくださった人たちをわたしは守り、一人も失いませんでした」という以前の言葉を確かなものにするためである[3]。

一団はイエスに手をかけて捕らえた。

その様子に、イエスと一緒にいた者たちは声をあげた。

「先生、剣を使いましょうか」

間を置かず、ペテロことシモンが剣を抜き、大祭司の使用人でマルコスという名の男に襲いかかったかと思うと、右の耳を斬り落とした。

「もうよい」イエスはそう言い、男の耳に触れて癒やされた。

「剣を鞘におさめなさい。剣に頼る者は剣によって命を落とす。わたしが父に救いを求められないとでも思っているのか。父はいますぐにも、十二の軍団よりさらに多い天使たちを遣わしてくださる。だがそれでは、聖書の預言はどうして実現されよう。父が与えてくださった杯は、飲むべきではないのか」

そう言い終えると、ご自分を捕らえに来た群衆、すなわち祭司長や祭司たち、そして長老や野次馬たちのほうを向いて言われた。

「あなたたちは強盗団を相手にするつもりなのか。わたしを捕らえるのにわざわざ剣や棒を持ってくるとは。わたしは何日ものあいだ、神殿で堂々と教えを説いていたのに、あなたたちは指一本触れようとしなかった。しかしいま、サタンの力によって、あなたたちに機会がもたらされた。[4] しかしそれは、聖書の預言があなたたちによって実現されるにすぎないのだ」

それを聞いていた弟子たちは、イエスをその場に残して逃げた。

一方、亜麻布の衣をまとった若者がイエスのあとにしたがったものの、群衆に捕らえられそうになり、衣を取られて裸のまま逃げ出した。

祭司長とユダヤの役人たちは兵士とともにイエスを捕らえて縛り、アンナスのもとへ連行した。カイアファの舅であり、その年の大祭司を務めていたアンナスは、イエスに弟子たちのことや教えについて訊いた。[5]

イエスは答えて言われた。

「わたしははばかることなく公の場で話した。ユダヤ人が集まる会堂や神殿で、いつも教えを説いていた。密かに話をしたことは一度もない。あなたたちはなぜわたしに尋ねるのか。わたしの言葉を聞いた者に尋ねたらどうか。わたしの言ったことは残らず知っている」

　すると、そばにいた役人の一人が、「それが大祭司に対する答え方か」と言ってイエスを素手で殴りつけた。

　イエスは言われた。

「わたしが間違ったことを口にしたのなら、どうか言ってもらいたい。しかし、正しいことを言ったのなら、どうしてわたしを殴るのか」

　その後アンナスはイエスを縛ったまま、大祭司カイアファのもとへ送った。[6] このカイアファこそ、全員のために一人を犠牲にするのが望ましいと、ユダヤ人に助言した人物である。


　ペテロことシモンは別の弟子一人とともにイエスのあとをついて行き、大祭司の屋敷に至った。この弟子は大祭司の知り合いだったので、イエスと一緒に中庭へ入ったが、ペテロは門の外で待った。やがて、大祭司の知り合いである弟子が戻って来て、門番の女に話しかけてペテロをなかに入れた。

「あなたも、あの人の弟子の一人ですか」女がそう訊くと、ペテロは「いや、違う」と答えた。

　その夜は冷え込みが厳しく、使用人や役人たちは中庭の中央で炭火をおこし、周りに座って暖をとっていた。ペテロもその近くに立っていたが、やがて役人たちのそばに腰を下ろし、結末を見るまで火にあたることとした。

　夜が明けるとすぐ、祭司長と律法学者、それに長老たちがカイアファの屋敷に集まり、議会をひらいた。そしてイエスをその場に引き出すと、まずこう尋ねた。

「答えよ、お前はキリストか」

「わたしが言っても、あなたたちは信じまい。わたしが質問しても、あなたたちは答えまい」

次いで大祭司をはじめとする議会の全員は、イエスを死刑にすべく、偽物であってもよいからと、有罪判決を下す証拠を得ようとした。しかし、それは無駄だった。多くの証人が現われ偽の証言を行なったが、どれも互いに食い違っていた。

最後に二人の偽証人[7]が立ちあがり、一人目が次のように証言した。

「ここにいる男は、自分はこの神殿を破壊し、三日で建て直せると言いました」

すると、二人目がこう証言した。

「この男が、『わたしは人間の手で作られたこの神殿を破壊したあと、人の手に頼ることなく、別の神殿を三日で建てる』と言ったのを、わたしは耳にしました」

これらの証言もまた食い違っていた。

やがて大祭司が議場の中央に立ち、一同を代表してイエスに訊いた。

「何も答えないのか。お前に不利な証言がなされたわけだが、どうなのだ」

イエスは黙り込んだまま、なんの返事もなさらない。

大祭司は重ねて問い詰めた。

「生ける神の名によって問う。お前は祝福されし神の子、キリストなのか」

イエスはようやくお答えになった。

「さよう、わたしがそうである。言っておくが、いまからのち、人の子は全能の神の右側に座る。あなたたちもそれを目の当たりにし、人の子が天の雲に包まれながら来るのを見る」

それを聞いた大祭司は、祭服を破って声をあげた。

「この男は神を冒瀆した。これでもまだ証人が必要だろうか。諸君も聞いただろう、この男が神への冒瀆を口にしたのを。さあ、どう思うか」

その場にいた祭司長や律法学者はこぞって「死刑がふさわしい」と叫んだ。

そして、イエスを見張っていた者たちが彼を殴り、なかには唾を吐きかける者もいた。また別の者たちはイエスを嘲り、目隠しをして素手で殴りながら、「ほら、キリストよ。お前を殴ったのは誰か当ててみろ」などとわめいた。役人や下僕たちもイエスを殴り侮辱した。

その間ずっと、ペテロは外の中庭で役人たちと一緒に暖をとっていたが、そこに大祭司の女中の一人が通りかかり、火にあたっているペテロをじっと見て言った。(8)

「あなた、ガリラヤのイエスと一緒にいらっしゃった方ね」

しかし、ペテロはこう答えた。

「いや、その人のことは知らない。(9)あなたはいったい何を言っているのか」

すると別の使用人が「この人は確かに一緒にいた」と言い張った。

ペテロはむっとしたように返事をした。

「まさか、それは違う人間だ」

そう言って立ちあがり、門のほうへ向かう。そのとき雄鶏が鳴き声をあげ、それを聞いた別の女中がペテロに気づいた。

「この人もナザレのイエスと一緒にいらっしゃったわ」

途端に周りの人々が、「あなたも弟子の一人なのか」とペテロに尋ねた。

だがペテロは、誓いを立てたうえでそれを打ち消した。

「わたしは違う。その人のことは知らない」

それから一時間後、ペテロに耳を斬り落とされたマルコスの親戚が近づいてきて、なじるように言った。

「お前、あの園であいつと一緒にいるのをおれは見たぞ」

別の男もはっきり言い切った。

「間違いない、一緒にいた人だ」

「たしかに、あなたはあのなかにいた」また別の者もそれに加わる。「あなたはガリラヤ人だ。訛りでわかる」

ペテロはついに呪いの言葉まで口にし、きっぱり打ち消した。

「あなたたちが言っている人のことなど、わたしは知らない」

そのとき、雄鶏が再び鳴いた。主が振り向き、ペテロを見つめられる。するとペテロは、「お前は今夜、雄鶏が二度鳴く前に、三度(みたび)わたしのことを知らないと言う」とおっしゃられたイエスの言葉を思い出し、外に出て激しく泣きだした。


一方、イエスを裏切ったユダは、有罪判決が下されようとしているのを知り、後悔に襲われた。そこで銀貨三十枚を祭司長と長老たちのもとへ持ち込み、返そうとした。

「わたしは間違ったことをしました。なんの罪もない人を裏切ったのです」

だが、祭司長たちは答えた。
「それが我々となんの関係がある。お前の問題ではないか」
こう言われたユダは神殿に銀貨を投げ込んでから、自らの首に縄をかけた。ところが、首を吊ろうとして地面に叩きつけられてしまい、激しい苦悶のうちに事切れた。[10]
祭司長たちは銀貨を拾い集め、「これは血の代金だから蔵に入れるわけにはいかない」と言った。そして、その銀貨で「陶工の畑」を買い、異邦人を埋葬する場所とした。そのため、そこは今日まで「血の畑（アケルダマ）」と呼ばれている。かくして「彼らは銀貨三十枚を手にした。それは、値踏みされた者の価（あたい）、つまりイスラエルの子らによって値踏みされた者の価である。そして、主がわたしにお命じになったように、彼らはその金で陶工の畑を買った」という預言[11]が実現されたのである。

議会がイエスに死刑の判決を下したのは、まだ夜も明けきらぬころだった。[12] しかし、処刑を行なうにはローマ当局の許しを得る必要があったので、一同は再びイエスを縛りあげてカイアファの屋敷から連れ出し、総督ピラトに引き渡した。彼らは総督官邸に入らなかった。入れば自分が汚（けが）れてしまい、過越の食事をとれないからである。そこでピラトが彼らのもとへ赴いた。

「この男にどんな罪があるというのか」ピラトは祭司長らに訊いた。

すると一同ははぐらかすように、「この男が罪人でなければ、あなたに引き渡すはずがありません」と言った。[13]

「ならば、お前たちの律法にしたがい、自分らで裁くがいい」

「ですが、わたしたちには処刑を行なう権限がありません」

このときから、自分がどのような死を迎えるかについての、イエスの預言が実現され始めた。

「我々は、この男が民に反逆を勧めていることを知りました。皇帝に人頭税を納めることを非難し、自分こそがキリスト、すなわち王だと言ったのです」

ピラトはそこまで聞いて官邸に戻り、イエスを呼び出して自分の前に立たせ、こう尋ねた。

「お前はユダヤの王なのか」

イエスはお答えになった。

「それはあなた自身の質問なのか、それとも別の者から吹き込まれたのか」

すると、ピラトは言った。

「わたしがユダヤ人だというのか。お前の同胞、お前の祭司長たちが、お前をわたしに引き渡したのだぞ。お前は何をしたのだ」

イエスは答えて言われた。

「わたしの国はこの世に属していない。属していたなら、わたしをユダヤ人の手に引き渡すまいと、わたしの信者が戦ったことだろう。しかし、わたしの国はこの世にない」

「ならば、お前はやはり王なのか」

「さよう、わたしは王である。真理の証をするために、わたしは生まれ、この世に来た。真理にしたがう者は一人残らず、わたしの言葉を受け入れる」

「真理！」ピラトは声をあげた。「真理とは何か」

そして再び、祭司長らユダヤの群衆の前に姿を見せた。

「この男にはなんの罪も認められない」

祭司長と長老たちはイエスの罪を述べ立てたが、イエスは何も言われなかった。

その様子を見てピラトが訊いた。

「何も答えないのか。おまえに不利な証言がなされているのに、聞こえていないのか」

総督が驚いたことに、イエスはそれでも無言を貫かれた。祭司長たちはいっそう強くイエスを責めた。

「この男は自らの教えによって、人々を煽っております。ユダヤの地の至るところ、ガリラヤからこの場所に至るまで」

それを聞いたピラトは、この男はガリラヤ人なのかと尋ねた。そして、イエスがヘロデの支配下にあることを知ると、そのときエルサレムに滞在していたヘロデのもとにイエスを送った。ヘロデはイエスを見て大いに喜んだ。イエスの風聞を耳にしてずっと以前から会いたいと願い、またイエスの行なう奇蹟をその目で見たいと思っていたからである。そこで、祭司長や律法学者たちがイエスを取り囲んで激しく非難するなか、ヘロデはあれこれと質問をしたが、イエスは何もお答えにならなかった。しまいにヘロデは自分の兵士たちとともにイエスを嘲り、侮辱しようと麗々しい服を着せてから、ピラトのもとに送り返した[14]。それまでヘロデとピラトは対立していたが、この日を境に和解した。

さて、ピラトは祭司長と長老たち、そして群衆を呼び集めて言った。

「おまえたちはこの男を、民衆のあいだに反乱を煽る者としてわたしのもとに連れて来た。よいか、わたしはお前たちの前でこの男を取り調べたが、訴えているような罪の証は見つけられなかった。それはヘロデも同じである。ここに送り返してきたからだ。この男は死刑に処されるべきことは何もしていない。したがって、鞭打ちのうえ釈放とする」

人々はこれを聞いて「その男に死を！　バラバを釈放しろ！」と一斉に声をあげた。

当時、囚人のなかで民衆が望む者を一人、祭りのあいだに釈放するのが総督のならわしだった。

人々はいまこそその権利を行使しようと声をあげたのである。バラバは反逆者および盗賊として悪名高い人物であり、エルサレムで起きた暴動と殺人のかどで他の者たちと牢に入れられていた。

「たしかに、過越祭のあいだに囚人を一人、お前たちのもとに解放することになっている」ピラトはしぶしぶ認めた。イエスに対する告発が、祭司長たちによる嫉妬と憎悪のせいであることに、彼は気づいていたのである。

「お前たちはどちらの釈放を望むのか。バラバか、それともユダヤの王、キリストと呼ばれるイエスのほうか」

人々は叫んだ。

「奴じゃない！　バラバだ！」

そのとき、裁判の席につくピラトのもとに妻から伝言が届けられた。

「このよきお方に関わらないでください。わたしは今日、この人が出てくる夢でひどく苦しみました」

イエスを釈放したかったピラトは、再び群衆に話しかけた。

「ならば、お前たちがユダヤの王と呼ぶキリストことイエスは、いったいどうすべきなのか」

人々はわっと声をあげた。

「十字架にかけろ！」

「しかし、なぜなのか。なんの罪を犯したというのだ」ピラトは三度異議を唱えた。「死刑に処すべき証は見つからなかったのだぞ。ゆえに、鞭打ちのうえ釈放する」

その途端、人々の大声が轟いた。

「その男を十字架にかけろ！　磔にして殺せ！」


ピラトはイエスを鞭打ちに処した。それから兵士の一団を呼び集め、イエスをプラエトリアム、すなわち総督官邸の中庭に引き出させる。そこで兵士たちはイエスの服を剝ぎ取り、紫の外套を着せた。次に茨の冠をイエスの頭に載せ、右手に無理やり藤の杖を持たせると、その前にひざまずいて「ユダヤの王、万歳！」と言って嘲った。そしてイエスに唾を吐いたり、平手で殴ったりしたあと、杖を取りあげてイエスの頭を打った。

ピラトは再び人々の前に出て言った。

「見よ、わたしがなんの罪も見出せなかったことを示すために、この男をお前たちの前に引き出そう」

すると、茨の冠と紫の外套をまとったイエスが姿をお見せになった。

「この男を見よ」ピラトは言った。

それを目にした祭司長と役人たちは、すぐさま叫びだした。

「十字架にかけろ、十字架にかけろ！」

「お前たちが引き取って、十字架にかけるがよい」ピラトは答えて言った。「わたしはなんの罪も見出せなかった」

「我々には律法があります」ユダヤ人たちは反論した。「律法によれば、この男は死ななければならない。自分を神の子だと言ったからです」

ピラトはそれを聞いてさらに不安を覚え、イエスを総督官邸に連れ戻した。

「お前はどこから来たのか」と、ピラトは訊いた。

だが、イエスはお答えにならない。

「どうした、答えないつもりか。お前を釈放するのも、あるいは十字架にかけるのも、わたし次第なんだぞ」

「天から与えられたものでない限り、あなたはわたしになんの力もふるえない」イエスは言われた。

「だからあなたは、わたしを告発する者たちよりも罪が軽い」

そのお言葉に、ピラトはますますイエスを釈放したいと感じたが、ユダヤ人は「この男を釈放するなら、あなたは皇帝の友でない。王を名乗る者は皇帝の敵だからです」と声をあげた。

ピラトはまたもイエスを外に連れ出し、ヘブライ語で「敷石」を意味するガバタという場所に置かれた、裁判の席に座らせた。[15] ときは金曜日の午前六時半ごろ、[16] 過越祭の準備の日である。

「見よ、お前たちの王だ」ピラトは群衆に言った。

再び人々の叫び声が轟く。

「その男に死を！　その男に死を！　十字架にかけろ！」

ピラトが「このわたしがお前たちの王を十字架にかけるのか」と言うと、祭司長たちは「皇帝のほか、我々に王はありません」と答えた。

もはや自分にできることは何もなく、暴動の恐れすらあると悟ったピラトは水を汲み、群衆の前で両手を洗った。

「このよき人の血が流れることについて、わたしにはなんの責任もない。それはお前たちの責任だ」

すると人々は、「この男の血を、我らと我らが子孫に浴びせよ」と言った。

ピラトは群衆をなだめるべく、彼らが求めたとおりの判決を言い渡した。そうして、暴動と殺人で投獄されていたバラバを釈放し、イエスをユダヤ人たちの手に引き渡した。

第十六章註
1、難解な文章である。イエスの指示は一種の比喩であり、自分が去ったあとは正常かつ合法的な手段を使って福音を広めよ、という意味だとされている。
2、原典では「罪人たちの手に」
これは「邪な人間」、もしくはユダヤ人が頻繁に用いていたように、「異邦人」の意味だと思われる。本書では「人の子の敵」と解釈した。
3、この一節はヨハネによる福音書17－12に言及したものである。そこでキリストは、自分は父から託された者たちをすべて守ったが、「滅びの子」だけは例外だと祈りのなかで述べている。この「滅びの子」がユダを指しているのは間違いない。本節も難解な記述であり、物質的・現世的なことだけでなく、霊的・来世的なことを意味するものと思われ、「よき羊飼い」の教え（ヨハネによる福音書10－11～15）を想起させる。
4、原典では「だが、いまはあなたたちのときで、闇が力をふるっている」
難解な一節である。文字通り解釈すべきという見解もあれば、良識的な人間はこのように力を見せつける必要も、あるいは密かに逮捕する必要もないので、その行為は邪なものである、とする解釈もある。

5、原典では「大祭司はイエスに弟子のことや教えについて訊いた」書き換えの理由については註6を参照のこと。

6、キリストの裁判の模様については、四人の使徒のあいだでそれぞれ小さな記述の相違が見られる。それらの相違を埋める試みが幾度かなされており、一定の成果を挙げている。本書では、キリストは木曜日の夜に逮捕されたあと、まず非公式な形でアンナスのもとに連行され、夜明けと同時にカイアファ邸および議会へと連れて行かれた、という解釈を採用している。

この解釈における難点は、ヨハネによる福音書18－19～24の記述が、本書の解釈通りアンナスによる聞き取りを指しているとすれば、アンナスは大祭司として話していることになる、という点にある。しかし、アンナスは大祭司ではない。ヨハネ自身が11－49～51および18－13で記しているとおり、その年の大祭司はカイアファである。

この不明瞭な事実は、次のように説明し得る。すなわち、アンナスは大祭司ではないが、元大祭司だった。ローマ人によってその座を追われたものの、まさにその理由によって、大祭司と同じ処遇をユダヤ人から受けていた、というものである。

ヨハネがそれと同じ見解をとっていたという仮定に不合理な点はなく、さらには彼の記述における他の矛盾点も解消される。

一方、ルカによる福音書3－2は、アンナスとカイアファをともに大祭司としている。

7、これら二人の証言を、マタイは福音書26－61で、マルコは同14－58で記しているが、いずれも二人の証言は食い違っていたとしている。そのため本書では、二人の証言をそれぞれ別に記述した。

8、ペテロによる否定は四人の使徒がそれぞれ記録しており、大筋では一致しているが、細かな点で差異が見られる。いずれの福音書でも否定が三度行なわれているものの、相手の人物が以下のように異なっている。

・マタイによる福音書
(1) 女中
(2) 別の女中
(3) 周りに立っていた人々

・マルコによる福音書
(1) 女中
(2) (1) と同じ女中
(3) 周りに立っていた人々

・ルカによる福音書
(1) 女中
(2) 別の女中
(3) 男 (使用人)

・ヨハネによる福音書
（1）門番をしていた女中
（2）（周りに立っていた）人々
（3）マルコスの親類である使用人の男

さらにペテロは、複数の人間に同時に返事をしていることもある。

今日においても、上記の相違は各種の証言でよく見られる現象である。つまり、人間による観察や記憶というのは曖昧なものであり、そうした相違は、現実の出来事を複数の人間がそれぞれ思い出すときに絶えずつきまとう。聖書の記述が完全な創作であれば、現実特有のこれら相違は起こり得ない。当然ながら、四つの記録を統合すべく本書でなされた試みは、数多い解釈の一つに過ぎない。

9、原典では「女よ、わたしはその人を知らない」
「女」の語を省略したことについては第二章註10を参照のこと。

10、聖マタイは、祭司長と長老たちはその地を買い、またユダは自ら首をくくったとしている。一方、使徒言行録には、ユダはその土地を買い、地面に真っ逆さまに落ち、身体が真ん中から裂け、内臓がすべて飛び出した、と記されている。いずれの記録も、ユダが後悔した結果、その土地が銀貨三十枚で買われ、ユダは死んだとしている。なお伝承によると、ユダが首を吊ろうとしたところ縄が切れたため、自ら断崖に身を投じたという。

11、聖マタイはエレミヤを預言者としているが、この記述は明らかにゼカリヤ書からの引用である。

12、聖ルカは、日が昇ってすぐ議会（サンヒドリン）が招集され（ルカによる福音書22－66）、そのあとにイエスの取り調べ（同22－67〜71）が続き、そしてピラトに引き渡されたとしている。
一方、マタイとマルコは、律法学者と長老たちが集まる大祭司の屋敷にイエスが連れて行かれたことを記すにあたり、その時刻には触れていない（マタイによる福音書26－57、マルコによる福音書14－53）。それから取り調べが行なわれ（マタイによる福音書26－59〜68、マルコによる福音書14－55〜65）、そして「朝が訪れたとき」イエスをピラトに引き渡すことが決められた（マタイによる福音書27－1、マルコによる福音書15－1）。これらの記述は互いに矛盾するものではないが、本書では多少の並び替えを行なった。つまり、議会が招集された時刻については聖ルカの記述を用い、そのうえで聖マタイおよび聖マルコによる時間の記述を「夜のまだ明けきらぬうちに」と解釈したのである。また原典にある「相談した」という記述だが、これはすでに合意されていたイエスの死刑判決を指すのでなく、刑の執行に関係するものと思われる。ゆえに意味をより明瞭にすべく、原典の「イエスを殺そうと相談した」という記述は、「処刑を行なうにはローマ当局の許しを得る必要があったので」と解釈した。ややもすると恣意的な修正かもしれないが、そうした含意があることは原典の記述からも明らかである。
13、一同は、ピラトが自分たちの決定に疑問を呈するとは予想しておらず、正式に告発する用意ができていなかった。つまりピラトは、彼らの企みに乗らなかったのである。
14、多くの識者は、キリストが――ピラトの兵士たちの手で――麗々しい衣服に身を包んだのは一度だけであり、その行為をヘロデの手下によるものとした点において、聖ルカの記述は不正確だとしている。この結論を支持するならば、本書の「侮辱しようと麗々しい服を着せてから」という記述は削除すべきだろう。

15、原典を読むと、ピラトがイエスを裁判の席に座らせたとも、ピラト自身が裁判の席に座ったとも解釈できる。「見よ、お前たちの王だ」という言葉をよりよく説明できることから、本書では前者の解釈を採用した。

16、原典では「それは過越祭の準備の日の、第六刻のころだった」

ユダヤで広く用いられていた時法において、「第六刻」は正午ごろを指す。しかし、入手可能な資料から推定する限り、ピラトが刑を宣告したのは過越祭の準備の日、すなわち金曜日の午前六時半ごろだったと考えられる。聖ヨハネがこの一節で用いた時法については、これまで様々な推測がなされているが、完全に満足できるものは一つもないと思われる。また原典に金曜日という記載はないが、本書では記述を明確にすべく付け加えた。

第十七章　受難、復活、そして昇天

それから兵士たちは、イエスから紫の衣服を剝ぎ取り、元の衣服を着させてから、十字架にかけるべく引き連れていった。盗みを犯した二人の男もイエスと同時に死刑となり、先頭に立って連れて行かれた。

かくしてイエスは、ご自分の十字架を背負ってお発ちになった。ところが、街を離れたところで手助けが必要になったので、兵士たちは田舎から出てきたという男を捕まえ、十字架を背負わせてからイエスの後ろを歩かせた。(1) この男はキレネ人で名をシモンといい、アレクサンドロとルフォスという二人の息子がいた。大勢の群集が一団のあとに続き、女たちは泣き叫びながら自分の胸を叩いた。それを見て、イエスが振り向いて言われた。

「エルサレムの婦人たちよ。わたしのために嘆き悲しんではいけない。自分のため、そして子どもたちのために嘆き悲しみなさい。言っておくが、『子を産んだことのない女、乳を飲ませたことのない女に幸あれ』と声をあげるときが来る。そのとき、人々は山に向かって『自分のうえに落ちてくれ』と願い、丘に向かって『自分を覆ってくれ』と祈るようになる。木がすくすくと育っているときにそうなるのなら、枯れたときにはどうなるか(2)」

ようやく九時ごろになって、一行はゴルゴダという場所に着いた。ゴルゴタはヘブライ語で

「髑髏（されこうべ）の場」という意味である。そこで兵士たちは、没薬と苦味を混ぜたぶどう酒(3)をイエスに差し出した。イエスはそれを口に含まれたが、お飲みにならなかった。

そして兵士たちは、イエスを十字架にかけた。また二人の盗人も、一人はイエスの右側で、もう一人は左側で同じく十字架にかけられた。

イエスは祈られた。

「父よ、彼らをお赦しください。自分たちが何をしているのかわからないのです」

ピラトはヘブライ語とラテン語とギリシャ語でイエスの罪状を記していたが、いまそれがイエスの頭上で十字架に打ちつけられた。そこにはこう記されていた。

「この者はナザレのイエス、ユダヤの王である」

処刑場はエルサレムから近かったので、大勢のユダヤ人がそれを読んだ。そのとき、祭司長たちがピラトに言った。

「『ユダヤの王である』というのは感心しませんな。『ユダヤの王を自称した』とするべきです」

しかしピラトは、「わたしの言葉は変わらない」と言って取り合わなかった。

兵士たちはイエスを十字架にかけると衣を剝ぎ取り、四つに裂いて一枚ずつ分け合ったが、上着には縫い目がなく、全体として一つに織られていた。

「これは裂かないでおいて、誰のものになるかくじ引きで決めよう」

かくして「彼らはわたしの衣を分け合い、わたしの上着のことでくじを引いた」という聖書の預言が実現されたのである。

兵士たちは腰を下ろしてイエスを見た。[4] 人々も周りに立ってその様子を眺めている。そこを通りかかった人たちが頭を振りつつイエスに近づき、こう罵った。

「神殿を壊して三日で建て直すというのはお前だな。それなら自分の身を守ってみろ。神の子なら十字架から降りたらどうだ」

祭司長や律法学者や長老たちも、同じくイエスを嘲った。

「この男は他人を救いながら、自分のことは救えなかった。神に選ばれたキリストではなかったのか。自分は神の子だと言っていたな。よろしい、神がこの男をお認めになるのなら、いますぐ神に救ってもらえばいい」

兵士たちも十字架に近づき、酸いぶどう酒を差し出してイエスを馬鹿にした。

「ユダヤの王なら、自分を釈放したらどうだ」

すると、同じく十字架にかけられていた盗人の一人がイエスを嘲った。[5]

「お前はキリストなんだろう。ならば自分と俺たちを救ってみろ」

しかし、もう一人の盗人がそれをたしなめた。

「こうして同じ目に遭っているというのに、お前は神を敬うことを知らないのか。俺たちは仕方ない。当然の報いを受けているまでだ。だが、この人は何も悪いことをしていないんだぞ」そしてイエスに向かい、「イエスよ、あなたが御国に行っても、どうか俺のことを忘れないでください」と願った。

イエスは答えて言われた。

「はっきり言っておく。まさに今日、あなたはわたしと楽園に入る」

十字架のそばには、イエスの母とその姉妹であるクロパの妻マリア、そしてイエスが七体の悪霊を追い払われたマグダラのマリアがいた。母と愛する弟子がそこに立っているのを見て、イエスは言われた。

「母よ、これからはこの人があなたの息子です(6)」そして弟子に、「よいか、ここにいるのがお前の母だ」それ以降、この弟子はイエスの母を自分の家に引き取った。

ときは正午ごろ。空がにわかに暗くなり、太陽の光も力を失った。それは三時まで続いた。そのとき、イエスのお声が響き渡った。

「エリ、エリ、ラマ・サバクタニ」

これは「我が神、我が神よ、なぜわたしを見捨てられたのですか」という意味である。

その場に居合わせた者の何人かが、それを聞いて言った。

「聞いたか。この人はエリヤを呼んでいる！」

すると他の人々が、「ちょっと待て。エリヤが救いに来るかどうか見て確かめようじゃないか」と声をあげた。

イエスは、なされるべきことがすべてなされたとお悟りになり、「喉が渇いた」と言って聖書の預言を実現された。

その場には、酢の入った壺が置かれていた。一人の男がそれに駆け寄って海綿を浸し、ヒソップの茎に押しつけてから、イエスの口元に差し出した。イエスは酢を口にお含みになると、再び大声で言われた。

「終わりました。父よ、あなたの御手にわたしの魂を委ねます」

そして頭を垂れ、息を引き取られた。

そのとき、大地が大きく揺らいだ。神殿の垂れ幕がうえからしたまで二つに裂け、岩が地面から持ちあがり、墓があらわになる。するとそこから、死の眠りについていた多くの聖者の身体が息を吹き返した。やがてイエスが復活されたあと、彼らは墓から出て聖なる都に入り、何人かの前に姿を現わしたのである。

百人隊長と見張りの兵士たちは、イエスが息を引き取られたあとの地震やその他諸々の出来事に恐れおののき、神を畏れた。

「この人に罪がなかったのは間違いない。本当に神の子だった」

処刑を見に来た人々も一連の出来事に心を動かされ、自分の胸を叩きながらその場を去っていった。そのなかには、遠くから見ていた多くの婦人や知り合いもいた。マグダラのマリア、小ヤコブとヨセの母マリア、サロメ、そしてゼベダイの子らの母などである。この婦人たちは、イエスがガリラヤにおられたときから仕え、そして他の多くの人たちとともに、イエスにしたがってエルサレムへと赴いたのである。

その日は過越祭の準備の日で、翌日は安息日だった。そのような神聖な日に遺体が十字架にかけられたままではいけないというので、ユダヤ人はピラトに対し、罪人の死を早めて安息日の前に遺体を十字架から降ろせるよう、両脚を折る許し(7)を求めた。その後兵士たちが来て、まずは二人の盗人の脚を折った。しかし、イエスはすでに息を引き取られていたので、そちらの脚は折らなかった。ところが、兵士の一人がその脇腹を槍で刺したところ、傷口から血と水が湧き出した。こうして、「その骨は一本たりとも折られない」そして「彼らは、自分が刺し貫いた者を見る」という二つの預言が実現された。

ここに記したのは、一連の出来事を実際に目撃した人の証言である。ゆえにその人は、それが真実であることを保証し、かつ人々に信じさせることができる。

過越祭の準備の日である同じ金曜日の夕方、ユダヤの街アリマタヤ出身で、ヨセフという名の金持ちが来た。この人は名誉議員に任じられるほど正しく立派な人であり、イエスに関する議会の決議や計画に反対していた。それどころか、ユダヤ人を恐れて秘密にしていたものの、イエスの弟子の一人であり、神の国が地上に来るのを待ち望んでいた。ヨセフは勇気をふるってピラトのもとに赴き、イエスの遺体を十字架から降ろす許しを求めた。ピラトは、イエスがもう死んだとは信じられず、千人隊長を呼んでその点を確かめた。するとイエスは死んだという返事だったので、遺体を降ろしヨセフに引き渡すよう命じた。

ヨセフは清潔な亜麻布を買い、十字架の場所へ行った。その友人で、以前のある夜、闇に紛れてイエスに会いに行ったニコデモも、没薬と沈香を混ぜた香料を百リトラほど買ってから、ヨセフに付き添った。二人はイエスの遺体を降ろすと、ユダヤの埋葬の習慣にしたがい、香料を添えて亜麻布にくるんだ。

イエスが十字架にかけられた場所の近くには園があり、ヨセフが岩を穿って築いた新しい墓が立っていたので、二人はそこにイエスを横たえた。磔の場所から近く、過越祭の準備の日が終わって安息日になろうとしていたこともあり、都合がよかったからである。そしてヨセフは、大きな石を墓の前に転がして入り口を塞いでから、その場を立ち去った。

そこからさほど遠くない場所で、ヨセの母マリアとマグダラのマリア、そしてガリラヤからイエスにしたがってきた婦人たちが、座ってその様子を見ていた。遺体が墓のなかに横たえられるのを見届けたこれらの婦人たちは、家に帰って香料と香油を準備したが、その日は安息日だったので、モーゼの律法にしたがって休んだ。


過越祭の準備の日が過ぎた翌日、すなわち安息日である土曜日、祭司長たちとファリサイ派の人々がピラトのもとに出向いた。

「閣下、あの詐欺師が死ぬ前に『三日ののち、わたしは復活する』と申していたのを思い出しました。そこでですが、あの墓をこれから三日間、厳重に見張るようお命じください。さもないと弟子たちが来て遺体を盗み出し、人々に『この人は死から蘇られた』などと言いかねません。そんなことになれば、民はさらに惑わされます」

ピラトは答えて言った。

「ならば自分たちで見張るがよい。行って、しっかりと見張るように」

かくして一行は墓に赴き見張りを立て、彼らのいる前で墓石に封印をした。


同じ土曜日の夜、またしても大地が大きく揺れ、主の天使が天から降りて墓の石を転がした。雪のように白い衣をまとって石のうえに座る姿は、まるで稲妻のように映った。見張りの者たちはそれを見て恐れおののき、身動き一つできなくなった。

日曜日の夜が明ける直前、マグダラのマリア、ヤコブの母マリア、そしてサロメの三人は、ガリラヤからイエスにしたがってきた婦人たちとともに、イエスの遺体を清めるべく準備した香料を持って墓へ赴いた。[8] 着いたころにはすでに太陽が昇っていた。

「誰がわたしたちのために、お墓の入り口から石を転がしたのでしょう」一同は口々に言い合った。石はとても重たいはずだがさらに見ると、石が除けられていただけでなく、遺体も消えていた。

それを見たマグダラのマリアは、ペテロことシモンと、イエスに愛されていた弟子のもとへ走った。「誰かが主を墓から持ち出しました」マリアは声をあげた。「どこに置かれているのか、わたしたちにはわかりません!」

ペテロともう一人の弟子はすぐに立ちあがり、墓へと急いだ。二人は一緒に走ったが、やがてもう一人の弟子がペテロより速く走り、先に墓へたどり着いた。それからかがみ込んで墓のなかを見ると、亜麻布が地面に置かれているのを見たものの、自分で入ることはしなかった。そのうちペテロが到着して墓のなかに入った。すると、亜麻布と、イエスの頭をくるんでいた覆いがあった。覆いは亜麻布と同じ場所ではなく、丸められたままぽつんと地面に置かれていた。やがて、イエスに愛されていた弟子がペテロに続いてなかに入り、その証を自分の目で見て確信した。だがそのときはまだ、イエスが死から復活するという預言を二人とも理解していなかったので、ペテロらは一連の出来事に当惑しながら家に帰った。

同じころ、マリアは墓に戻り、その前に立って泣きながら墓のなかを見つめていたが、やがて他の婦人たちと一緒に入っていった。[9] すると、イエスの亡骸が横たわっていた場所に、目の眩むような白い衣をまとった二人の天使がいるのを見て、マリアらは驚いた。天使の一人は頭のほうに、もう一人は足元に座っている。[10] 婦人たちは恐れおののき、天使の前にひれ伏した。

　天使の一人がマリアに話しかけた。

「ご婦人よ、なぜそんなに嘆き悲しんでいるのですか」

「わたしの主が連れて行かれたからです。主はどこに横たえられたのでしょう」

「恐れることはありません」天使が答える。「十字架にかけられたナザレのイエスを、あなたたちは捜している。しかし、生きている者をなぜ死者のなかから捜すのですか。その人はここにはいません。自分で言ったように、復活したのです。まだガリラヤにいたとき、なんと言ったか忘れたのですか。人の子は邪な者たちに持ちあげられ、十字架にかけられるが、三日後に再び蘇ると言ったではありませんか。見なさい、ここがその人の横たわっている場所です。すぐに弟子たちとペテロのもとへ行って、その人は死から蘇り、あなたたちより先にガリラヤへ向かったと伝えなさい。その人が以前に約束したとおり、そこで姿を見ることができる、と。これがわたしからの伝言です」

　婦人たちは弟子たちにその言葉を伝えるべく、墓をあとにした。[11] 一同は驚き大いに恐れたが、同時に喜びで満たされていた。そして、墓から立ち去ろうとしたまさにそのとき、婦人たちはイエスと出会ったが、誰一人それがイエスだとは気づかなかった。

　イエスはマリアに言われた。

「なぜ泣いているのか。[12] いったい誰を捜しているのか」

　しかし、マリアは相手を園丁だと思い込み、こう答えた。

「あなたがあの方をここから運び出したのなら、どこに置いたか教えてください。わたしが引き取ります」

「マリアよ」イエスがそう言われると、マリアは振り向きヘブライ語で「ラボニ！」と声をあげた。すなわち「先生！」という意味である。

それを聞いた一同は前に進み出て、イエスの足にしがみついてひれ伏した[13]。

「恐れることはない」イエスは続けて言われた。「わたしにしがみついてはいけない。わたしはまだ父のところに昇っていないのだ。行って、わたしの兄弟にガリラヤへ向かうよう伝えなさい。そこでわたしと会うことになる、と。それから『わたしはこれから、わたしの父であり、お前たちの父でもある方のもとへ、そしてわたしの神であり、お前たちの神でもある方のもとへ昇る』と言いなさい」

マグダラのマリア、ヨハナ、そしてヤコブの母マリアらこれらの婦人たちは、恐ろしさのあまり誰にも話すことなく、この知らせを伝えようと弟子たちのもとへ急いだ。弟子たちもまた深く嘆き悲しんでいた。婦人たちはこのときすでに、イエスがガリラヤでなされた預言を思い出していたので、十一人の使徒とそこに居合わせた人たちに一部始終を伝えた。

「わたしは先生を見たのです」マリアはそう言ってから、会話の内容を自分の言葉で伝えた。

しかし、弟子たちはマリアの話を聞いて、戯言に過ぎないと考えた。マリアが、「この目で見たのだからイエスは絶対に生きておられます」と繰り返し言ってもなお、弟子たちはそれを信じられなかった。

同じころ、兵士の幾名かがエルサレムに戻り、一連の出来事を祭司長たちに報告した。それを聞いた祭司長らは長老を呼び集めて相談したあと、兵士たちに多額の金を渡して次のように告げた。

「弟子たちが夜中にやって来て、自分たちが眠っているあいだに遺体を盗み出したと言いふらすんだ。それが総督の耳に入ったとしても、我々が会ってお前たちの罪を晴らしてやる」

兵士たちは金を受け取り、祭司長らから言われたとおりにした。その結果、兵士たちの話はユダヤ人のあいだを駆け巡り、今日まで広く受け継がれている。


この日の夕方、エルサレムから七、八マイル離れたエマオという村に向かって、二人の弟子が歩いていた。二人は歩きながら一連の出来事を話し合った。

あれこれ論じたり尋ね合ったりしていると、イエスご自身が姿をお見せになって一緒に歩きだしたが、二人ともそれがイエスであることに気づかなかった。

「歩きながら、何をそんな熱心に話し合っているのですか」イエスはお尋ねになった。

すると二人は、悲しげな表情でそちらを見た。

「ここ何日かのあいだにエルサレムで何が起きたか、あなた一人だけが知らないはずはないでしょう」そう答えたのは弟子の一人、クレオパという男だった。

「いったいなんのことです」イエスはなおも言われた。

「ナザレのイエスにまつわることですよ。預言者というものがいるとすれば、その方こそまさに偉大な預言者です。神と人の前で言われることやなさること、そのどれもが素晴らしい方でした。それなのに、わたしたちの祭司長と議会は、イエスを死刑にするため総督へ引き渡し、十字架にかけさせてしまったのです。ですがわたしたちは、イエスこそイスラエルの栄光を取り戻してくださる方だと望みをつないでいました。いえ、それだけではありません。それがあってから今日で三日経ちましたが、今朝のこと、仲間の婦人たちが来て不思議な話をわたしたちにしたのです。遺体を聖油で清めようと、夜の明けきらぬうちに墓へ行ったところ、遺体が見つからなかったと言うのですよ。それだけでなく、捜しているうちに天使が現われ、イエスは生きておられると告げたらしいのです。そこで仲間の何名かが墓に行ったところ、婦人たちの言うとおり、イエスはそこにおられませんでした」

「ああ、我が善良なる人たちよ」イエスは言われた。「あなたたちはなんと物分かりが悪く、飲み込みが遅いことでしょうか。キリストは栄光を得る前にこのような苦しみを受けるよう定められていると、聖書で預言されているではありませんか」

そして、モーゼとすべての預言者を皮切りに、聖書のなかでご自分について書かれていることを説明された。

やがて一行は目的地の村に近づいた。イエスがさらに進もうとなさるのを見た弟子たちは、ここにとどまるよう言った。

「わたしたちと一緒に泊まってはどうですか。もう日が暮れかかっていますし、すぐに暗くなってしまいますよ」

イエスは頷き、弟子たちの願いをお聞き入れになった。

弟子たちと夕食の席についたイエスはパンをおとりになり、祝福の祈りを捧げてから、パンをちぎって弟子たちに与えられた。その瞬間、相手がイエスであることに二人とも気づいたが、たちまち目の前から消えてしまった。

二人はささやき合った。

「歩きながら語りかけておられたとき、それから聖書について説明なさっていたとき、我々の心は燃えていたのではなかったか」

そしてすぐに立ちあがり、エルサレムへ大急ぎで戻った。二人が向かった家の扉には、ユダヤ人を恐れて鍵がかけられていたが、なかでは十一人の弟子たちが友人を招いて食事をとっていた。二人は歓声とともに迎えられた。

「主が蘇られた！　シモンが主を見たんだ！」

そして二人は、道で起きた出来事や、パンをちぎってくれた相手がイエスだと気づいたときの顛末を話した。


一同が話し合っていたところ、イエスが出し抜けに姿をお見せになり、弟子たちの中心に立たれた。

「お前たちに祝福あれ」

これを見た一同は驚きのあまり身動きできず、亡霊を見ているのではと考えた。イエスはその愚鈍さと、復活したお姿を見たという人々を信じなかった、その疑い深さをお叱りになった。

「お前たちは何を恐れているのか。なぜ心のうちを疑いで満たしているのか。わたしの手と足を見て、本当にわたしだと信じなさい。わたしに触って信じなさい。亡霊に肉体はないのだから」

イエスはそう言いながら手と足と脇腹をお見せになったが、弟子たちはかくも大きな喜びを心から信じることができなかった。

「ここに食べるものはあるか」イエスはお訊きになった。

そこで焼いた魚を一匹差し出すと、イエスは一同の前でそれをお食べになった。ついに弟子たちも疑いようがなくなり、喜びに満ち溢れた。

こうしてイエスが姿をお見せになったとき、十二使徒の一人ディディモことトマスはたまたまその場にいなかった。そこで他の者たちが、イエスを見たときのことを教えてやると、トマスはこう答えた。

「あの方の手に釘の跡があるのを見、この指で確かめるまで、あるいは脇腹の傷をこの手で触って確かめるまで、わたしは信じない」

それから一週間後、鍵のかかった室内に弟子たちは再び集まったが、このときはトマスも一緒だった。すると、またしてもイエスが姿をお見せになり、以前と同じように言われた。

「お前たちに祝福あれ」

そして、トマスを向いて諭された。

「わたしの手を見て、自分の指で触ってみなさい。自分の手で脇腹に触れてみなさい。疑いを捨てて信じるように」

「我が主よ！　我が神よ！」トマスは喘ぐように言った。

「お前はわたしを見て信じた」イエスがお続けになる。「わたしを見ず、それでも信じる者は幸いだ」

次いで、再び一同のほうを向いて言われた。

「お前たちに幸いあれ。父がわたしをご自身の代理となされたように、わたしはお前たちをこの世での代理とする」そして一同に息を吹きかけ、こうお続けになった。「聖霊を受けなさい(14)。心で生きる力を受け取りなさい。お前たちの言葉を受け入れる者は罪を赦され、拒む者は罪に支配されたままである(15)」

その後十一人の弟子たちはガリラヤへ赴き、イエスが指示なされた山へ登った。そこで一同はイエスの姿を見て拝んだが、なかには本当なのかと疑いを捨てきれない者もいた。

それからイエスは大勢の弟子たちの前に再び姿をお見せになった。それはガリラヤ湖畔でのことで、ペテロことシモン、ディディモことトマス、ガリラヤのカナ出身のナタナエル、ゼベダイの子二人、そして他の弟子二人がそこにいた。イエスが姿を現わされたときの様子は次の如くである。

まずペテロが「これから漁に行く」と言ったところ、他の者たちも「我々も一緒に行こう」とそれに賛成した。

一同は船に乗って湖に漕ぎ出し、夜が明けるまで漁をしたが、そのときは何も釣れなかった。すると日が昇るころ、岸辺に立つ人の姿が見えた。彼らにはわからなかったが、イエスだった。やがてイエスが彼らに声をおかけになった。

「友よ、魚は釣れたか」

「いいえ」弟子たちはそう返事をした。

「ならば、舟の右側からもう一度試してみなさい。何かが釣れるはずだ」

そのとおりに網を投げ、再び引きあげたところ、今度は網いっぱいに魚がかかっていた。これを見て、イエスに愛されていた弟子が声をあげた。

「先生だ！」

それを聞いたペテロは、漁のあいだ脱ぎ捨てていた上着をまとったかと思うと、いきなり湖に飛び込んだ。そこは岸からそう離れておらず、二百ペークス（およそ九十メートル）ほどの距離しかなかった。他の弟子たちは、魚がいっぱいにかかった網を引きながら、そのあとを小舟で追った。やがて陸にあがってみると、炭火のうえでパンと魚が焼かれていた。

「かかった魚を何匹か持ってきなさい」と、イエスは命じられた。

ペテロことシモンが小舟に戻り、網を岸辺に引きあげてみると、そこには百五十三匹もの魚がかかっていた。だが驚くべきことに、それだけの重さにもかかわらず、網は破れていなかった。

イエスは「ここに来て朝の食事をとりなさい」と言われてから、パンをちぎって弟子たちに与え、魚のほうも同じようにされた。正体を問いただそうとする者は一人もいなかった。みな、それが主であることを知っていたからである。

食事が終わったあと、イエスはペテロに質問された。

「ヨナの子シモンよ、お前はここにいる他の者たちよりも、わたしのほうを愛しているか」

ペテロは答えた。

「はい、先生。わたしがあなたを愛していることは、ご存知のはずです」

「ならば、わたしの子羊たちに餌を与えなさい」

そこでしばらく間を置いてから、再び続けられた[16]。

「ヨナの子シモンよ、本当にわたしを愛しているか」

「はい、先生もご存知のはずです」ペテロは正直に同じ答えを繰り返した。

「ならば、わたしの羊たちの面倒を見なさい」

またも言葉を切り、三度目となる質問をされた。

「ヨナの子シモンよ、わたしを愛しているのは間違いないか」

同じ質問が繰り返されるので、ペテロは悲しさを覚えた。

「先生、あなたはなんでもご存知です。わたしがあなたをどれだけ愛しているか、よく知っておられるはずです」

するとイエスは命じられた。

「ならば、わたしの羊たちに餌を与えなさい。言っておくが、まだ若いうちは、自分の好きな服を着てどこへでも出かけていける。しかし歳をとれば、腕を伸ばして着せてもらい、行きたくない場所へ連れて行かれるようになる」

イエスはそう言われることで、ペテロが神の栄光を表わすべくどのような死を迎えるか、お伝えになったのである。こうお話しになったあと、イエスは「ついてきなさい」と言われた。

ペテロが振り向くと、イエスに愛されていた弟子がついて来るのが見えた。最後の晩餐のときイエスの胸元に寄りかかり、誰が裏切り者かを尋ねた人物である。

「この人をどうなさるおつもりですか、先生」ペテロは訊いた。

「わたしが戻ってくるときまでこの男が生きているよう、このわたしが決めたところで、お前になんの関係があるというのか。お前はただわたしのあとにしたがいなさい」

そこから、この弟子は死なないという噂が兄弟たちのあいだで大きくなった。だがイエスは、この者が死ぬことはないと言われたのではなく、この者の運命はペテロに関係ないと言われたに過ぎないのである。

ほぼ六週間――正確には四十日間――にわたり、イエスは折に触れて弟子たちに姿をお見せになった。あるときには五百人以上が集まる場所に現われ、またあるときにはヤコブただ一人の前に現われることもあった。しかし、最後に姿をお見せになったのは、弟子たちがガリラヤからエルサレムへ戻ったあとのことである。彼らが集まったところ、イエスがそこに現われた。そして話の途中、天と地の権限はすべて自分に与えられたと言われた。

それを聞いて弟子たちは尋ねた。

「先生、ユダヤの王国を建て直すおつもりですか」

イエスは答えて言われた。

「それはお前たちに関係のないことだ。父は、もっともふさわしいとお考えになるときに、その御心を行なわれる。お前たちと一緒にいたときに語った、聖書のなかで自分に触れた箇所を、いまここで繰り返す。モーゼや他の預言者によって記された、あるいは詩篇に書かれたそれらの預言は、一言一句違わずに実現されなければならない」

そう言われてから、それらの文章を弟子たちに説明された。

「よいか、キリストは死の苦しみを受け、三日ののちに復活すると預言されている。また、キリストの力によって悔い改めと罪の赦しが得られることが、まずエルサレムにおいて、それから世にあまねく宣べ伝えられることも記されている。[17]お前たちはその証人なのだから、この世をくまなく回り、この福音をすべての民に伝えるように。すべての国で弟子を作り、彼らに洗礼を施して神と子と聖霊の僕(しもべ)とし、[18]わたしがお前たちに与えた掟をすべて守るよう教えなさい。この言葉を受け入れて洗礼を受ける者は、よき人生を送る。しかし、それを拒む者は罪から逃れられない。[19]信じる者は、わたしの力によって心の病を癒やし、言葉で人の心を動かすことができる。[20]さらには蛇に嚙まれたり毒を飲まされたりしても害を受けず、病人に手を置けば癒やされる。そして、これを忘れてはならない。わたしは、父から約束された贈り物があると言ったが、それをお前たちに授ける。それは霊の力だ。それを受け取るまで、ここエルサレムで待ちなさい。この力を受け取ることで、お前たちは間もなく聖霊によって洗礼を施される。ヨハネは水で洗礼を施したが、ここエルサレムやユダヤやサマリアだけでなく、この世の果てにあっても、お前たちはわたしの証を行なう。忘れるな、わたしはいつでも、世界の終わりまでも、お前たちとともにいる」

言い終えたイエスは弟子たちを引き連れてオリーブ山を越え、ベタニアのあたりまで来られると、そこで両手をあげ、弟子たちを祝福された。そして祝福しながら弟子たちのもとを離れ、天へあげられた。やがて雲がかかり、その姿は見えなくなった。

弟子たちがなおもそちらを見あげていると、白い衣をまとった二人の男が彼らのそばに現われた。

「あなたたちガリラヤ人よ、なぜここに立って空を見あげているのか。イエスはあなたたちから離れて天にあげられ、いまは神の右側に座っておられる[21]が、ここを去ったのと同じように、再び地へと戻って来られる」

イエスへの愛慕に満ち溢れた弟子たちはエルサレムに戻り、いつも集まっていた家の二階にあがった。そしてその家と神殿で、一同は絶えず心から祈り、神に感謝を捧げた。やがて五旬祭の日が来て、その直後、彼らはイエスの約束された贈り物を授かった。かくして聖霊に満たされた一同は表へ出て、至るところで教えを宣べ伝えた。彼らのもとには常に主がおられ、その後の出来事によって彼らの言葉を証なされたのである。

ここに記した出来事の多くは、イエスに愛されていた弟子によって記され、確かめられたことであり、その証に疑いの余地はない[22]。それらのことが記されたのは、イエスがキリストにして神の子であることをあなたたちが信じるようにするためであり、またそう信じることによって、イエスの力を通じて霊の命を得るためである。

ここに記されたこと以外にも、イエスは弟子たちの前で多くのことをなされた。それらを逐一記すとしても、その書物は我らの世界に収まりきらないと思われる。

第十七章註

1、聖ヨハネは、キリストが自ら十字架を背負われたとしているが、他の三つの福音書はシモンがそれを担がされたとしている。また、ヨハネの福音書にある「向かわれた」という語は、「街の外へ」という意味を含むものと信じられている。ゆえに本書では、まずイエス自身が十字架を背負って街の外へ出たものの、やがて担ぐことができなくなったので、代わってシモンに十字架を背負わせた、と仮定している。さらに、この見解をより明確にすべく、「街を離れたところで手助けが必要になったので」という一節を追加した。

2、原典では「緑の木にさえそんなことをするのなら、乾いた木にはどんなことをするのだろう」難解な一節であり、通常は「エルサレムが平和で繁栄しているときであっても、無実のわたしがこんな目に遭うのなら、エルサレムが戦いに敗れ破壊されたときには何が起こるだろうか」という意味だと解釈されている。

3、処刑を控えた罪人に与えられる麻薬。

4、兵士たちは罪人の救出を防ぐ任務についていた。

5、聖マタイと聖マルコは、二人の盗人がいずれもイエスを嘲ったとしているが、聖ルカは、イエスを嘲ったのは片方だけだと記している。本書ではルカの見解を取り入れ、若干の修正を施した。

6、原典では「女よ、汝の息子を見よ」「女よ」を言い換える適切な現代語が見当たらないため、本書では恣意的ながら「母よ」とした。

7、これは死を早めるために用いられた一般的な方法であり、意味をより明確にすべく「罪人の死を早めて安息日の前に遺体を十字架から降ろせるよう」という一節を追加した。

8、婦人たちが墓を訪れた経緯については、四つの福音書のあいだで若干の差異が見られる。聖マタイは、マグダラのマリアともう一人のマリアが日曜日の朝早くに墓を訪れたと記録している。聖マルコは、このもう一人のマリアをヤコブの母親としており、さらにサロメの名を記述に加えている。また墓を訪れた目的を、香料で遺体を清めるためとしている。聖ルカは、ガリラヤでキリストにしたがった女性たちが、清めの香料を持ち込んだと述べている。聖ヨハネは、マグダラのマリアについて墓を訪れたことしか記しておらず、彼女がペテロとヨハネのもとに赴いたことを記録したのもヨハネだけである。

本書ではこれら相異なる記録を一致させるべく、言及されている女性全員が遺体を清めるため一緒に墓へ行ったが、マグダラのマリアだけがペテロとヨハネに知らせを伝えるべく駆け出ていったと仮定した。

9、註8を参照のこと。聖ヨハネの記録から推測されるとおり、マグダラのマリアが墓に入る前にペテロとヨハネのもとへ急いだのなら、その後きっと戻って来たはずである。また、彼女がこの二人よりも速く歩いたとは考えにくいことから、マグダラのマリアはペテロとヨハネのあとで墓に到着したと考えられる。本書ではこの仮定を採用し、「同じころ、マリアは墓に戻り」という一節を加えた。

10、註8で指摘した相違はここでも見られる。聖マタイは、雪のように白い衣を着た天使が一人、石を転がしてそこに座り、二人のマリアに話しかけたと記している。

聖マルコは、白い衣を着た若者が墓のなかの右手に座り、二人のマリアとサロメに話しかけたとしている。

聖ルカは、目の眩むような衣服をまとった二人の男がそばに立ち、ガリラヤでキリストにしたがった婦人たちに話しかけたとしている。

聖ヨハネは、墓のなかに二人の天使がいて、それぞれイエスの枕元と足元に座り、マリアに話しかけたと記している。

これら記述はみな同一の出来事に触れたものと考えることも可能だが、本書では二つの異なる出来事として解釈した。すなわち、一人の天使が石を転がし、それからそこに座ったものの、誰に話しかけることも、婦人たちに姿を見られることもなかった、というのが第一の出来事。そして二人の天使が墓のなかにいて、それぞれイエスの枕元と足元に座っていた、またその場には他の婦人たちもいたが、天使の一人がマリアにだけ話しかけた、というのが第二の出来事である。

11、マグダラのマリアともう一人のマリアが墓を立ち去って弟子たちにその出来事を伝えに行ったとき、イエスが二人の前に現われ、「おはよう」と言われたと、聖マタイは記している。

一方、園でイエスと会ったマグダラのマリアが、彼を園丁だと思い込んだことを記録したのは聖ヨハネだけである。

これらが二つの異なる出来事なのか、あるいは同一の出来事を違う形で記述したものなのかは、判ある。

断が難しい。本書では後者の解釈を採用した。すなわち、マリアは他の婦人たちとともに墓を立ち去ったものの、イエスは彼女ら全員に挨拶なされたあと、マリアにだけ話しかけられた、というものである。

12、原典では「女よ、なぜ泣いているのか」
本書では「女よ」を省略している。第二章註10を参照のこと。

13、前記の註11を参照のこと。自分に「触れ」たりしがみついたりしてはならないというイエスの言葉は、婦人たちがイエスの足を抱いたことに触れている、と考えるのが妥当と思われる。そうであれば、この記述から、聖マタイと聖ヨハネは同じ出来事を記したという仮説が支持されることになる。

14、「聖霊を受ける」というのがどういう意味かを現代の読者に伝えるべく、本書では「心で生きる力」という一節を付け加えた。

15、原典では「誰の罪であっても、お前たちがそれを赦せば、その者の罪は赦される。誰の罪であっても、お前たちがそれを赦さなければ、その者の罪は残る」

16、聖ヨハネによる原典に、「間を置いた」旨の記述はない。しかし本書では、文章の流れをより滑らかにする目的で、そうした間があったものと仮定し、記述に加えた。
この一節は様々に解釈されており、本書の記述もその一つに過ぎない。

17、原典では「罪の悔い改めと赦しが、その名によって宣べ伝えられる」
本書では、現代的思考によりふさわしいと思われる表現に書き換えた。

18、原典では「父と子と聖霊の名において洗礼を授け」
「名において（into the name of)」という表現は、「旗印のもとに」と同じく、包含ないし所有の意を強調するものであり、口座に入金することを「所有者の名において支払われた（paid into the name of the holder)」と言うのもその一例である。ゆえにこの一節は、「父と子と聖霊のもとに包含する」「父と子と聖霊の所有とする」と解釈され得る。

19、原典では「信じて洗礼を受ける者は救われるが、信じないものは罰せられる」本書では、現代的思考によりふさわしいと思われる表現に書き換えた。

20、原典では「彼らはわたしの名において悪霊を追い払い、新しい言葉で語る」本書では現代的な表現への書き換えを行なった。「わたしの力によって心の病を癒やし」は「悪霊を追い払い」の書き換えとして適切だと思われるが、「言葉で人の心を動かすことができる」のほうはいささか疑問が残る。「新しい」という語を「権威の疑わしい」と解釈するならば、「新しい言葉で語る」という表現は「異国の言葉で話す」の意味になるのではないだろうか。さもなくば、本書の解釈がふさわしいと思われる。

21、文章の配列と順序にまつわる困難を解消するため、本書では天使の台詞として「神の右側に座っておられる」という一節を付け加えた。

22、この一節はヨハネによる福音書からとったものであり、原典では「これらのことについて証をし、それを記したのはこの弟子（前後関係からイエスの愛した弟子と思われる）である。その証が真実であることを、わたしたちは知っている」となる。この記述はヨハネによる福音書に記された出来事のみを指しており、ゆえに本書では「ここに記した出来事の多くは」と書き換えた。

訳者あとがき

言うまでもなく、聖書は史上最大のベストセラーである。現在までに出回った部数については諸説あり、二千年にわたる歴史のなかでいったい何部が頒布され、あるいは販売されたのか、いまとなっては推測するより他ないが、いずれにせよ、歴史上もっとも人類に影響を与えた書物の一つであることは間違いない。その聖書だが、『旧約聖書』と『新約聖書』の二つがあることは、非キリスト教徒が大半を占める我々日本人のあいだでもよく知られている。しかしこの区分はキリスト教徒によるものであって、ユダヤ教徒にとっては聖書に「新」も「旧」もなく、創世記から始まるいわゆる『旧約聖書』のみが「聖書」である。それに対してキリスト教の立場は、古い契約の書が『旧約聖書』、新しい契約の書が『新約聖書』というものであり、二世紀ごろからそう呼ばれだしたとされている。その新約聖書のうち、マタイ、マルコ、ルカ、ヨハネの四人による福音書を基に、イエス・キリストの生涯を、（一九一〇年代当時における）現代風の伝記に再構成したのが本書である。

なお、原書には各節の引用元（出典）が逐一記載されており、聖書研究的な視点からすれば本訳書でもそれを踏襲すべきところだが、編集部とも相談の結果、読物としての読み易さを重視して引用元の表記は見送った。諒とされたい。

それでは、福音書というものはどのような書物なのか。「福音」という単語はもともとギリシャ語の「エウアンゲリオン」から来ており、これは直訳すれば「よい知らせ」という意味である。つまり、イエス・キリストが十字架に磔となり、それから復活を遂げたのち、イエスの弟子たちは「神の国が来た」というキリストの言葉をあまねく広めるべく布教を始めたのだが、そのイエスによるメッセージを「よき知らせ」と呼んだのである。そして複数記された福音書のうち、マタイ、マルコ、ルカ、ヨハネによるものが正典として新約聖書に収められた。それでは、四人による福音書はもともと何語で書かれたものなのか。これは難しい問題で、成立当時のヘレニズム世界において、ユダヤ人がもっとも親しんでいたギリシャ語ではないかというのが有力な説なのだが、当初はアラム語で記されその後ギリシャ語に翻訳されたという説があるなど、現在でも議論の対象とされている。そもそも、福音書の成立経緯そのものに謎が多く、いまだ解決をみていない問題がいくつも存在するので、興味を抱かれた方はぜひとも関連する書籍をあたっていただきたい。いや、インターネットで検索してみるだけでいい。その問題自体、極上の知的ミステリーとなるはずだ。

F・W・クロフツについては、ここで多言を要することもないだろう。一八七九年、アイルランドはダブリンに生まれ、フレンチ警部ものをはじめとする本格推理小説で人気を博した作家、といえば十分に違いない。そのクロフツが四福音書を再構成して一つの伝記を組み立てるに至った経緯については、著者による「まえがき」に詳しく記されている。それがいかに困難かつ根気のいる作業だったかは、多少なりとも聖書に親しんだ方ならおわかりになるはずだ。訳者も仕事柄、聖書と縁なきことはないのだが、それでもキリスト教徒でない自分にこの書を訳する資格があるのかと、葛藤を抱きながら訳出を進めたのが本当のところである。よって、聖書に慣れ親しんだ方々からは、拙訳に関する批判も当然あるだろう。しかし、本書は、イエス・キリストという「人間の歴史にもっとも大きな影響を与えたであろう存在」にまつわる物語として読んでいただきたいし、その結果、聖書とキリスト教、さらには、民族ないしそれよりも大規模な人間集団の思想・思考を規定する「宗教」というものに、より大きな関心を持っていただければこれ以上の幸せはない。

最後に一つ、触れておかねばならないことがある。それは本書の何ヵ所かに記述されている、「らい病」という表現だ。読者諸賢にとっては常識の範疇だろうが、かつてその名で呼ばれた病気は現在「ハンセン病」と呼称されており、遺伝することのない、完治可能な感染症（ただし感染力はごく弱い）だと知られている。しかしかつては、ハンセン病患者の方々にいわれなき偏見の目が向けられ、様々な差別的待遇が強いられたのも事実である。そしてそれは完全に過去の話となったわけでなく、いまなお苦しみを負う方々がいらっしゃるのは否定できない事実だ。だが本書においては、キリストの生涯を描いたという歴史的文脈上、「ハンセン病」の名詞を用いることはできない。その一方で、新共同訳『聖書』での「重い皮膚病」という表現も、私としては安易に用いることに躊躇した。ゆえに「らい病」という訳語を充てたわけだが、いかなる意味においても、差別または偏見を助長する意図のないことをここに明言する。

最後に、本書の訳出にあたっては、日本聖書協会発行『新共同訳聖書』のほか、多くの註解書を参考にさせていただいた。訳文チェックには、内藤三津子氏、南雲智氏にご協力をいただいた。ここに心からの感謝を申し上げます。

二〇一八年十一月

訳者記す

F・W・クロフツと四つの福音書の謎

横井　司（ミステリ評論家）

初っぱなから私事で恐縮だが、自分がF・W・クロフツの小説を熱心に読んでいたのは小学生から中学生にかけての頃だったかと思う。最初に読んだのは、『英仏海峡の謎』（一九三一）のジュヴナイル訳である『名探偵フレンチ　怪船771号』（ポプラ社・世界名探偵シリーズ版）で、江戸川乱歩訳と表示されていた。その後、あかね書房の『少年少女世界推理文学全集』に収録されている『マギル卿最後の旅』（一九三〇）と『フレンチ警部とチェインの謎』（一九二六）を読み、創元推理文庫版の『樽』（一九二〇）や『クロイドン発12時30分』（一九三四）へと進んでいった。当時、新刊書店の棚には、創元推理文庫に入っていたクロフツの邦訳本がわりと揃っており、『ポンスン事件』（一九二一）から『フレンチ油田を掘りあてる』（一九五一）まで、かなり熱心に読み漁った。『二重の悲劇』（一九四三）巻末解説の厚木淳「ノート」に掲載されていた作品リストにチェックを入れ、未訳の英題を自己流に訳して書き添えていたものである。

当時、未訳のままだった作品が、創元推理文庫に収められるようになるのは、一九七九年に『製材所の秘密』（一九二二）が新訳されてからのことで、八〇年代に入って同文庫から未訳長編が次々と訳されるのと並行して、ハヤカワ・ミステリ文庫にポケット・ミステリでしか読めなかった三冊――

『関税品はありませんか?』(一九八〇)、『列車の死』(一九四六)、『ヴォスパー号の遭難』(一九三六)――が、次々と収められていった。ところが、残すところ未訳長編が二編にまで迫りながら、ぱったりと訳出が止まってしまい、そのうちの一編である『フレンチ警部と漂う死体』(一九三七)が、創刊されたばかりの論創海外ミステリから上梓されたのが、ようやく二〇〇四年になってからのこと。三年後の二〇〇七年には、クロフツ唯一のジュブナイル・ミステリ『少年探偵ロビンの冒険』(一九四七)が訳されて、さらに三年後の二〇一〇年に最後の未訳長編ミステリ『フレンチ警部と毒蛇の謎』(一九三八)が創元推理文庫に加えられて、ここに全長編の刊行が相成ったのだった。

中学生の頃、『二重の悲劇』の巻末リストを眺めていた自分は、「(少年推理小説)」と付記されていた『少年探偵ロビンの冒険』には強い興味を抱き、訳されないかと願っていたものだった。その一方で「(四福音書現代語訳)」と付記された *The Four Gospels in One Story: Written as a Modern Bibliography*(一九四九)に対しては、それが『新約聖書』に関わるものだということにすら気づくことがなく、何だか分からないけどミステリじゃなさそうだ、と思って一顧だにしなかった。笑止といわんか。

同書についてはこれまで「『四福音書』の現代語訳」(紀田順一郎「クロフツとその時代」)だとか「福音書に関する宗教書」「新約聖書物語」(戸川安宣「最後の本邦未訳長編」)といった紹介のされ方をしてきている。「福音書に関する宗教書」というのは、ハワード・ヘイクラフトが編纂に関わった『二十世紀著述家事典』*Twentieth Century Authors*(一九四二)にクロフツ自身が寄せた自伝の、一九五五年増補版に補遺として加えられた部分の翻訳にも見られる表現で、原文がどのように書かれているか分からないが、これだと福音書を論じたエッセイという印象を受ける。それがエッセイではないことを紹介したのが、新訳された『フレンチ警視最初の事件』（一九四九）の巻末に付せられた小山正の解説である。そこで小山は「これは、四つの福音書（マルコ、マタイ、ルカ、ヨハネ）に残されたキリストの生涯を、ひとつの物語としてまとめた伝記で、クロフツ唯一の宗教書である」と書いている。小山は続けて「後期フレンチ物の柱となった『罪と贖罪と倫理』のテーマが、同書において人類最大の悲劇と福音のドラマとして再編集されたということも、併せて記しておきたい」と述べているが、このように紹介されているのを読んで、にわかに興味が湧いたのだった。

イエス・キリストの誕生から死、そして復活までの行跡を描いた四つの福音書については、さすがに中学生の頃に比べればそれなりに知識を得ていた。『新約聖書』としてまとめられているものの、その四つの福音書は成立から性格から異なっており、相互の記述に矛盾があったり、ある福音書では語られているのに別の福音書では語られていない挿話があったりというふうに、必ずしも整合性のあるものではないものだと、宗教家ではない素人なりに知っていたのである。そういう曖昧で不正確な知識から、きっとクロフツは、アリバイものの創作を通して研ぎ澄まされてきた技法に基づいて、四つの福音書の齟齬を正し、整合性のある物語としてまとめあげたものに違いない、と思いこんでしまったのだ。まさに、クロフツのミステリ作家としてのキャリアがあってこそ成し遂げられた仕事なのではないか、これはぜひ読んでみたい、と強く願ってしまったのだった。

日本では、キリスト教徒か熱心な文学読者、あるいはクラシック音楽の愛好者以外は、四つの福音書を熟読しているという人間は、ほとんどいないに違いない。かくいう自分もJ・S・バッハの作曲したふたつの受難曲を通して、受難に至る物語はかろうじて知っているものの、通しで読んだことはなかった。熱心な教徒であればあるほど、いち探偵作家がまとめたキリストの伝記など、歯牙にもかけないのではないかと想像されもした。海外ミステリには聖書からの引用がしばしば見られるし、作品のタイトルにも使われたりしているが、だからといって日本の翻訳ミステリ・ファンが、いくらクロフツが書いたものであろうと、キリストの伝記に目を通したいと思うとは考えられない。というわけで、翻訳など夢のまた夢だと思っていたところ、論創社が海外ミステリ叢書の一冊として刊行するという英断を下したのである。まさか生きている間に日本語で読めるとは思っていなかっただけに、この勇断には感謝してもしきれない。

クロフツは一八七九年にアイルランドのプロテスタント信者の家庭に生まれ、軍医だった父親が外地勤務中に亡くなったあと、母親はアイルランド聖公会の大執事と再婚した。大執事（アーチディーコン）というのは、主教（ビショップ）を補佐し、教区牧師を管理する役職であり、「かなり厳格な宗教的環境の下に育てられた」（戸川安宣、前掲）と紹介されたりするのは、その役職のイメージからであろう。メソジストの学校を卒業し、徒弟奉公の後、鉄道技師となってからは、ある管区の地区教会でオルガニストを務め「合唱団を指揮して数々の賞を受けている」という。こうした宗教的環境だけでも、『四つの福音書の物語』が書かれた背景がうかがえるわけだが、それに加え、最近になって翻訳が刊行されたマーティン・エドワーズの『探偵小説の黄金時代——現代探偵小説を生んだ作家たちの秘密』（二〇一五）に紹介された興味深いエピソードに注目される。クロフツは「霊的な動機で緩やかに結びついた団体であるオックスフォード・グループに共感」しており、ドロシー・L・セイヤーズに後援を求めたところ、「セイヤーズは『イギリスのカトリック教徒として』グループの思想に不愉快な面があるとして、それを断った」というのだ（引用は森英俊・白須清美訳。以下同じ）。

ここで言及されているオックスフォード・グループというのは、スイス系アメリカ人のルター派教会牧師フランク・ブックマンが「人間および社会の改革のために必要な霊的回心と奉献を得る手段として、グループにおける罪の相互告白と決意表明を強調して」（小学館『日本大百科全書』の解説による。執筆は八代崇）、オックスフォード大学の学生に回心を説き、その信奉者とともに一九三〇年代に発足した団体のようだ。同グループは、一九三八年になって道徳再武装 Moral Re-Armament を唱えることになる。「絶対正直、絶対純潔、絶対無私、絶対愛という四つの信条を掲げて、人種、宗教、階級、国籍を超えた道徳的和合を説く、宗教的、倫理的、精神的色彩の濃い平和運動」（同。執筆は矢澤修次郎）は、その頭文字を採ってMRA運動と呼ばれた。二〇〇一年にイニシアティブ・オブ・チェンジ（略称IC）と名称を変更し、NGOとして活動を展開している由緒あるグループで、アメリカ・ミステリの愛読者にはお馴染みであろう、AA（アルコホーリクス・アノニマス）運動の母体ともなったようだ。

セイヤーズが、オックスフォード・グループの思想に「イギリスのカトリック教徒として」不愉快な面があると言ったのは、表向きの理由ではなかったかと思われる。当時、前夫との間に生まれた隠し子の存在を誰にも知られないように苦心していたセイヤーズからしてみれば、「罪の相互告白と決意表明」を「霊的回心と奉献を得る手段」とする宗教団体を受け入れることができなかったであろうことは、容易に想像がつくからだ。

それはともかく、オックスフォード・グループがMRI運動を展開したのと踵を接するようにして、クロフツが『フレンチ警部と毒蛇の謎』を上梓し、「人殺しという取り返しのつかないことに荷担してしまった人間の罪責の問題がクローズアップ」（小山正、前掲）していることは注目されるところだ。同作品の最後に、ある人物が自首するまでの経緯が簡単に描かれるが、自首という行為によって精神的に救われるというあたり、オックスフォード・グループの思想と通底するものを見出すのは容易だろう。マーティン・エドワーズは、クロフツが道徳再武装を「犯罪という問題に根本から取り組む唯一の方法」と考え、その小説にも「徐々にその信念が反映され、犯罪は引き合わないことが強調されるようになる」といい、やはり『フレンチ警部と毒蛇の謎』に言及している。同作についてクロフツは「肯定的な犯罪物語を描こうとする取り組み」だといってミルワード・ケネディを戸惑わせたそうだが、「クロフツは自分がはっきりとした道徳的意図をもって探偵小説を書いていると言いたかったのだ」ろうとエドワーズは推察している。

オックスフォード・グループの運動は当時のイギリスにおいて多くの支持を得ていたようで、ダフネ・デュ・モーリアが*Come Wind, Come Weather*（一九四〇）に、主人公がこの活動を通じて再生する物語を収めて出版した際は、大ベストセラーになったことが伝わっている。デュ・モーリアの場合、小説的な彩りとして取り入れただけなのか、それとも本人も運動に共感していたのかどうか、そこまでは分からないが、クロフツの場合、グループの名前を出さないだけに、影響は骨絡みだったように思われる。そしてそうした宗教的心情や道徳意識が、戦後になって『四つの福音書の物語』をまとめさせることにもなったのだろう。

ちなみにマーティン・エドワーズは前掲書で、『四つの福音書の物語』が刊行された際、デテクシヨン・クラブを通して親交のあったロナルド・ノックスに書評の依頼があったようだが、「福音書の『再編集』を認めなかったノックスは、書評を引き受けなかったとセイヤーズに打ち明け」たというエピソードを紹介している。ノックスはカトリックの高位聖職者（モンセニョル）としても知られており、クロフツが

『四つの福音書の物語』を刊行する前後に、新しくラテン語から英語に翻訳した聖書を上梓しており、ノックス聖書として人口に膾炙したことが伝えられている。ノックスの翻訳は現代英語（口語）によるものかどうか不詳だが、両人が相前後して聖書の翻訳ないし再編にたずさわっているのも興味深い。両人より少し前に、セイヤーズもまた、キリストを題材とするラジオ・ドラマ「王に生まれついた男」*The Man Born to Be King: A Play-Cycle on the Life of Our Lord and Saviour Jesus Christ*（一九四一～四二年、オンエア）を書き下ろし、一九四三年になって上梓していることも、併せて記しておく。

先にも書いた通り、『四つの福音書の物語』について、「きっとクロフツは、アリバイものの創作を通して研ぎ澄まされてきた技法に基づいて、四つの福音書の齟齬を正し、整合性のある物語としてまとめあげたものに違いない」と思いこんでいたわけだが、その予想はあたらずといえども遠からずといったところだろうか。

たとえば第12章の註29には「マタイ、マルコ、ルカによる各福音書のあいだには、細かな点で相違が見られる」ことを指摘した上で、「これらの相違は、目撃者の記憶が曖昧なことによるものと思われ、今日の警察捜査などでもよく観察される現象である」と述べて、ひとつの妥当な解釈を選択し、整合的な記述を構築していくあたり。また第15章・註3において、最後の晩餐が過越祭の当日に行なわれたのか、前日に行なわれたのか、といった解釈を、先行文献に拠りながら論理的に詰めていくところなども、フレンチ警部の推理過程を思わしむるものがある。このように、註において整合的な記述を確定しようとする筆致に、クロフツの探偵小説におけるものと同じ知性の働きを見出すことができて興味深いし、面白い。

しかし本書の註における記述において重要なのは、妥当な解釈を確定していくことよりも、それがひとつの解釈でしかないこと、正しいかもしれないし間違っているかもしれないことを、はっきりと示している点であるといえる。分からないことは分からないし、難しい箇所は難しいといった上で、自分はこう解釈し、その解釈を分かりやすくするために言葉を補うということを、明示している。これこそが本書の白眉であり、クロフッツの推理法、事実認識のあり方として、特筆すべき点であると考える。と同時に、そのように書くことでクロフッツは、読み手である私たちの思考を促してもいるのだ。

第10章に出てくるルカ福音書の、第11章52節を引いた箇所の註55において、クロフッツは次のように書いている。

律法の専門家は、人々が聖書を自ら解釈するのを拒むことで知恵の鍵を持ち去り、また誤った解釈や慣習を広めることで、入ろうとする者の邪魔をしている、というのが［ルカ11－52に対する──横井註］本書における見解である。

クロフッツの本書「まえがき」によれば、当時「多くの宗教関係者」は聖書を口語訳の方が「市井の人々」の関心を惹きつけると指摘していたそうだから、イエスの時代の律法学者のように「知恵の鍵」を持ち去っているわけではなかったろう。それでも、マーティン・エドワーズが紹介しているエピソードのように、福音書の再編成を認めないというロナルド・ノックスのような「宗教関係者」もいたことを思えば、結果的に「知恵の鍵を持ち去」ることになる場合も多かっただろう。クロフッツが

「どうしても馴染めない」という人々への敷居を下げるために「興味をかき立てる物語を作りたい」と願い、試みたことは、そうした「知恵の鍵」を取り戻すことに等しいと位置づけることができる。

最後にクロフツのこうした試みを探偵小説叢書の一冊として出すことの意味は何か、ということを付け加えておくと、『四つの福音書の物語』は、四人の語り手による証言に基づく、イエスの裁判と死という一連の事件に対する再構成に他ならず、それは探偵小説において名探偵が事件の関係者から話を聞き、事件を再構成していく振る舞いに等しいといえるからだ、ということになるだろう。ここではクロフツ自身が名探偵として、事件の再構成を試みているのである。

急いで付け加えておけば、それは真相ないし真実を語っているのではなく、あくまでも論理的に合理的で妥当だと思われる物語のひとつを語っているのに過ぎない。探偵小説的なカタルシスを期待する読者にとっては隔靴掻痒の感にとらわれるかもしれないが、探偵小説における真相とはそもそもそういうものでもある、ということは、現代ミステリのさまざまな試みを通して読者に共有されていることと信ずる次第である。語られている物語に説得力があれば、その限りにおいてその物語は限りなく真実に近いということだ。そして、真実に近いだけであり、真実そのものではないという余地を残しているからこそ、読み手がさまざまな読み込み、ないし検証を行なう余地が残されているのであり、読み手が参加することを通して、納得できるものは受け入れ、納得できないものは自らが構成しなおす、というかたちで取捨選択し、読み手の責任において引き受けた時にこそ、物語はその責任の許で真実となるのである。「これが絶対に正しい」と言い募ることの胡散臭さを知っている私たちにとって、本書は、探偵小説の持つ推理する楽しみ、真実を自らのものとする楽しみを味わわせてくれる、まさに探偵小説というテクストそのものだともいえるのだ。

細かい理屈はここまでにしておこう。日本人にとって難解な箇所はまだまだ残っているとはいえ、キリストの誕生から磔刑に処されるまでの物語に多少なりとも関心を持つ読者であれば、たいした引っ掛かりもなく読み通せるに違いない。まずは一気に読んでストーリーを楽しんでから、二度目はその註釈を楽しみながら読むことを、お薦めする（まず謎解きを楽しみ、読了後は改めて伏線や推理の過程を楽しむようなものだ）。翻訳ミステリ・ファンであれば、ところどころで、お馴染みの表現を見出すはずである。クロフツがその持てる能力を傾注して仕上げた、人類にとって至高にして最大の謎物語（ミステリ・ドラマ）に楽しまれんことを。

●参考文献

厚木 淳「ノート」『二重の悲劇』創元推理文庫、一九六五・二　＊手許にあるのは一九七四年九月十三日発行の九刷。
中島河太郎・紀田順一郎・宮本和男・小山正、（聞き手）戸川安宣「内外ミステリ談義1／F・W・クロフツの世界」『スターヴェルの悲劇』創元推理文庫、一九八七・九
紀田順一郎「クロフツとその時代」『シグニット号の死』創元推理文庫、一九八五・二
戸川安宣「最後の本邦未訳長編」『フレンチ警部と毒蛇の謎』創元推理文庫、二〇一〇・三
小山 正「フレンチ警視の生活と推理、あるいは後期クロフツ問題」『フレンチ警視最初の事件』創

元推理文庫、二〇一一・六

＊

『江戸川乱歩全集 第30巻／わが夢と真実』光文社文庫、二〇〇五・六
森 英俊・野村宏平編著『少年少女昭和ミステリ美術館――表紙で見るジュニア・ミステリの世界』平凡社、二〇一一・一
マーティン・エドワーズ『探偵小説の黄金時代――現代探偵小説を生んだ作家たちの秘密』森 英俊・白須清美訳、国書刊行会、二〇一八・一〇

オックスフォード・グループ、フランク・ブックマン、道徳再武装（ＭＲＡ）については、Wikipediaやコトバンクの他、スイス公共放送協会（SRG SSR）国際部の記事「スイスの道徳再武装運動　創立70周年、その歴史を振り返る」（https://www.swissinfo.ch/jpn/politics/mra運動_スイスの道徳再武装運動_創立70周年_その歴史を振り返る/42260020）を参照した。

〔著者〕

F・W・クロフツ

フリーマン・ウィルス・クロフツ。1879年、アイルランド、ダブリン生まれ。アルスター地方で鉄道技師となるが、1919年に大病を患って療養生活を送る。療養中に書いた「樽」(20)が好評を博し、作家デビューする。体調の悪化で鉄道技師を辞した後はロンドンへ転居し、専業作家となる。57年死去。

〔訳者〕

熊木信太郎（くまき・しんたろう）

北海道大学経済学部卒業。都市銀行、出版社勤務を経て、現在は翻訳者。出版業にも従事している。

四つの福音書の物語（よっつのふくいんしょのものがたり）

——論創海外ミステリ 222

2018年11月20日　初版第1刷印刷
2018年11月30日　初版第1刷発行

著　者　F・W・クロフツ
訳　者　熊木信太郎
装　丁　奥定泰之
発行人　森下紀夫
発行所　論 創 社

〒101-0051　東京都千代田区神田神保町2-23　北井ビル
TEL:03-3264-5254　FAX:03-3264-5254　振替口座 00160-1-155266
WEB:http://www.ronso.co.jp

印刷・製本　中央精版印刷
組版　フレックスアート

ISBN978-4-8460-1773-6